乡村无边

查振科 著

文化艺术出版社
Culture and Art Publishing House

图书在版编目（CIP）数据

乡村无边 / 查振科著. -- 北京：文化艺术出版社，
2025.5（2025.11重印）. -- ISBN 978-7-5039-7821-0
Ⅰ. I267

中国国家版本馆CIP数据核字第2025T2R999号

乡村无边

著　　者	查振科
绘　　图	王赫赫
责任编辑	柏　英
责任校对	董　斌
封面设计	赵　蠹
出版发行	文化艺术出版社
地　　址	北京市东城区东四八条52号（100700）
网　　址	www.caaph.com
电子邮箱	s@caaph.com
电　　话	（010）84057666（总编室）　84057667（办公室） 　　　　 84057696—84057699（发行部）
传　　真	（010）84057660（总编室）　84057670（办公室） 　　　　 84057690（发行部）
经　　销	新华书店
印　　刷	国英印务有限公司
版　　次	2025年5月第1版
印　　次	2025年11月第2次印刷
开　　本	889毫米×1194毫米　1/32
印　　张	11.25
插　　图	5
字　　数	247千字
书　　号	ISBN 978-7-5039-7821-0
定　　价	58.00元

版权所有，侵权必究。如有印装错误，随时调换。

序

"乡村无边"本是集中一文的题目，现在升格为书名。集中文大都与乡村相关，更是与生我养我的乡村相关，借此书名表达对故乡的感激与遥念。二十多岁时从乡村走出，惊异于外面世界的陌生与广大，在懵懵懂懂、跌跌撞撞的行走中，也渐渐褪去了对世界的神秘感与最初的惊恐不安。见过大海的辽阔及怒涛席卷岬湾，见过北方白杨林夏日沙沙作响的叶的绿海与严冬中劲干指天。明白所历万般其意义皆须由我自己赋予。我也常常返回故乡，看到山川河流还在原来的地方，依然向我呈现她单纯的真实以及未曾被我发现的深刻，亦领悟故乡与想象力的持续、灵魂安顿有莫大关系。

数十年行走，履迹弯弯直直，脚印浅浅深深，在不断的回望中，试图从旧风景中重获某种启示。其实，能记住的人、事、风景时时都在改变，而大量的碎片被四季的风带走，带到不可知之地，不留存任何痕迹。用文字挽住少得可怜的过往，诉说与流溪、秋桂及昨去今来的云。

这个集子分作五个部分，是自传性质的回忆，记录对已逝先辈与尊者的纪念，与友人的交谊。记事，因物感兴。十六年前我曾出过一本诗文小册子《江南雨》，内中收录了自传性散文，这个集子又再次收入，因为这部分与己有切实的关系，而后来所作少有这类内容。余则大都为后来所作。一个人在世间所亲历的事，属己的，则进入个人历史。又有虽非亲历，但被自己看到、听到、感受到，亦是人生内容。此二者能否形诸文字，全系于一念。一念既生，而笔随之，言尽而罢，则文成矣。

坦率承认，我不是一个有规划的职业写者，只是由兴致驱使，或消歇，或亢奋；或诗，或文。十多年来，兴致多在写诗、写字上面，自知是冷落了做文。看过我散文的友人，常常不吝啬对拙文的鼓励，以为我只是写诗写字，而散文日渐稀少，也是不可原谅的损失。其实，虽然对于散文写作并无规划，但对乡村题材还是有一些想法的，比如，乡村有趣的民间故事的搜集，乡村有趣人物速写，等等，只因不能较长时间回乡生活，多做走访获取材料，便成了一个客观的遗憾。然而，即以记忆中留存，现实中触发，可以写的乡村内容还是很多，只缘未能将写作兴趣从诗那里转过来而已。我期待自然而然的发生，而非刻意。

乡村散文与山水田园诗在精神上是互通的，而艺术形式的差异，又可引发意识从不同角度、向不同方向思考。近十年，我与家中弟兄们一起，把父母留下来的老宅子修缮完毕。站在自家的庭院中仰望星空，听门前溪流淙淙，诗的神经被频频触发，而旧事也一次次复活。当与世俗世界断开连接后，意识会进入一个类似冥想状态。关于生命，关于时间，关于自然与社会，关于已逝与当下的演进，思维仿佛是自发地进行逻辑推演，以求达到尽可能远的地方。这是无果的，也即是没有切实答案的思绪。而当在乡村田园诗歌或散文写作中，那些意绪就可能不经意地附着在那些被表达的具象、物事或人物身上。在现实世界中的无奈、彷徨、扼腕或者叹息，不是有意逃避视之不见就会自然消失，而是变换了形态，在一个更远的视点上被俯视、被抚慰、被乔装打扮。所以，我愿这样来看待写作：它帮助我进入一个自视、自语空间，让思绪无障碍地独自飞翔。所以，我愿意呈现的是纯属个体的吁求，山水田园诗也好，乡村散文也好，对我而言，只是语言传达方式的不同，本质并无分别。同时，我固执地以为，不轻言创作，那些要写的东西已经在那里，我所做的只是寻找恰当语词将之固定下来而已，写作二字才是较准确的表述。我不会写小说，以为那太难了，倾向将写小说称为创作，比如《红楼梦》，比如《尤利西斯》，比如《百年孤独》。

刚过了七十周岁。孔子说："七十而从心所欲，不逾矩。"其实也可以挑挑理，那"矩"是谁立的？或者还可以说一些。就写到这里吧。

2024 年 7 月 26 日

目 录

一

我的乡村劳动记忆 /003

我的乡村读书记忆 /017

我的乡村"从政"记忆 /035

童年呼啸 /056

行年六十 /076

那四年，我们的赭山下故事 /082

二

岳父大人 /093

父亲 /101

忆父亲 /106

母亲的偏方 /120

冬之痛　/123

三父　/130

悼念陆耀东先生　/141

怀念张毓茂先生　/145

龙申表叔　/155

少爷与土匪　/162

东方的眷恋

　　——纪念秦乃瑞先生　/170

三

志林哥与曾经的年代　/183

建根和他的上海女人　/191

冠卿与我　/199

到房山小曹家做客　/203

山友李朝新　/207

杭州女孩　/213

四

乡村无边　/219

壬辰新正回乡记　/237

江南四月家乡 /244

江南老家的秋 /253

花季花海的江南 /257

徽南村记 /262

山村一夜 /265

消失的草垛 /273

你好，南国海以及你的陆地 /277

汤显祖故园行 /286

流浪狗记 /294

芜湖一夜 /299

五

故乡 /309

清风徐来 /313

小院春回 /316

我不属于十字街头 /318

有关芜湖的城市断想 /321

城市的云 /324

乡下的云 /327

你说要来 /330

南天云　/332

湖上风　/334

京城柳　/336

老树　/341

行进在成为爷爷的康庄大道上　/344

后记　/347

一

我的乡村劳动记忆

1966年到1978年的十二年,是我人生起伏变化最大的一段时光。先是"文革"开始后,村子里的民办学校唯一的老师回了他的老家,一去不再返,学校也就停办,我也跟着辍学,这年我十二岁。随后的几年自然转入农民行列,成为一个地道农民。1971年春,公社两年前创办的初中招生,大队给了我一张入学表格,父亲极不情愿放我,经过大家反复劝说,最终同意了,于是得以又去上了五年中学。即使上了中学,我也还是半个农民,一年在队里还是能挣不少工分。1975年年底从区高中毕业,区上和公社有意培养我这个年轻人,让我回乡后做了大队副支书(1973年入的党),直到1978年上大学。

时光看不见也摸不着,我们所能感受到的只是盛衰枯荣的四季轮回,光明黑暗的日夜更替,风雨阴晴的气候变化。它不是一个确切、确定的事物，观察到增加或者减少的变化，只是一个抽象概念。但是，渐渐地，翩翩少年变成了苍苍老者，如花少女变成了憔悴老妇。一切都无法再返回而终成记忆。我的乡村生活就这样远远地逝去，而成就以下不成样子的文字。

我在如烟的皖南重峦深处悄然度过人生最初的二十四年。那踪迹，在夜深时分变得异常清晰。大约在十八年前，我在一篇文章中写道："多少次，梦魂牵绕我在故乡的山道流连，想起乡国明月朗照的夜晚，夜莺的歌唱与空寂的群山曾悄然唤起过童年时一次又一次朦胧的类似超然的追思。而今，乡间生活的记忆接通了我现时的生存，介入我关于生存创造的任何冲动。"这其实大约是想说，离开乡村之后在都市的所作所为与乡村记忆不无关系。

乡村记忆让人怃然，不知从何说起。乡村最基本、最简单，也是充斥在每一天的活动就是劳动，那就说一说劳动吧。每一个在乡村长大的人，他的劳动生活又都是从家务劳动开始的。我一样也不例外。

家务活有内外之分。内家务活很多，由小孩来承担的不外是洗碗、抹桌子、扫地、收拾屋子之类，这照例是由女孩子来做。男孩主要干外家务活，砍柴、担水、管理菜园等。我真正负担起一定家务活的年龄约莫在十岁，开始时和妹妹一起抬水，然后过渡到担水。每天一早，妈妈就喊我们起床，我极不情愿地起来后，揉揉惺忪的眼，就去找水桶。我的家坐落在山洼里，在离房子三五十米距离的地方，是两个山沟的交会点，从山体渗出的水形成一个泉眼，这个泉眼就成了我们家的天然水井，水质极好，清醇无比。一般要担四趟，水缸才会满。这是无论阴晴雨雪，每天一早都要完成的一项工作。

砍柴是第二项重要工作。担完水，系上砍刀就上山了，除非雨雪很大的天气，一般是不能中断的。砍上一担柴火担回家，这才刷牙、洗脸、吃饭。1966年"文革"，小学读书生涯结束后的四五年，早起的两件事就是先挑水，再上山砍柴。砍柴的活一般进入深秋才开始（夏季蛇虫多，树木正是生长期，含水分多，所以夏季不上山砍柴），直到第二年的春初的三四月止，储存足够的柴火供一年使用。尤其是在数九寒天，银霜满地或者雪花漫飞，也依然要上山去。即使是这样的天气，也只是穿草鞋和单单的衣服，因为上山后活动起来就不冷了，出门时为了暖和穿得过多，下山就成了累赘。冬季生产队的活本不太多，整劳力做就可以了，像我这样十几岁的少年差不多都在砍柴火。常常一个山沟里堆满了长长短短、粗粗细细的柴棍。细的就截成一尺二寸左右长，用夹栏（夹栏在我们那里是挑柴火的专用工具）挑下来。粗的就得扛着回家，然后锯成一截一截的，用斧头劈开，或者直接到山上去锯。春节刚过，往往十来个劳力联合起来，集中时间，一家一天轮流地砍柴。这样做，一是年刚过，家中还有待客的菜。二是大家一起干，谁也不甘落后，积极性高。一天下来，门前的柴火堆得像小山似的。那时我只是一个十五六的少年，也参与进去。尽管我很努力，与大人们比，最后总相差一担柴火，免不了被人善意嘲笑一番，自己也觉得对不起东家。

砍柴是一件有趣又有成就感的劳动。说有趣，是因为自由自在，还常常有发现。比如，一群漂亮的野鸡冷不丁从你眼皮底下急匆匆地逃走；悄然开放的兰花送来若有若无的幽香；一堆枯枝上结满了味道极为鲜美的野山蘑；古松的根部贮满黄亮亮的松香。这时，你便放下柴刀，满心欢喜，为之忘情，忘了独自一人在深山的寂寞。成就感是一种可以忘记疲劳的享受。看着柴垛一天一天地增高，慢慢地，一面墙码满了，另一面墙也码满了，妈妈再不用担心今年的柴火不够烧了，这时心中的受用无以言表。有时也会发生意外。记得有一次在剁削枝丫时，一不小心柴刀砍到膝盖上，鲜血直流。幸好我的堂弟在邻近的一个山坡上，我赶紧呼喊，他连忙下山叫来大人，把我背下山。这一记刀伤，害得我在家休养了两个月，至今还能看见一块明显的伤疤。

除了担水砍柴，还有一项重要的家务劳动是协助父母管理自留地。自留地这个概念，来自二十世纪五十年代。土地改革农民分得了土地，紧接着，初级社、高级社再到人民公社，原来分得的大块土地入了社，归集体所有了，而菜园子、边边角角的旱地还属农户所有，自行耕种，所以叫自留地。一部分在家门口的自留地用作种菜，稍远的边角地则种杂粮。不要小看自留地，它是六七十年代广大农民维持生计极其重要的补充。即以我家来说，仅红薯能收获两千斤左右。冬天一日三餐，有一顿是红薯，两顿也有一顿是红薯。红薯也是养猪的上等饲料，如果一个农户一年出栏一两头猪，那可是一笔大收入。我的主要任务一是在农作物或蔬菜换季时翻耕、平整土地，二是把家中的农家肥——人粪、猪粪、鸡粪施到地里。这是两项不太乐意做的事情。翻耕土地是个重体力活，单调乏味。挥舞着十多斤重的锄头，要不了多久，就臭汗淋漓，直不起腰了。施粪则考验着鼻子的承受力。尽管说"没有大粪臭，哪来稻米香"，道理这么说，却与感官无涉。最臭的还是鸡粪，乡间说哪个小孩淘气，招人厌，就说像臭鸡屎，可见鸡屎之臭。在早晨不用上山砍柴的季节，担完水后便是去担粪给蔬菜或庄稼施肥。

管理自留地也不全是无聊乏味。比如种南瓜（南瓜在我们家乡称作北瓜）。春天刚刚萌动，所有的生命蓄势待发，这时我便攥上锄头，沿着自家自留地的地边，隔一丈距离挖一个坑。坑挖好后，把猪粪、草木灰分填到坑里，再把周边的土刨松，掩盖好坑中的肥料，堆成一个圆形土堆，这项工作就算完成了。将来收成好不好，就看底肥足不足。然后由母亲选择适当的时候把种子播下去。约莫一周，两瓣青芽钻出来了，渐渐地，爬蔓了，开花打骨朵了。南瓜吸肥能力极强，长大后，周围的庄稼明显地面黄肌瘦。秋天，一个个粉粉的大南瓜从草丛里露出来，懒洋洋地躺在秋阳下，收获的季节到了。几十上百个南瓜躺在堂屋里，看着真是舒坦。收获红薯也是让人兴奋的。割走薯藤，露出一棵棵红薯桩茬，从隆起的土壤可推测藏在地下的红薯有多大。我在种红薯的实践中，发现了一个高产的秘密或者诀窍。那就是在插红薯的时候把育好的种藤剪成一截一截的，插到地里，栽种第一步就完成了。一般人家为节约薯秧只保留一个藤节，这样插到地里，这个藤节既要负责生根，还要负责抽芽。但如果保留两个或三个藤节，地里的那个藤节只负责生根，另两个藤节负责抽芽、长藤，生长起来就快多了。假如用藤梢那部分插下去，效果更好，因为芽已经有了，地下部分活了，上面部分直接就生长了。这两种薯秧插法，收获的红薯个儿大，个数多，至少增加产量三分之一。今天写这篇东西，算是公开了这个秘密，不信你试一试。

少年时做过的劳动还有很多，除了上面说的，还有一件至今印象深刻的是参与大人们倒卖杉树的非法活动，当年这叫"投机倒把"。那是在1966年的秋天，我们那里把倒卖杉树搞得热火朝天。我的家乡叫东至县，木材资源丰富，尤其盛产松、杉。相邻的是江西的鄱阳、彭泽两县，却缺少树木。我们就把自产的（其实就是生产队的）杉木扛到彭泽去卖。大人扛大的，我只能拣一根一丈五左右长、五十斤左右重的杉木，因为距离实在太远，中间又几乎不能休息。一般在下午三四点时，吃饱喝足出发，带上一两斤大米，绑在树梢上，二三十人的队伍，也颇为浩荡。从出发地到县界，七八十华里，那里是封锁线，如果过不去，就被拦截没收了。所以要拣小路走，在夜深人静时分通过。通过后，找一个单门独户的人家，借锅做饭。一个人出五毛钱，对方人家给我们一点下饭菜，辣酱、腌萝卜或豆腐乳之类。吃完接着走，一直到第二天的中午，才到达交易市场——马当——彭泽县邻近长江的一个颇有知名度的镇子。队伍在通过封锁线后，由不同地点出发的队伍汇集成不见首尾、逶迤数里的大军，那阵势非常壮观，人群也被一股兴奋鼓荡着。到达目的地，很快把树卖了，像我的树这样，一般能卖五块钱，大人的则能卖到十二块钱左右。完了，与三两同伴结伴往回赶。回来后休整三两天，再接着干。这种形同偷鸡摸狗的勾当其实也很辛苦，百几十里路，扛着分量不轻的木头，二十个小时的急行军，尤其是在深夜，提心吊胆、磕磕碰碰、默然无语地前行，真是疲惫不堪。有时不知是睡是醒，只是机械地跟着队伍。天亮之后，发现全身、树上都是霜。在意识清楚的时候，我还能用样板戏《沙家浜》里郭建光指导员引用过的毛主席的话来激励自己："有利的情况，往往产生于再坚持一下的努力之中。"（不知记得是否准确）那年从秋到冬，总共跑了多少趟，已记不起来，但是，从那时到现在，四十多年过去了，对这桩违法的买卖，坦率地说，至今毫无犯罪感，却是真的。第二年，没有再出现这样大规模的倒卖树木的活动，政府也开始加强了治理。

上面记的属于家务劳动，能挣工分的劳动是集体的活，农活。"文革"开始后辍学的那几年，一面做家务劳动，一面参加生产队集体劳动。那些农活我几乎全都干过。最初是一些简单的活、轻活。我们生产队主要经营茶叶、林木，活重，且种类繁多。茶叶以生产红茶为主。从种到卖所有有关茶叶的活全都做过。十来岁，我们这些山区的孩子就开始跟着大人上山采茶。采茶是女人们的活，男孩在十三四岁前只能去采茶，再大些，就不屑做这种女人的活。制茶技术含量高，才是男人的工作。不过采茶很好玩，不觉得累，因为年轻的女孩多。每年的茶季，队里都要从外地招来很多女孩来采茶。尤其是春茶，需要更多的采茶工，往往要招五六十人。来后由生产队把她们分派到各家各户居住，粮食由生产队提供，蔬菜由住户提供。她们每天早早起来，做饭，吃饭，带上中餐，一路小跑着上了茶山。她们的双手飞舞，口中笑声不断。在那山花盛开、春意盎然的茶季，骤然间多出这么多赏心悦目的女孩，对于茶乡的年轻人来说，简直就是持续的节日。女孩都是采茶高手，嘴里叽叽喳喳，说笑不停，手上的活却不耽误。我们这些男孩却相形见绌，手笨，还爱呆看，一天下来，连她们一半的数量也没有。年轻男女碰到一起，打情骂俏，在山道上你追我赶，在鲜茶堆里你推我搡。忙了一个季节，也疯了一个季节，自然，也有了许多的故事。

　　与茶叶相关最苦最累的活要算挖茶园。夏茶六月底收园，秋茶一般是不采的,怕伤茶树。七八月就是挖茶园的时候了。把春夏疯长的杂草深翻到地下,变成肥料;再砍一些茅草埋在茶树的上方,沤烂了就成了最好的有机肥。为了赶季,提高进度,队里把劳力分成若干个小组,再把每块茶山定好工分数,抓阄承包。承包后大家劲头特别大,每天天不亮就上山,趁早晨凉快,容易出活,在太阳晒到屁股时,已经干了好几个小时了。茶山离家都很远,所以这些干活的人一整天都不下山,八九点的时候,由家中派小孩把早中饭一齐送到山上。午饭挂在高高的树上,防止地上蚂蚁捷足先登。即使挂得再高,其实它们也能找到。在伏天的高温下,饭菜无一例外地都要变馊,幸而我们的肠胃抗菌能力极强,从未因此拉肚子。每天劳作时间表基本上是早五晚八,吃饭加休息两三个小时。平常时劳动一天,壮劳力满分十工分,而这样干一天,能挣二十几工分。我们生产队分值在周边生产队里算是很高的,十工分能有七八毛钱。在这样的条件下劳动,我有一绝:不戴草帽,不穿鞋子,不穿上衣,仅一条短裤。整个伏天下来,皮肤已是漆黑如炭。脂肪也榨干了,精瘦。晚间出门,倘若没有月色,别人绝对发现不了我。在当年,我的身体虽算不上钢筋铁骨,倒也百毒难侵。在辍学的那几年以及上中学后的暑假,夏天总是要挖茶山的。劳动时为了开心,讲故事的高手讲长长短短、荤荤素素的故事,嗓子好的有时来几句山歌,休息时就到树荫底下抽旱烟,这就是享受了。我抽烟就是在劳动中学会的。因为劳动量大，食量大开，吃个斤半米的饭，玩儿一样。

　　山区上半年的农活有两样很有意思——开山和伐木，到了下半年，春华秋实，开始拣桐树籽，拣茶籽（不是茶叶的种子，而是可以榨油的油茶籽），挖红薯（我们又叫山芋），掰玉米，割芝麻，烧炭，挖山。炭是为来年烘烤茶叶做储备。在正夏挖茶山之前，每年还要派壮劳力到产粮的生产队支援"双抢"，季节不饶人，大队硬性指派我们去帮助劳力少的产粮队。

　　开山是一种最原始的刀耕火种的山区耕作方式。将一大片山甚至绵延数个山坡山洼的树木悉数砍倒，将枝丫斫服帖，越服帖燃烧就越彻底。拣出一两丈宽的火道，再让初夏的骄阳晒上一两个月，在一个无风的日子，所有劳力全部出动，分兵把守火道，根据风向，从山顶和下风的山口点起，形成从山顶往下烧、从周边往中间烧的态势。但是，切记在山顶和下风的山口还没烧起来时，绝不可以图省事从山脚先点火。如果这样的话，火势根本无法控制，十之八九有走火的可能。这是一场绝对紧张的战斗，人声呼号，火光冲天，已晒干的树木燃烧起来后，噼噼啪啪响成一片，令人魄动心惊。大火熄灭后，还要派人看守，以防余火被风吹到林中，引起山火。一旦走火，后果不堪设想。几天后，被烧热的山体温度降下来了，上山将未燃尽的树丫，或堆积起来重新烧掉，或集中到山脚，由大家驮回去当柴。山场清理完毕，用不着开垦，就在覆盖着厚厚草木灰和黑树桩的裸山上撒上芝麻。用不了多久，绿油油的芝麻苗就破土而出。一个月左右，突击间苗，然后等着成熟、收割。冬天或开春，开始挖山，刨掉了树桩，就成了松软的山地。开垦好的山地，第一二年种玉米，套种芝麻；后三四年插红薯，并间栽杉树苗和间种油桐，或种油茶。油桐两三年就可结果，大约有五年的收获期，之后，桐树老化了，杉树长起来了，成林，完成了一个从开垦到种植的轮回。如果是油茶，则可长期收获。当然，要管理。

伐木是一种典型的山活，砍柴其实就是伐木，但作为生产队的农活，所伐树木是为了完成国家征购的指标，主要是松木和杉木，而又以松木为主。我们队每年要向国家提供上百立方的松木，国家征购也就是花钱买，价格不低，而且不欠账。所以，有木材资源的生产队，都力争更多的指标。上山伐木要带四件工具：斧子、锯子、砍刀和铲子。伐树是有讲究的，先将树周围的杂木等清除，以免影响斧头的自由挥舞。选择好斧口，以使树能倒向树间的空隙，如果倒向另一棵树，倒不下去，架起来了，砍伐下棵树就很危险。伐树声在山谷林间响起来了，清脆、响亮而有节奏，间杂着树木倒下时浑厚、沉重的声音，你能感受到惬意和畅快。树伐完后，劈掉枝丫，要将枝丫与主干连接的部分劈得很平整，再用锯子裁截成符合规格的长度。接下来用铲刃约十五厘米宽、铲把两米长的铲子铲去树皮。去了皮的树放在山上晒些时日，大约半干后，就把它们轰赶下山。用一根木棍撬动这些木头，一瞬间群木仿佛获得了生命，像是一群猛兽，怒吼着，从山岗上狂奔而下，直冲谷底。做完这项工作，就静等着一个时刻的到来。春夏之际江南多暴雨，暴雨之后，顷刻间谷底的小溪就变成咆哮奔腾的激流。此时，用不着等队长通知，男人们身穿蓑衣，头戴斗笠，拿上挠钩，来到河边。有人在堆积树木的地方，负责将木头拉进激流。木头顺流而下，在河道拐弯处，自动地，大家分兵把守，见有横在溪中阻挡的，立即用挠钩把它顺到中央。木头被放到大河口起岸，堆放好，等待公社木材收购组来丈量、收购。那里有公路，收购后由汽车运走。没通公路的年代，木头就在大河里扎成很长很长的木排，放到百多里外江西鄱阳的大埠才行。放木生产队照例要打"平伙"，买肉、打酒，招待大家一顿丰盛的中午饭。

劳动是农村生活的主旋律。如果你生在农村，年纪轻轻，却不爱劳动，游手好闲，注定要被大家鄙夷，"二流子""地痞"就是他们的名字。好吃懒做，必定要去偷鸡摸狗。这样的名声，娶媳妇就甭打算了，最后只能以打光棍收场。从小爱劳动，替父母分忧，有担待，成家立业后，才懂得勤俭持家，坚忍创业。在农村，劳动的好手是很受人们尊重的。

1976年春做了大队副支书后，我的劳动内容也发生了变化。家中弟妹大了，担水、砍柴等家务活交到他们手里了，所在生产队的农活也做得少了，主要工作是安排大队生产计划，检查生产进度，垦山造林，围滩造田，兴修水利，完成国家下达的粮食、茶叶、木材、生猪等各种征购任务，处理乡村社会的各式各样矛盾、问题。平时，大队的工作不忙时，也到蹲点队劳动。这个时候我学会了耕田、拔秧、插秧、耘田等水稻区农活。产粮区农活相对山活要轻松些。但"双抢"却是高强度劳动。晚上割稻子，凌晨两三点拔秧。白天打稻子、耕田、耙田、插秧。收割早稻和栽插晚稻同时进行，一定要赶在立秋之前插完最后一棵秧苗。农民在收获的季节再累也是充满欢乐的，这时你在谁的脸上也看不到一丝沮丧或愁苦。我很喜欢插秧，尽管我不是快手。当我走在田埂上，年轻的男女插秧手们就使劲怂恿我下田。待我下得田来，他（她）们似很关切地把我夹在中间。不一会儿，我就感到不对劲了，只见他（她）们手下"嗖、嗖、嗖"，速度极快，似乎在比赛。很快，他（她）们就插到田头了。我自然远远跟不上他（她）们的速度，这时他（她）们又不声不响地在我身后帮助我插起来。不用说，我被他（她）们捉弄了，被"关秧门"了。于是他们开怀地大笑起来，我只好拿手中未插完的秧苗狠狠地砸向他们，起身"追杀"。大集体劳动是绝对不沉闷的。有时我检查生产，从一群锄草的年轻媳妇的田边经过，她们会放肆地撩拨你，你不搭理就越发嘲弄你，直到你走远。我只有选择沉默，因为搭理意味着要付出代价。遇到不安分、想占点嘴上便宜的男人，你瞧吧，她们十之八九会一哄而上。这位仁兄一看到这架势，只得赶紧逃跑，被逮住下场可就惨了。拽手的拽手，拽脚的拽脚，把你抛起来，当打夯的砧子使唤。或者挠你，痒你，给你来个"十八摸"。

我所在的生产队是经济作物区，在大集体时期，显示了集体经济的优势。有计划地发展茶园和林业，收入年年增加。一个整劳力辛苦一年，有三四百元。这在当时已是相当可观的了。七十年代初，生产队已有了十二匹、二十匹马力的柴油机各一台，一台作制茶半机械化的动力，一台发电照明。修了路，买了拖拉机。这让山外产粮队羡慕、嫉妒了好些年。虽然集体在壮大，但也相对贫困。家庭人口多而劳力弱，工分挣得少，年终分配算账，自然入不敷出。生产队允许超支，也可保温饱。我家兄弟姊妹五个，还有奶奶，加上父母，八口人。孩子中我是老大，1971年我又去上了中学，少了一个劳力，家中的工分收入抵不了开支，成了超支户。中学毕业回乡后的几年，还了一些账，没还清，1978年又去上了大学。八十年代初联产承包，集体解散，我家超支部分才在分队产时抵掉了。九十年代中，全家迁回父亲的老家。每年回家看望父母，偶尔回我的出生地看看，情形已与昔日大变。一百几十人口大部分也都先后迁往别处，茶园也大都荒芜了。原来热热闹闹、生气勃勃的一个山冲，在眼中恍若隔世。

我的乡村读书记忆

经历大饥饿之后的六十年代初,我开始了读书时代。

1958年人民公社成立的时候,我家所在的周冲村民全部迁出,分散并入山外的村庄。没有住房,就寄住在当地的村民家中。我家落户在大队所在地名叫林畈的一户富农的房子里。在这里生活期间,我步入了入学年龄,直到1963年重回原住地。

在皖南山区,那时公立的小学还没有普遍建立起来,周围几个村庄仅林畈有一家私塾。林畈是一个苏姓的村子,十来户人家。分上屋、下屋两部分,大约是在两兄弟的基础上发展起来的。私塾先设在上屋的一户人家的堂屋里,后迁到下屋的苏姓祠堂。祠堂不大,仅属于林畈这个苏姓小分支,五六十平方米的样子。除夕夜林畈苏姓就在这里祭祖,但没有祖宗牌位。教室的中央靠后墙的地方摆放着先生的大长条案桌,先生居右靠后设一座，朝外。两旁靠墙是学生的书桌。放眼看去，学生年龄大小不一，课桌大小、新旧各异。有过去富裕人家古老而精致的专用书桌，也有贫寒农家吃饭用的小饭桌。那时给孩子读书的有两类人家——家境较宽裕的和重视教育的，我的父母大体属于后一种。说重视，是因为我家是从怀宁迁来的。怀宁有这个传统，即使家中再穷，也得让孩子念几年书，不奢望中状元出人头地，而是长大后多明白点事理，少受点欺负和蒙昧之苦。当地人不太看重读书，因为那里地处深山，少有战乱，有田产，还有茶桐松杉竹等，仓中有粮，缸中有咸鱼腊肉，无冻馁之忧，日子过得缓慢安详，故不思向外发展。读了几年书，往后人生中说起，某某"进过学堂"，就有了镀金的意味在里面，身份地位自然与白丁不一样，如此而已。与徽州同处皖南，读书之风却大异其趣。徽州诸县耕读传统久远而浓郁，举人进士、学者高官辈出。地理相同、地缘阻隔而少受浸染所致。我在读书的时候，就听说与林畈相邻的棠公、桃林两村，都有一个学生到县城上了初中。可是，母亲、奶奶在家整日以泪洗面，坐在村口哭唤"我儿回来"。无奈，放弃学业，打道回府，皆大欢喜。1978年我考取大学，我们大队后来又有一外来户的孩子考了北京大学，当地原住户至今未听说有考进大学的，可见积习之顽固。因为封闭的缘故，这里的方言外人是很难听懂的，发音很奇特，即便是相邻的村子，也有一些差别。比如"上山"念"shuo-sha"，"下河"念"he-hu""砍柴"念"ka-sha","挑水"念"tiu-xu"。这是勉强可以用拼音字母拼出的，更多无法用现代字母拼出。文化生活也少得可怜，只偶尔有山外的戏班、杂耍班子进山来，且只到人口集中的大村子；再就是说书的盲人季节性地到村子来说书。春节时也没有舞龙灯、狮子灯的传统。我父母的老家怀宁，春节时热闹非凡，各村纷纷派出自己的龙灯、狮子灯队伍盛装出巡。还有很多黄梅戏草台班子，节日不用说，平时也到各地演出。虽然比山里穷得多，但活得更有趣。缘此，孩童时非常地向往着父母的故乡。

说得有些远，还是重回我的儿时私塾吧。我上学时大约还不到六岁，时间在春节过后。现在回想已不甚清晰，但清楚记得第一天父亲把我送到学堂，给先生磕了头，父亲走后，我也随之溜之乎也，到野地里疯玩去了。记得穿的是胶皮靴，待到午饭时回家，靴中已尽是泥水了。似乎没受到什么惩罚，此后就乖乖套上笼头咿咿呀呀去了。后来又有一次逃学，因为家中早饭晚了，到了学堂门口，里面已是琅琅书声一片。徘徊不敢进，折回与几个没上学的孩童玩了一上午的捉迷藏。先生告知了家长，回家后奶奶和母亲明显地不高兴。虽未因之受皮肉之苦，毕竟是有了不良记录。

我的先生大号叫周清琦，是邻近的水口大队柴畈村人，解放前就是教我们父辈的先生。已记不清他老人家模样了，只记得是个瘦高个儿，不怎么讲话，说不准是不是温和，但不是很严厉的那种先生。学问有多深，黄牙小子，不得而知，只知很是受乡里人敬重，况我在他跟前也仅两三年。甫入学叫"抱蒙"，或叫"发蒙"，发蒙好理解，"抱"则不知何意，是不是年纪太小故有"抱"之说？记得我的一位同学，甚小，上学的头两三年，竟中途还常常跑回妈妈跟前吃奶。"抱蒙"的学生最初是学"描红"。先生先用红笔写一张字帖，拿回后用一张白纸覆在上面，按照映出的字样描。描好后交到先生那里，写得好的用红笔画个满圈，较好的画个半圈。先生有时也会到你跟前，指导你怎样磨墨，怎样握笔。这些描红的字帖也就是最初的课本了。描完红，先生开始教你念上面的字，然后自己大声念。每个学生描红的字都不一样，所以全不是正规学校那种有节奏的齐声朗诵，而是多声部的大杂烩，嗡嗡一片。"人手足，口耳目"，"一二三四五，六七八九十"，"甲乙丙丁戊己庚辛壬癸"，"子丑寅卯辰巳午未申酉戌亥"。再往后，教的内容复杂了些。"甲子乙丑海中金，丙午丁未路旁土，戊子己丑霹雳虎，庚寅辛卯松柏木……""新春元旦，立端望春；上巳初五，春和景明……元宵十五，大放花灯。"

描红阶段之后，教学的内容、方式也有了变化。变描红为写大字，看着字帖写。没有正规课本时，则要抄书。每天拿着抄的书到先生面前点书。点书也给你抄的书标句读，先生点多少就背多少。觉得背熟了，就到先生跟前摇头晃脑地唱背。背不过来回去再念。能顺利背下来，先生再给你点下一段内

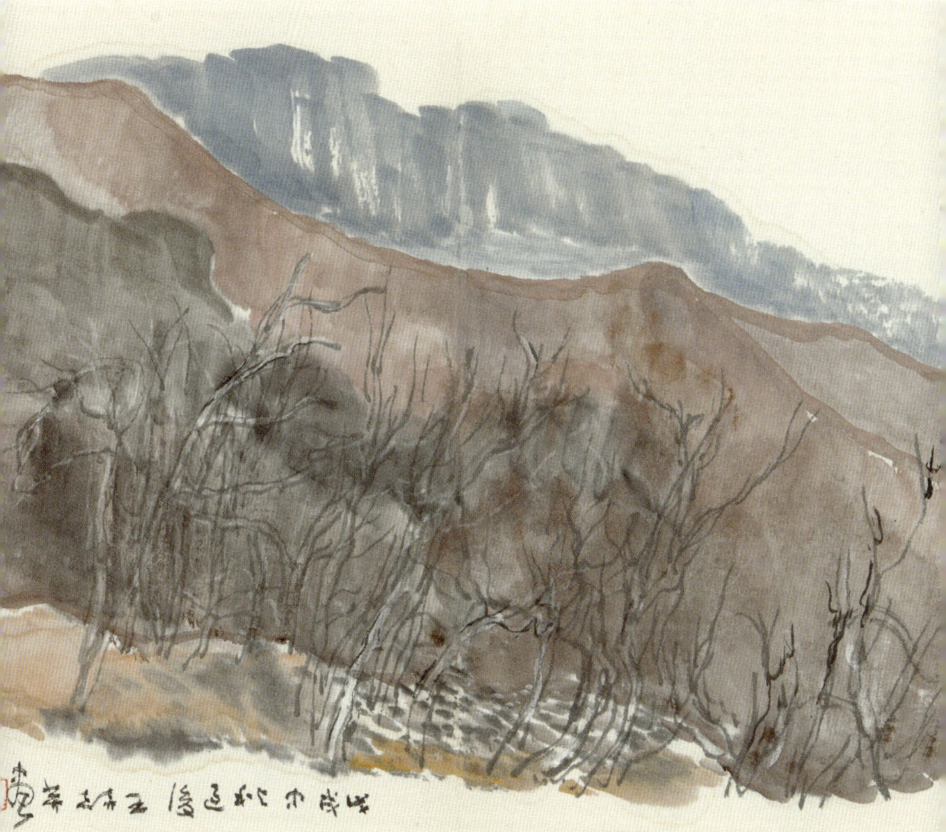

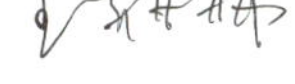

容。幼时我背书还是很快的，虽达不到过目不忘，但三遍成诵没有问题。我抄书的第一、二课的题目记不起了，但课文内容还记得差不离，且记在下面，看看那时我读了些什么。

第一课：

夏去秋来，一转瞬间，学校又将开学也。盖一经秋令，天气渐凉，此正求学之时也。虽有时秋阳甚炽，热度骤高，几与夏日无异。然以日中为然，早晚未有不凉爽者。

第二课：

鹊之鸣曰"鹊鹊"，鸦之鸣曰"鸦鸦"，有一种鸟自有一种声音，本无所谓记心也。乃愚夫愚妇，闻鹊鸣则以为报喜，闻鸦鸣则以为不祥。有识者当不如是也。

其他课文的记忆则已残缺不全了。这样的教学内容很芜杂，《百家姓》《三字经》也是在这个时候读的。后来似乎也有当时国家正规的课本，也有经过改编的传统儿童读物，如《新编增广贤文》，保留了一些《昔时贤文》的内容，又增加了很多新时代的东西：

昔时贤文，诲汝谆谆。集韵增广，多见多闻。观今宜鉴古，无古不成今。……古为今用，薄古厚今。……长江后浪推前浪，世上新人胜旧人。……物以类聚，人以群分。……世上无难事，只怕有心人。……人心坚，石心穿。……众人一条心，黄土变成金。轻霜打死单根草，狂风难毁大树林。……细麻搓成线，力可吊千斤。单丝不成线，独木不成林。……独脚难走，孤掌难鸣。人心力量大，众志可成城。三个臭皮匠，顶个诸葛亮。

后来有机会读到《昔时贤文》，发现与我幼时读的《新编增广贤文》变动的确很大，但从未找到正式出版物，遗憾我现在已不能把《新编增广贤文》完整背出了。

正规的语文课本的课文现在也还能记得一些片段。有一本语文书的开篇是一篇现代童话：燕子妈妈带着孩子从南边飞回来，跟孩子述说沿途城市农村发生的变化。《少年先锋队队歌》也是课文："我们新中国的儿童，我们新少年的先锋，团结起来继承着我们的父兄，不怕艰难不怕担子重。为了新中国的建设而奋斗……战斗在民主阵营最前线。"中间应该还有第二段。还有一些课文的片段，如：

滴答，滴答，下雨啦，下雨啦。
麦苗说："下吧，下吧，我要长大。"

桃树说:"下吧,下吧,我要开花。"
葵花籽说:"下吧,下吧,我要发芽。"
小弟弟说:"下吧,下吧,我要种瓜。"
滴答,滴答,下雨啦,下雨啦。
栽吧,栽吧,栽上松,栽上杉,栽上白杨!

也是配有图的。最有当时时代感的课文要算是:

树上喜鹊喳喳叫,
老汉咧嘴忍不住笑。
农业发展纲要四十条,
好像四十颗太阳当头照。
太阳也比不上它温暖,
处处地方它都照到。
放在胸口听一听,
莫不是毛主席的说话声!
没闭住的嘴巴笑出了声,
咱社员们有了指路的大明灯!

下面也是一篇诗歌课文:

十月稻熟一片黄,

满田满垄闪金光。
社员个个心欢喜，
起早睡晚收割忙。

还有：

稻穗弯弯像金钩，
个个金钩映日头。
云望一片黄金海，
社里今年又丰收。

丰收山歌响满垄，
人人唱的各不同。
歌唱不同心一致，
都是感谢毛泽东。
……

  私塾读书极自由，上课打闹是平常事，先生呵斥几句能安分一小会儿。要他们遵守什么纪律，简直是不可能。待在教室觉得烦闷了，就向先生报告要去小解，然后跑出去溜达一圈再回来。因为只是写大字、背书，似乎不教算术，大概先生从未教过；也不劝讲课文，可能我们还没到开讲的年纪；没有体育课，更别提有图画课、音乐课，所以根本没觉得读书是个费劲的事。除了调皮，先生从未因为学习体罚过我。这些孩子就把剩余精力用在疯、野上面。农村孩子疯野起来毫无章法，无所顾忌，只要能想到的，都敢去做。胆子大的恶作剧捉弄先生也偶有发生。待先生出去了，把暗下去的炭火放在先生的座凳上，先生回来，如果没发现，一屁股坐下去……可想而知是什么后果了。欺负女同学、外村学生、笨学生是这群小坏蛋的拿手好戏。或者自制各种各样的攻击性玩具进行战斗，或者偷瓜摘枣祸害百姓。这些恶行被告发到先生或家长那里，受到的惩罚也是很有限的，乡间大多数家长都是袒护自家孩子的，因此邻里吵架大都是因这帮小不法之徒而起。春节要放年假了（我们没有暑假），为了惩戒这些小畜生，先生要轮个打屁股板子，作为过年的"礼物"。趴在长条凳上，由先生执法礼。板子是一块两尺来长、两寸余宽的竹板子，打起人来是很疼的。平时用来打手心，过年改打屁股，除了女生外，男生谁也不能幸免。调皮的把书本垫在盖屁股的衣服下面，打起来是"噗噗"的声音。先生一听声音不对，责令去掉书本，加倍重打。被打完的屁股，照例是要疼上两天的。

我的私塾时代在1962年年底终结了。私塾期间我应交给先生的"束脩"是以什么形式支付给先生的，是钱还是粮，我至今不知，从未就此问过我的父亲。我只知道，平日里，包括过时过节，家中都会送先生一点什么，鸡蛋或者菜蔬。先生自己并不烧饭做菜，而是在一户人家搭伙。那家女主人是位寡妇，所以也就顺理成章地成了先生的相好。终结了私塾时代，记忆中似乎没有丝毫的惆怅、丝毫的怀念。毕竟那时不是需要惆怅和怀念的年纪，新的环境吸引了我的全部注意力。从那之后，我再也没有见到过我的先生，只是常从家中的农具上父亲的名讳看到先生的笔迹。好像在"文化大革命"前的一两年，我们大队终于有了公办小学，先生的教书生涯也终于画上了句号，赋闲回到了自己的家，私塾也随着先生的离去真正进入了历史。从我记忆的断笺残章中可以看到，先生并不古板、守旧，而是愿意接受新事物的。先生什么时候谢世的无从知道。写到这里，眼泪夺眶而出，惆怅与怀念弥漫了我的心胸。没有先生，我不知道我的童年会是怎样度过，甚至，我后来的人生会是什么样子。

六十年代初，随着大食堂时代的衰败，包产到户的实行，到1962年，原来迁出周冲的村民早已先后回去了。我家是最晚迁回的，大约是因为原来的草房完全垮塌掉了。直到1962年年底在乡亲们全力帮助下盖了新房，才在1963年真正回到了自己的山村。

山村原也有一所私塾，我回来时就已停办了，据说那位先生远比不上我的先生。后来建了"周冲民办小学"，大约就在1963年或1964年。来教书的是一位年轻人，是到我们大队的"四清"工作队成员，四清工作队走了，他留下来了，周冲生产队请他做生产队会计，兼任民办教师。按"四清"运动1963年春上才发动的时间推测，学校可能在1964年正式开学，因为我记得也是在春节后去上学的。来搞"四清"运动的人员，不至于不履行国家使命而旋即应聘做一个生产队的会计和老师。这也就是说，我可能停学了一年。然而奇怪的是，我压根儿没有一年没上学的记忆。这一年的时光上哪儿去了？因为疯玩而让整整一年的光阴悄然抹去？回到山冲，我又成为一个地地道道的山伢子，在山道上箭也似的飞奔，到山林中摘野果子，下小溪摸小鱼儿做菜。

学校一开始是在七华里山冲中间的一户人家。后来队里盖队屋，学校迁到队屋。老师（不称先生称老师）姓朱名国安，相当年轻，大我一属，才二十来岁，个儿也挺高，平头，稍黑，走起路来有年轻人那种习惯性的摇摆，与周先生形成鲜明对比。据说是农校的毕业生，中专文化程度。不光是年龄上的差异，而且教学也完全不同。新老师给我们带来许多新鲜的东西。他采用的是国家正规教材，并且讲解课文。除了有算术课，也有图画课、音乐课，还有课程表。体育课似乎没有，图画课上得也很少，但画静物、临摹、写生、按比例放大等都有过练习，老师显然也不擅画，但能努力给我们绘画方面极基本的知识；音乐课让我们知道了什么叫简谱、七音阶、二分之一拍、四分之一拍等，还教唱许多歌曲。《东方红》《义勇军进行曲》《学习雷锋好榜样》《二郎山》等，甚至还有黄梅小调。我被置于三年级或许四年级，属于高班了。与我同在一级的似有两位同学，一个比我大六岁，另一个比我大三岁。下面年级的学生的年龄一样大小不一，也有几个比我大的。其实对我们来说年级似乎没有太大的意义。班长是那位年龄最大的，以学习成绩论，我是绝对优势，所以我是理所当然的学习委员。总共十二三个学生，最多时也不过十五个。

年轻的朱老师是一位极其称职、负责的老师，他把他所有的知识悉数传授给我们，并且自己也十分好学。所教除了公办小学都有的语文、算术、图画、音乐外，还有正规学校所没有的，比如珠算、会计、应用文。这些对于农民是很有用的知识。至今，加减乘除任何数我仍然能用珠算流畅算出来，珠算口诀那时能倒背如流。算个账什么的应是没有任何障碍了。关于会计的基本原理也能知晓一二，只是我对这门课始终提不起兴趣。后来老师走了，生产队会计就由那位年龄最大的同学来担任了。应用文当时使用的教材是一本叫《新编大众尺牍》，各类应用文体很齐全。收条、借条、支条、证明、日记、书信、介绍信、说明文、调查报告等，不一而足，全都学习过。我们觉得，自己的老师几乎无所不知。我们这些深山沟里的孩子，与外面的世界完全没有接触的机会，连公社都没有去过，所有山外的知识都来自这位年轻的老师。山村那种闭塞是今天城里孩子难以想象的。但是对知识一点也不麻木，任何新鲜、陌生的东西，都能激起一圈又一圈想象的涟漪。天上传来飞机的轰鸣声，我们会飞快跑到户外，仰着脖子努力寻找，直到从山顶消失。

朱老师年轻，他的顽童心理也同样保留着，却又很好地与他教师的职业身份结合起来。他找来一节无底的竹筒，蒙上蛇皮，几天后，一个自制的小鼓就完成了。你还没有猜出他要干什么，上课铃响了，这时，年轻的朱老师从讲台下面拿出了这面自制小鼓，一根筷子。"咚、咚、咚，咚、咚、咚……"小鼓清脆而悦耳。"各位听官，今天我给大家讲一段孙悟空三打白骨精。"朱老师开言道，一扫平时的严肃。课堂瞬间由错愕而炽烈。于是，年轻的朱老师眉飞色舞起来，年轻的朱老师手舞足蹈起来。于是，课堂里的说者和听者不再是教师和学生。说者抑扬顿挫，绘声绘色，听者两眼圆瞪，屏声静气。你正全神贯注等待着白骨精到底把唐三藏怎么样了，却只听见"欲知后事如何，且听下回分解"。朱老师从不把一本书、一个故事有头有尾地讲完，今天白骨精，明天兴许是冬妮娅撩开树丛正看见保尔在她家池塘里洗澡，下月就可能是小白鸽和二〇三的故事了。

朱老师这一离经叛道的手段勾引起我一往无前、不可遏止的阅读欲望，一定要把他没讲完、没讲全的搞清楚。就这样，我开始从老师那里拿书来自己看。大队有个图书室，朱老师从那里借书回来，很快我便从他那里借走。除了上面说的，《西游记》《钢铁是怎样炼成的》《林海雪原》，《苦菜花》《迎春花》《清江壮歌》《红岩》《保卫延安》《雷锋日记》《王杰日记》《欧阳海之歌》《革命家庭》《把一切献给党》等，都是在这个时期看的。在林畈私塾的时候，有姐弟俩，姐姐大我一岁，弟弟小我一岁，都是我幼时的玩伴。他们的父亲是县里的干部，家中有不少的书，常拿出来给我看。我看过的有国外的童话，现在有的故事还能记得。还看过一本《诸葛亮》，竖排，右开本，从刘备死后司马懿五路攻蜀、诸葛亮思考退兵之计开始讲起，到死诸葛吓走活司马结束。我很喜欢这本书，六出祁山、七擒孟获、张辽大战逍遥津、诸葛亮挥泪斩马谡、空城计、木牛流马这些故事，很是吸引了我。但那时还太小，还没有真正产生阅读兴趣，也还不知道主动找书看。无意中朱老师为我打开了阅读世界的大门。没有那么多故事书可看，后来竟发展到，只要是文字，逮到什么看什么。下课看，放学回家的路上看，过桥，下坡，眼睛连路也不用瞧。到家，也不进屋，一屁股坐在门槛上接着看，直看到光线完全暗下来，鼻子抵着书也看不清字才罢。吃饭时在墨水瓶做的昏昏小煤油灯下一边吃一边看。母亲会轻声责备两句，自是不去理会。从来没有过晚上要做作业，作业都在下课时做完了。吃完饭，开始做父亲要求我必做的两件事：练大字，练打算盘。他自然有他的道理：字是脸面，算盘是实用，用不着管你在读什么书。于是，我的书只好搁置一边了，好在明天太阳还会升起。

　　朱式教育学还有一个与众不同的地方：他要求高年级的

学生，一天一篇日记，一周一篇作文。我们不知道怎样写日记，他就告诉我们记"流水账"。"今天晴天，早晨起来，吃完早饭上学去了。路上看见了某某。上了什么什么课。和谁吵了架。……"原来日记这样写！可是过了一段时间之后，朱老师提出了新要求："这样写不行。把一天发生的最有意义的事情记下来！"又过了一段时间："把你的感想写出来！"每周一篇的命题作文都写了些什么，已无从想起，开头老师会指导学生这个题目应该如何把握，怎样开始，怎样结尾。我于是想，他们可能会这样写，会那样写，我绝不能写得和他们一样。这样一来，逼得自己搜肠刮肚，想看过的书，想别人肯定不会用的词。结果，我的作文总能得到老师的表扬。这令我写作文的信心大增，一路照着自己的逻辑炮制下去。到后来，命题作文已不能满足我的"写作冲动"，就开始自己命题来写。以作文、写字为显著标志，我的学习成绩始终远远地保持在那些大伙伴的前面，是老师的"得意门生"。自己命题写作文这个习惯，一直保持到读完高中，由朱式教学法引导而自发形成，真的是应该感谢朱老师的。

1966年，我的那位年龄最大的同学结束了他的小学时代，十八岁，该是步入社会的时候了。于是，恰逢其时地，他进入了大队"文革小组"，我们到大队参加大会时，他是领着喊口号的风光角色（后来不光顶替老师做了生产队会计，又当了民办教师）。在"大字报"铺天盖地的热潮中，他写了我们老师的"大字报"。朱老师黯然离去，回到东流公社——他的家乡，我们县临江的一个镇子（那里盛产鱼），从此仙人黄鹤，再没有回来过。1967年的冬天，生产队队长带着他的儿子和我去东流看望朱老师。老师眼中流露的对于弟子的爱意，是我那个冬天如影随形的暖。在老师家住了两晚，曾经去过山冲看望年轻的师母和老师的母亲，他们如贵宾般招待我们。走时，老师送了我们很多的鱼，踏着晨霜，风中送我们很远很远的路程。1994年暑假，我从读书的武汉大学回家，特地在中途下车，去看望我的朱老师。他的家已经换了地方，但还是见到了二十七年后的朱老师。这时我看到的老师早已是一个地道的农民，憔悴，黑而且瘦，再不见当年那个风华冉冉的青年。然而那声音，那笑容，那份见到当年学生的喜欢，还分明是我过去的老师。又是十几年光阴的流走，我的老师，您还好吗？您不孝的学生在这里给您鞠躬了！

　　老师离去后，我们这些山里学生自然转入了生产队劳动队伍。1968年下半年，在风云激荡后的两年，中学以上的学生"上山下乡接受贫下中农再教育"，称作"上山下乡知识青年"（农村中学生叫"回乡知青"），而小学生们则"复课闹革命"，重新回到课堂。就在已经劳动两年，连学校、老师全都没有了，根本没有想到再读书的时候，突然接到通知去相邻的苏村大队苏村中心小学读五年级（我们大队的小学只有一到三年级，完全小学才有全部的年级）。这真的是出乎我的意料，还有原来私塾的同学一起,总共去了六七个学生。学校距家十华里,早出晚归。这半年求学经历,对我来说有三个收获:一是让我这个自觉低人一等的私塾的、民办的学生拥有了正规学校的身份;二是苏村是个较大的村子,在那里我开阔了眼界,结识了许多"大地方"的新伙伴,他们又是两年后中学的同学;三是背会了所有的毛主席诗词、"老三篇"和相当一部分的毛主席语录。这半年之后,又重新回村参加农业生产,直到1971年到公社中学上初中。

在劳动生产的那几年,断断续续地,也读了一些书。"文革"抄了地主富农的家,抄家的书堆放在大队的楼上。一些农民顺手牵羊,把书拿回家,放在茅房当手纸用。被我发现后,又顺手牵羊从那些茅房拿走。就以这种方式得到的书,我看了全本的《绘图东周列国志》、蘅塘退士编的《唐诗三百首》、《诗韵合璧》、残缺的《史记》、李白诗集、清乾隆八年版的《古文释义》、写太平天国天京陷落的书等。部分是清代的出版物,纸张发黄,字体很小,又是繁体字,文言文,有的还需要自己断句。没有字典,不认识的只能去猜。以我那时的水平,读起来自然很是费劲,但并没有阻挡我的阅读兴趣。现在想来,当时竟然没想到直接去大队的楼上拿更多的书,真是懊恼不已,后悔不迭。后来的公社初中的三年和区高中的两年,是我个人经历中"火红的年代"。初中入了党,还是公社革委会委员;高中是校领导班子成员、县学习毛主席著作积极分子，在地方算是有些知名度的人物。这些不是这篇东西所要说的事情，留待下篇文章再说，但这些仍是以学习好为前提的。就读书方面，知识面广阔了许多。读过《朱自清选集》《普希金抒情诗选》，也读过《艳阳天》《金光大道》。中学时除写自己命题的作文外，开始尝试写自由体诗，短诗、长篇抒情诗也写，还写古体诗。这些东西都汇集在一个本子上，保留了很长时间，现在早已不知去向了。

高中毕业后，在基层大队工作，随身黄帆布包里总会有一本书。《红楼梦》反复读了好些遍就在这个时候，以至里面的诗词全都能背得下来。就这样，带着几许青春的壮怀、几缕青春的愁烦，披着几分旧、几点新的知识百衲衣，度过了青年时代的最初几年，直到有一天离开故乡，踏上去都市流浪的长长行旅。

我的乡村"从政"记忆

顽童时没有做过孩子王,天生就一副平常人性格。

我给"从政"的定义是:以管理社会的方式服务于社会。说实在的,我十分清楚,自己不是从政的料,很多素质我是缺失的。比如,胆子小。两三岁的时候,家中来了生人,就赶紧找个地方躲起来,怕来人是"捉伢的"。小时候怕生人,演变成大了后怕官。不善言,小时不爱说话,甚至不喊人(即见面打招呼,尤其是小孩见了大人),自然后来也就做不到口吐莲花,滔滔不绝。无控制他人的欲念。自己最怕遭人控制,自由自在最好,所以不存控制他人的念头,大家彼此彼此,都一样心思。乡间有谚:"胆大闯得高官做。""胆小做不了大事。"优秀的政治家都是宣传鼓动家,特具演说天分;过去的皇帝是最大的官,生杀予夺的恣意中自有与百姓不能道的乐趣。胆小,不善言,无权欲,这三者自忖是从政者最忌的,而我偏偏都有。从小想做个有知识的人，文学作品读得多了，又最想当文学家。虽然后来读了些年的书，似乎也有了点做学问的基础，却又偏偏，鬼使神差地，经历中与"从政"脱不净干系。到了现在这个时候，再回过头去看，才知道，什么叫命运。没有这，便有那，人在文化中生长，不可避免地，便有些用世之心，有些情怀不知不觉地滋长。有选择或没有选择的时候，某一种因素起了主要作用，事情就这样铸成了。这是我现在的想法，在我二十四岁离开乡村之前，关于这，则完全是一片混沌。

为什么要拿自己所短来作文？说大点，可见那时代的一些影像；小里说，那经历对我后来的人生道路产生了影响。

我的乡村"从政"从民办小学开始，老师指派我做了学习委员，班长是位大我六岁的同学。他负责喊"起立""坐下"，我负责收、发作业。大家知道，学习委员不是"一把手"，但得学习好。班长虽然岁数比我大，学习却赶不上我。同学学习上有问题，不敢问老师，不会去问大龄班长，而来问我，我多少还是有点自鸣得意。我算是老师的"得意门生"，老师有时心血来潮，甚至还让我帮他批改其他同学的作业，有这个特殊"恩宠"，让别的大孩子无法在我面前"牛气"。那位班长心中不服气，却也无可奈何。从当学习委员的经历中，似乎能够感觉得到，学习好是件好事情，由此而得到同学的尊重，对学习无疑有很好的激励作用。

"文革"中辍学，到1971年复得以上了利安公社初中，这对我真是天大的意外。幸而劳动的那几年，一直拉拉杂杂地看各种杂书，读书的兴趣未曾消磨。入学不久，班主任汪老师确定班委会，我做了副班长，这是我未曾料想的，能上学足矣。班长另有其人（姑隐其名）。另有一位，学习乏善可陈，为人亦乏善可陈。现在想起当年他的一些作为，可谓用尽了心思。他是我乡村"从政"经历中一直伴随我的唯一"政敌"。记得中学课文中有一篇柳宗元的《敌戒》，这篇课文给了我提醒，对身边这类人生角色保持必要警戒，避免自己犯错误。

当时班上学习好的除我之外，还有学习委员苏君和劳动委员程君。我们仨包揽了所有课程的前三名，每次考试各科名次互有消长。这个"铁三角"很团结，不相互嫉妒，在班里有号召力，我稍长于他俩，自然成为主导，而那位班长无可避免地被边缘化。十几岁的中学生应该属于亚社会群体，其人与人之间关系的游戏规则在自然选择中形成。如果你是学生干部，学习却不好，同学心中不钦佩你，就难有威信。如果再加上遇事总是后退一步，不能身先士卒，不仅服不了众，同学也瞧不起你。学习成绩是重要的，这是学生的主业；学习名列前茅，不炫耀，又颇"江湖"，不敢说"唯马首是瞻"，同学大体还是乐意听从你的意见的，而老师也乐意将事情交给你去办。记得有一次，大家正在上晚自习，一位同学突然跑进来告诉我，他和某某在下面街道路灯下打羽毛球，被街混混马某抢夺球拍,不准他们打球。我一听,堂堂学子竟让街痞欺负,那还了得!顿时火从心上起,怒向胆边生!一声吆喝:"走!"全班同学呼啸而去,赶到事发地,与街痞对垒。先是对骂,对方自然不是对手,改为吐唾沫。这下惹火了我身后的大力士们,抡圆拳头开揍。正在不可开交之时,有同学回去搬救兵,喊来了教我们的体育胡老师。胡老师人高马大,是一位上山下乡知青,尤好拳脚,功夫了得,曾经打遍周边区社无敌手,威名在外。胡老师发一声吼:"干什么?你们想干什么?打架吗?"对方人马一看来了镇山虎,顿时作鸟兽散,于是我们得胜回朝。而那位学习、为人皆乏善可陈的某某,就在两军对垒的关头,早已溜之乎也,不知去向。

也许你会说,那是一个动荡的年代,一个不读书、批判"修正主义教育路线"的年代,推而演之,我在那时能得到政治如此青睐,怕也是属于"革命造反派"一流。其实真的不然。即使在一个错误的时代,对更为具体的环境和事情,后来若想靠简单的、想当然的逻辑推理来作判断,依然可能谬之千里。复课之后的学校,按照当时的教导:"学生以学为主,兼学别样,即不但学文,也要学工、学农、学军,也要批判资产阶级。学制要缩短,教育要革命,要无产阶级政治挂帅,走上海机床厂与工农兵相结合的道路。"学习成绩作为衡量学生的最重要标准没有发生变化,只是学生在校的活动内容不再仅仅是课堂学习了,至少在复课后的最初几年是这样。到 1973 年河南"马振抚事件"、1974年北京"黄帅事件"出现,"读书无用论"才逐渐占据上风。在我就读的学校,并未出现学校、老师不敢管理学生的情况。而是在"兼学别样"教育体制下,无奈地在课堂之外给自己的学生添加了"别样"内容。这些"别样"通过我们这些学生干部来组织实施。农村没有工厂,"学工"免了,剩下"学农"、"学军"和"批判资产阶级"。如果这些内容占用了大量课堂学习时间,为害的确不浅。

初中时学校"学农"只是在校园门前荒山开辟了一块小茶园。几届学生下来,有十来亩,劳动量并不大。而最有趣的是种菜。农村中学的学生因为离家远,都是住校生。背米交到学校,由学校食堂煮成米饭,而菜则要从家里带来。周六回家,周日返校就得带上一周的下饭菜,无外乎是干菜、咸菜、辣酱之类。没有肉类,没有油水,也没有新鲜蔬菜。一搪瓷缸干菜要计算着吃一周,没了,只好吃干饭,或者从还没告罄的同学那里蹭点。所以,种菜的热情异常高。学校指定校园旁边的一块荒地给我们,大约半亩的样子。我把它划分成若干相等的小块,分给各组。土地分配后,大家从家里带来工具,利用下午课外时间,很快就开垦出来了。我们这些农村孩子,在家都是劳动好手,况且年龄比起现在的初中生要大一些,有力气,干起活来,满是那么回事。黄瓜、豇豆、茄子、辣椒之类的种子也从家里带来了。施的肥料就是学校厕所里的大量储存。班里还成立了技术指导小组。种子下地后,下课都赶忙跑去看,苗出得怎么样，果实挂得怎么样。没事就侍弄侍弄。看到葱绿绿的一片，谁心里都满是欢喜。开始采摘了，兴奋劲也达到高潮。拿到食堂做成了菜，每个组都是满满两个脸盆。端到教室，大家围在一起，享用自己的劳动成果，吃起来要多香有多香，很快就呈风卷残云之势，彻底扫荡。自种的菜不能每天都有，但一周也能有两三次。因为人多，只能等蔬菜长到一定的采摘量，这样才会够一顿吃。

"学军"则是组织全校学生进行野营拉练。学校成立民兵营，校长、校团委书记自然是营长和教导员。那时没有学生会，我大约相当于学生会主席的位置，担任副营长，或许是副教导员。每天天刚亮就起床出操，练习队列、跑步、用木头枪拼刺刀、三横两竖打背包，夹上一双鞋。在油菜飞花、蚕豆结荚的季节，一个月黑静谧的深夜，突然间，集合的哨声在校园响起。漆黑中很快打好背包，悄然出发。一群青春的生命踏着露珠，急速行进在乡村的小路上。小伙子把柳枝编成环形伪装帽，戴在头上，姑娘们则还要点缀些野花。我们这些学生干部前后奔跑着，传达号令，派出收容队，组织冲锋，占领山头。直到第二天上午，才拖着疲惫的身子回到学校。这一夜的行军，要穿过好几个大队，行程五六十华里。

"批判资产阶级"没有什么实质性内容，无外乎出墙报、大批判专栏。那时的政治运动一个接着一个，"批林批孔""批儒评法""反击右倾翻案风"，包括"马振抚事件"、学习黄帅斗争精神，都以专栏形式来体现。除了这些，每逢重大节庆日，如"八一""十一""元旦"等，也是要出专栏的。各班都出的时候，就有点竞赛的意味，看哪个班出得好，字漂亮，排版别出心裁。我小时读过私塾，家长每晚又强制练字，学颜、柳，辍学后自个儿又练习过邓石如的隶书，"文革"初就为生产队在墙上、语录牌上书写毛主席语录。所以，在同学中书法算是上好的了，加上还能画几笔，专栏"主编"也就非我莫属了。一个大型专栏，十二张大纸，上下各六，一张刊头，上面还有通栏标题。组织好文章，留出题目和插图的位置，让字好的同学抄写。最后我来书写标题，画插图。除了楷、隶，印刷体、美术体也能像那么回事。因为这，后来连以学校的名义出的专栏都交给我来负责。学校专栏常常出在公社的大门口，那里有一块专门的地方。文学性的专栏也常在那里展示，记得我的写野营拉练的散文登在那里，颇博得一些称赞。也因为这点能耐，我成了校长业余助理文书，需要刻写或抄写文稿之类，都一股脑儿交给我。

　　那时做事劲头十足，不遗余力，尽己所能做到最好，有什么困难自己想办法，没有畏难情绪，不知道什么叫讨价还价。领导、老师交办的事，没有条件创造条件也要上。那时代的年轻人心怀天下，目标高远，为共产主义奋斗终身，对自己高标准严要求，不是什么奇怪的事情，是时代环境使然。说起来，让现在的年轻人见笑。初三开学后，郑又新校长找我谈话说:"你们不少同学写入党申请书了,怎么你没写呢?"我压根儿没想过,也不知道有人写了,只是说自己还差得远。校长说,要好好学习党章、党的理论知识,并把我班主任的入党申请书拿出来给我,让我回去学习。我明白了校长的关心,过了一段时间,交上了我的入党申请书。在我,只是想表明自己要求进步的态度吧。不多久公社党委组织委员柏东明来学校,与郑校长一起,很庄重严肃地找我谈话。问有关党的知识,还有我的入党态度,等等。我以为,凡写申请书组织无一例外地都要谈话。没想到的是,很快,大红入党志愿书发给了我。组织上能够让你填写志愿书,是远远比一般申请者更重视你。可想当时内心激动的程度。全校仅校长是党员,连老师中也还没有党员。1973年6月,志愿书被正式批准,介绍人就是柏组委和郑校长。与我同时的全社有六人,都是大队和公社直属单位的干部。记得很清楚,是在全公社党员大会上举行的入党宣誓仪式。这件事后来还有个有趣的插曲。三年前,在乡里工作的大弟弟告诉我,说乡里处理旧档案,他从中发现了我当年的入党志愿书,把它寄给了我。我拿着它凝视很久,不由得想起往昔的那些岁月。去年,单位人事部门打电话问我,说我的档案里怎么没有见到入党志愿书,我说在我手里。还真有这样的巧事。

初中毕业后,由于家境窘迫,父亲不打算让我继续念书。学校和公社就不断派人来做说服工作,父亲也就没再坚持。那时初中升高中用不着考试,由学校和公社决定哪些学生升入区高中。

区高中官港中学是一所完全中学，官港是区政府所在地，一个有些规模的镇子。我们一进校就成为全校人数最多的班级，共有七十二人，来自四所中学，都是学习好的学生和学生干部，我出任班长。面对来自不同学校的同学，如何形成有效管理是个问题。尤其是官港中学本部上来的，根本就没把我们这些边远山区中学的学生放在眼里。不到一个学期，新秩序形成。有个例子可以说明。高中上来的学生中最有影响力的某君，一次把我请到他家恳谈，表明心迹，说："刚来时，我们对你很不服气，现在我们觉得你当之无愧。"如此等等。他的表态意味着他那个圈子将不会与你作对。于是，班里形成了核心层和一帮铁杆。核心层都是各"门派"的"掌门"，工作计划、任务经由他们得到畅通无阻的贯彻执行。那时的我，颇似"黑老大"，外出时定有几个跟随，当然不会去做不法的勾当。由于离家远，有百十里，偶尔周末才回家。不回家的周末，那些兄弟就请我到他们家做客，一去往往是三五个，家长看到孩子这么多好友来了，上等招待，风光得很。自然我也一拨拨地请他们去我家。"同学少年，风华正茂"，不敢说"指点江山，激扬文字"，在恣意山水中，壮怀还是有几分的。记得毕业后的春节，我带了几个同学，正月初一出发，十多天一路探访六个公社的同学，算是一次壮行。

高中的时候，文化课在一片批判"修正主义教育路线"的口号声中，受到很大冲击。自己也开始偏科，除了语文，数理化不那么重视了。而在初中，各科均衡发展。1978年考大学时，许多老师希望我报考理科。自知数理化缺失很多，我最终还是选了文科。大环境与学生的学习风气交互影响，最后吃亏的是学生。官港中学的校长是一位老资格，县级干部，尤喜开挖茶园。因了他的坚持，官港中学开辟的茶园至少有五百亩，在全县中学中数量第一，也远远超过一般的产茶生产队。由此可知，我们这些学生付出了怎样的劳动量！与那种艰苦的劳动比较起来，我们无疑愿意读书。除了开挖茶园，采茶的季节还要采茶、制茶，幸而那时可采的茶园并不多。茶园越来越多，学校管理这样大面积的茶园也越来越困难。我们毕业后，听说那些茶园逐渐被周边生产队采摘、蚕食，直至最后被瓜分殆尽。

劳动之外，我们还组织过小分队到周围的村子里办夜校，名曰"接受贫下中农再教育"，实则教农民识字。利用秋冬农闲季节，给他们扫盲。上课，办墙报，很是热乎了一阵。青年男女积极性高，中年以上根本没有参与的兴趣。因为是季节性的，一开春，就自然终止了。

节日里我们还举办文艺演出。我们班是一个大班，也算是人才济济，能够独立组织一场演出。其中有搬演样板戏片段，如《沙家浜》"智斗"。我因有写作的爱好，常写写散文、自由诗、古体诗什么的，所以也常为演出"创作"快板、对口词，供班里使用。文艺演出我只能作为组织者，却无一技之长，上不了台盘。仅在演出"智斗"中扮演一个农民，上台对阿庆嫂说了一句话就马上下场的角色。就这样一个半分钟的角色，也让我紧张了半天。

我们班级在各项活动中都"拿得起来"，很受全校同学的瞩目，尤其是初中部的同学。老师们也都喜欢我们班，我似乎也成了授课老师们另眼相看的特殊学生，年轻老师则如同"哥们儿"。高中两年在意气风发中度过，却依然无可避免地走向毕业，结束"辉煌"。未来的不可知与青春的茫然无措在临近毕业之际也一样袭上心头，缠绵、缭绕。师长的保护不再，同学友谊已成回响，志大才疏将真实面对社会考验，会不会一触即溃？我不知道。离校前的几个夜晚，我们把课桌凳子搬出教室，用挖茶园担回来的桩脑在教室中央燃起篝火，通宵达旦（那时的学制是春季开学，冬季学年结束）。我写了一首很长很长的抒情诗，念给同学们听，表达此时青春情怀。

离别的眼泪似乎有点黏稠。走在回乡的路上，朦胧中感受到理想与现实距离难以捉摸。

还没毕业时，校长对我说："你留下来带两个初一班的语文吧？"过了一段时间，他又说："我不留你了，你还是回去吧。"对留校做代课教师，我本没有什么热情；后来的改变，也就不去问他原因。回乡没多久，就是春节；春节刚过，还在新年里，公社张书记下乡来了。我没有见过他，他是我在高中就读时来我们利安公社任职的。张书记来后立即找我去谈话，我父亲也在场。寒暄几句后，书记直截了当："组织上决定让你担任大队副支书，怎么样？"我有点丈二和尚，父亲反应快而且激烈："你们组织上是怎么搞的？让一个刚回来的高中生当支书，简直是开玩笑！"书记笑笑："考虑考虑吧。"说完就走了。我突然明白校长前后态度的变化，想来是区上跟校长打了招呼："让这个学生回去，另有安排。"过了个把月，书记又找我去："想好了没有？"我颇为难地说："没底，怕干不好，组织上重新考虑吧。"书记严肃起来："组织是经过慎重考虑的！入党时是怎么说的？要服从组织分配！不会干？干中学嘛！"事情到了这个地步，没有退路了，我只好说："那——干吧！"就这样走马上任了。大队还有一位副支书，合作化时期的干部，没什么文化，工作方法简单，群众基础一般。公社的想法无疑是打算择机让我取而代之。

上任遇到的第一件工作就是"割资本主义尾巴"。这个词，现在即使在农村，很多人恐怕都不知道是何意了。合作化后直到人民公社成立，原来土改分得的土地大部分入社，归集体所有了，余下的零碎边角地集体不好管理，就留给社员种菜和杂粮，叫作自留地。每个人头自留地多少，政府是有规定的，记不得是五厘还是一分，总之，除了满足吃菜需要，还有余地种些其他农作物。由于人口的增减和私自开垦，各家各户的自留地都会超出规定，甚至大出一倍的都有。超出的部分就叫"资本主义尾巴"，把超出部分收归集体所有就是"割"。上面的指令下来，明知会引起群众强烈不满，基层也只得执行。由大队干部和各生产队队长组成工作小组，带上丈量员和民兵，挨村、挨户丈量、计算。为使这项工作有执行力度，多出的必须交公的自留地里的青苗，现场就让民兵拔掉。这一做法有些残忍，庄稼无异于农民的孩子，绿油油的青苗生生地连根拔起，实实叫人心疼。农民们愤而起身护苗，遇到性子刚烈的，冲突有时白热化。多出的土地收走，无可奈何也无话可说，但要拔掉青苗，那是死活不能答应。斗争的结果是，保留青苗，但要承诺收获后及时交公。最后，除了个别农户超出的大块地收归了集体，大部分依然原封不动。毕竟，这些基层干部都是土生土长的，有相同的利益，相同的感受，最终还是要走向妥协。

紧接着第二件工作是带领几十名青壮民工，到远在一百几十里外的县城旁边，参与县里的"七里湖工程"的扫尾工程，开挖一条支渠。"七里湖工程"是一个十分浩大的工程，分两部分：加宽、改直我县最大的尧渡河，变流入七里湖为注入长江，以利泄洪。我们县大部分为山区，雨季山洪陡至，常常淹没村庄和农田。通过河流改道，把七里湖变成可耕种的良田。这个工程动员了全县十万民工，整整干了两年。这次我在这个工地上干了一个多月。为了尽快完成任务，赶回去栽插早稻，每天天不亮起床，走七八华里才到工地。任务很明确：把划定区域的土方挖起来，运到堤上，夯培结实、平整。午饭由自己带来的炊事员送到工地，直干到晚上回来。我虽为领队，但完全和大家一样干。这年的冬天，公社也上马了一个改河造田工程，全社几千劳力在长达数华里的工地上展开，场面非常壮观。将河道截直，从两山间流过，原来的大河湾被改造成百亩良田。要知道，在丘陵山区，增加百亩水稻田绝不是小事、易事。在我任上，我们大队也上马了一个改直河道工程，但工程量要小得多，当年上马，当年完成。大集体时期，姑且不论它有多少弊端，但运用集体的力量，做了不少大事，却是不争的事实。完成的农田基本建设、水利基本建设，在后来相当长的时期里，一直发挥着作用。大队有四座小水库，水田的灌溉全依仗它们。每到秋冬农闲，大队总要从各队抽调人员，给这些水库加高加厚，排除隐患。现在它们的命运如何，已不得而知。

人民公社时期，"三级所有，队为基础"。生产队独立核算，山林、土地归属明确。大队没有土地，但有山林。生产队每年的收入，除去生产开支、自己提留公积金和公益金，剩余部分除以总工分数，得到工分值，按各家各户的所挣工分数相乘，减去预支，就是社员年终分红。如果预支大于收入，就成了超支户。公积金用于来年集体的基本建设，公益金则用来调节、缓冲超支户的超支。大队日常行政开支、干部工资主要从下属生产队按照人口和工分值提成。我们大队那时也有点其他收入，有个机房，一台十二马力的柴油机，带动一部揉茶机，还有一部碾米机。碾米机给稻子去壳、成米，没有碾米机的时代，则要用臼舂米吃，很费时费力。机房可以有些加工费收入。还有一个林场，能够出产一点木材。大队要上项目，就向生产队摊派，从他们的公积金中按一定比例提取。向生产队要钱都是老大不愿意，攀比着跟你拖、磨、打折扣。以经济作物为主的生产队，日子比产粮队要好过得多，比如产茶队，向国家卖茶时，当时纳完税，钱就进了生产队存折；收购木材亦然。国家再以平价出售粮食给他们。产粮队就不一样了。粮食收获以后，按亩数缴纳公粮，公粮就是税粮，必交的。想要有钱，就得以平价向国家卖余粮。产粮队都是这样：稻子进仓了，要缴公粮了，大队开始出面，找各种各样的理由，要求公粮返销，抵卖余粮。这样生产队把分给社员后剩下的粮食进行地下交易，卖出的价要比政府平价粮高出很多。但可卖的粮食十分有限，所得自然也有限。这两类生产队社员收入之差还是不小的。产茶队一等壮劳力一年可挣六到八千个工分，每十个工分可达七八角钱，毛收入五六百元。而产粮队十个工分则只有五六角钱，总工分也没那么高，只在六千分上下。而大队干部一般在平均数之上。大队干部拿全额工资或者叫全日制工分补贴的，只有大队支书和大队会计，之间有一千分的差别；副主任、民兵营长则只有一半或略多一点，妇女主任只能象征性地有点补贴。我与另一位副支书都是全日制补贴干部，年收入在五六百元，是高收入者。但与壮劳力比，因工作要多出一部分开支。

那时大队对生产队的工作干预还是很多的，年终制定来年的生产指标和任务，总产要达到多少，平均单产、最高单产要达到多少；早稻多少亩，晚稻多少亩，中稻多少亩，分别种哪些品种，每亩施多少有机肥和化肥，耘几遍草，密植早稻四六寸，晚稻二八寸，等等，都有明确要求，很详细。除了大队干部分片负责指导，还要分阶段组织生产检查。春耕生产准备要检查，稻种够不够，农具是否增添和维修了，牛养得壮不壮；育秧要检查，稻田管理要检查。到了"双抢"，更是密切关注，整天在生产队里跑，与队干部研究生产上出现的问题，有时也下田和社员一起干活。很少利用白天开会，经常是晚上开，交流情况，针对新发现的问题，及时商定对策。这段时间是最为繁忙的了。"双抢"的季节性很强，收割与栽种紧紧相接，早稻收不上来，晚稻插不下去，晚了季，秋粮就不会有收成。在这个紧要关口，大队就要从没有"双抢"任务的生产队调集人马，帮助劳力捉襟见肘的生产队。从布谷鸟的欢唱到知了的絮叨，杜鹃花开了，油菜花谢了；牧童雨中蓑笠，池塘春水蛙鸣；稻花飘香之后是满垄金色，渲染着季节，也渲染着人心，春耕就这样连着夏收。

夏收之后生产舒缓下来，秋种作物的管理不紧不慢。带着各种各样的理由名目下乡来的干部开始多起来，接待，汇报工作，走村看户。招待也不繁复，几个菜，就地取材。自觉寒碜，拿个酒瓶，塞进炸药雷管，扔进河里，"砰"的一声，一碗新鲜的佐酒的野鱼就有了。酒也就是大队小卖部的红薯酒，八毛二一斤。应酬完了，是乡间里没完没了的鸡零狗碎：东村与相邻大队发生了山林纠纷；西村两个大家族械斗；张家妻不和、弟不睦；李院父不慈、子不孝。诸如此类，除了与集体有关，一般的民间矛盾，只要没有白热化，没有告到大队，大都懒得过问。苏家嫁女，周家娶亲，请了，有时去，也是有一定私交或者关系的。入冬，霜降下来了，山岭俨然地保持着苍翠的姿态，浅浅的河水从村外顺从流过，没有了夏日的喧哗，而田野在贡献了收成后只留下无言的颓唐。这时，垦山造林和农田水利基本建设展开了。

虽然在农村长大，只有当自己被放置到管理者的位子上，才真正感受到，乡村社会的矛盾关系竟是那样错综复杂，促使我用一种过去未曾有的目光打量、审度这个生我养我的地方。村落的盛衰，家族的枯荣，各种力量的此消彼长，还有乡村的男欢女爱、生老病死，应和着乡村社会内部结构无声的变动。演进，变异，挪动，融入或者排拒，妥协抑或抗争。

在我进入大队工作不久，公社派来了路线教育宣传队。路线教育宣传队离开之前，另一位副支书被免去了职务。过了一段时间，从外村派来一位有经验的中年干部来帮助工作，也是副支书，意在让我尽快成长。在我近三年的任期里，干部年轻化也顺理成章地提上了议事日程。大队班子里一位革委会副主任是退伍军人，年长我三岁；民兵营长资历稍长，三十来岁。这是由公社确定的。给生产队补充一批二三十岁的年轻干部，先做副队长、会计，以便取代合作化时期的干部。因为年轻的一代文化程度比他们高，多少读过几年书，能接受新事物，也易沟通交流，达成共识。初时，党员几乎都是合作化时期的，老化了，一部分已无活力，与普通群众无异。于是也着手在年轻干部中发展新党员，叫"吐故纳新"，叫"吸收新鲜血液"。对于这，公社是完全支持的。

1977年高考制度恢复，我看到人生轨迹改变的可能性就在眼前，没有犹豫地报考了。也没有复习准备，结果是，初选上了，又落选了。心中不甘，决意1978年再考。公社书记不肯让我再考，商量着对我说："小查，不要再考了吧！大队需要你留下。"我不假思索："那我现在辞职！"介绍我入党的柏组委赶紧出来缓和："行，行，再考一次。给你俩月的复习时间。说好了，就这一次了。"父亲也劝我不要再考。现在想来，自己如了愿，是领导宽容了我的"冲"，而我辜负了组织的期望。

在任上，有两件事，虽然小，还值得一说。一件是给大队小学建了半个篮球场。之所以是半个，是因为学校坐落在半坡上，只能平出半个球场的空地。请木匠做了个篮球板，铁匠打了个球筐，高低大小尺寸大体符合。从这里可看出当年乡村小学之简陋。我因偶尔有老师请假而去替学生上课，产生了这个想法。学生多了点课外活动空间，师生们自是高兴。另一件是建立大队图书室。其实应该说是恢复。"文革"前大队有个图书室，是它的藏书让我有了阅读的习惯。"文革"使这个图书室的书荡然无存，我心有戚戚焉而志在重建。开会向队长们提出，要他们拿银子，一个个恰似铁公鸡，就是不开口。也的确，生产费用都西缺篱笆东缺墙，哪里有钱花在不添一铲土、不长一棵禾的买书上！无奈，出钱的指标一降再降，如和尚化缘般化来点钱，买了百余册文史和农业科技类图书，摆上了大队的柜子。遗憾的是，我上大学走后，书架的书不但没有增加，反而张借一册、李拿一本，有去无回，图书室再度消亡。

大学时和工作后，有两件事，不小，也可一说。

1981年，由我省淮北小岗村发明的联产承包责任制已开始在全国推行。耳闻目睹当时各地推行的情况，让我这个曾有过基层工作经历者不免惶惑起来：以大概念论，农村集体所有制就此结束了？具体情形更令我忧虑。以我家乡生产队为例，茶园分到各户，所有的集体财产瓜分一空，两栋很气派的队屋，一栋两层楼房，一栋三层楼房，生生被拆掉，瓜分拆下的屋料；两台柴油机低价作卖；为瓜分地基，其他多年辛辛苦苦建设起来的生产设施，也拆毁了。分到各家各户的茶园，只管采摘，而疏于管理，甚至任其荒芜。原来有计划采伐的山林到户后，农民们相互盗伐，成材的树木被洗劫一空，惨不忍睹，令人痛心。我们公社及周边大体都类似。这年的暑假，我约上我班两位同学，凌德祥和花学筑，自费进行农村调查，走访了皖南的东至县、皖中的长丰县、皖北的凤台县，收集了大量数据，分析整理，返校后，由我执笔完成了一万多字的调查报告，而那时我正在准备考研。调查报告现在已找不到底稿，但基本观点还能记得一些。其一，实行联产承包责任制，在经济相对落后地区，对于激发农民生产积极性、解放生产力有积极作用；但在集体经济发展相对成熟的地区，则不应实行"一刀切"政策。其二，联产承包恢复到单门独户、一牛一犁的生产方式，生产力的提高是有限的。在联产承包发展到一定程度的时候，应及时引导农民在自愿的基础上，向多户的生产联合体发展；在联合体充分发展的基础上，再向现代农场过渡。其三，由农场走向农产品生产、加工一条龙的农业生产结构，带动小城镇的发展。其四，为保持农业生产力持续提高，国家应实行化肥、农药、种子、机械等农业生产资料向农民销售价格补贴的优惠政策。还有什么，已记不得了。在调查报告的最后，我们很郑重地署上自己的名字，寄给了安徽省委。似乎只收到一个很简洁的鼓励。

1990年，我在高校当老师，教中国现当代文学。一位地理系的同县小老乡大学将毕业，来就问怎样写毕业论文，写什么才好。我略思索说："写我们家乡东至县如何发展地理经济吧。"接着，我说可以从下面几个方面来写：其一，东至县的茶叶优质，却无品牌。可由县聘请省农学院的专家教授，研究开发我县茶叶品牌，进行广泛宣传，建立我县品牌茶叶生产基地。其二，我县木材储量可观，用来制作家具的杂木种类很多，可发展仿古家具的生产，形成规模。随着人们物质生活水平日益提高，仿古家具有潜在市场。其三，我县毛竹储量丰富，可发展竹器的深度加工，生产精致型竹器产品。其四，我县桩脑遍地，树木砍伐后，粗大的树桩留在地下腐烂，山场开垦出来后的大大小小的树桩，也被烧掉，非常可惜。可培训有一定知识的农民，生产根雕产品。其五，我县大部分为山区，单门独户、居住分散，可利用这一特点，引导农民发展庭院经济，以屋场为中心，环植果树或经济林；再利用这个环境，养羊、养兔、养鸡。其六，对以上项目，县政府给予贷款优惠政策和技术支持。如果东至县能照此发展，可藏富于民。我对他说，写好后，给县委一份。后来，这位小同乡毕业后匆匆到南边教书去了，是否写了这个题目，也没过问。九十年代中后期，精致竹器、仿明清家具和根雕制品流行，证明我当时的想法还有那么一点超前。1999年我去山东蒙阴，看到原来贫穷的山区，因为庭院经济，农民富裕了起来，也觉得原先的思路有些对头。

这两件事都在我离开乡村之后，却与我那时粗浅的从政经历有关。因是自述，难免有自恋和美化之嫌。写到这，文章也该结束了。

2008年9月28日

童年呼啸

在时间链条上,童年离我们当下生活越来越远;可常常在我们专注于自己内心时,童年仿佛如雷霆般呼啸而过,令我们深深震撼。若干年前,在为妻子翻译的美国女作家路易莎·梅·奥尔科特小说《小男人》撰写的前言中,曾这样写道:

> 我们回忆童年时,无论曾经充满着怎样的艰辛,总有一些地方闪耀着美丽动人的光彩。这些闪光的亮点,其实就是人生的原初信念。正是这原初信念的发育壮大,支撑起个体生命的大厦。我们都同样地犯过错,有过过失,并为之痛悔不已。这些都和闪光的亮点一起被我们带到成年,冥冥中支配着我们。倘若童年的生活犹如一段旋律不断地从我们的心头响起,那我们现在的生活也

许会减少许多沮丧和一些我们并不乐意要的东西。童年生活既真实而又浪漫，它总是那么生机勃勃，从不失去希望。当家长与老师的作用力随着自己长大而渐渐退居到我们生活的边缘时，我们可以深信不疑的就是我们的童年记忆、个体生命的初始历史。也可以说，一个丰富多彩的童年是人生取之不尽用之不竭的宝库。

我不知道对所有人来说，这是否言过其实；就我而言，即使经历了三年经济困难时期，也从未觉得自己的童年不堪回首，一无可取。日子一天一天地累积过来，让你觉得，生活原本如此。某些记忆似乎有些惨然的味道，毕竟，不是全部。甚至，如果不去有意放大，其实也就是生活中曾经出现的一个节拍而已。整天想着如何玩得痛快，有好吃的，是每一个孩子心中反复回响的"主旋律"。

在皖南十万大山深处，我家那条山冲显得特别长，足足有七八华里。这是我长到两条小腿可以跑遍整个山村、那长长短短的羊肠小道、大大小小的峻岭崇峦后才知道的。而在四岁之前，我的全部世界就是低矮的茅草房和环绕着草房高高低低的树。

这是一座真正的草房子，是祖父祖母来江南时自己搭建的。泥巴的墙，柱子从山上砍下来，埋进地下，还留着树杈，树杈再放上横梁之类，横梁上盖着巴茅。房子后面没有墙，是借着山体。真的是矮墙茅茨，聊遮风雨。后墙依山还挖有排水沟，下雨时，从山体淌进屋子的雨水便从这沟排出屋外。偶有长虫，多是无毒的"乌梢"溜出来，奶奶说，是保佑咱家的灵物，不要伤害它。山体的墙中央还挂着一块匾牌，祖父说，上面写的是"天地君亲师之位"。房间是用细竹编隔成的，床也是细木条扎成的。草房坐落在山洼里，"左青龙，右白虎"，目光只能向前。而眼前隔着小溪，是一座兀然耸立的大山，横横地挡住全部视线。四岁前的影像已十分模糊，只记得火红的太阳从前面的山顶升起来，然后落到草房的后面，对面的山排于是有了两种颜色：一抹深色的苍绿，一抹鲜艳的淡黄。坐在门槛上，那一条分界线在我长久、长久的注视下，慢慢地、慢慢地向山顶爬去，直到消失。天黑下来了。

除了日出日落，让我记起的还有从茂密的树丛中不时惊飞起的山雀和野鸡之类的飞禽，"嘎嘎"地叫着扑棱棱飞过山梁。这时，家中那条名叫"海巴"的狗就会无聊地去追撵，然后又垂头丧气地回到它原来的地方。"海巴"的尾巴总是高高地翘起，很粗壮，一副很骄傲的样子。狂吠起来声若洪钟，此时必是山冲的小路上有人来了。夏夜，坐在门前的凉床上，仰头看天看月看云，圆圆的月半在云中半在青天。有时月在云中飞跑，有时懒懒地游，直看得脖子发酸。奶奶说，月亮里有神仙，还有棵桂花树，那灰色的影子就是。树很大很大，那神仙整天地砍，一停下来又长合起来，总也砍不倒。睁大着眼睛看，怎么也看不清楚。想着，能不能不停下来呢？又想，他也要吃饭，累了也要歇歇的。可是，什么时候才能砍倒呢？奶奶又告诫说，不要用手指月亮，神仙会下来割小孩耳朵的。

山中的夜间，山鸟的啼唤常常与故事相连。对面山顶又传来"疼哦……"的鸟叫声，凄绝而悠长，在空寂的群山中回荡，清澈异常。奶奶说，从前有一家人，一对夫妻和一个瞎眼老母。开春，男人要出远门做工，嘱咐媳妇在家好生照顾老母。要过年了，男人从外面回来，进门后问候老母，询问媳妇待她怎样。老母说："好着呢，今天还给我下面条吃来着。我没牙，嚼不动，没吃完哪，放在灶台上。"儿子进了厨房，一看碗里哪里是面条，分明是蚯蚓。于是，男人把杀猪的大木桶搬出来，媳妇回来后，立即吩咐她拿大锅烧开水。媳妇以为过年杀猪，就按照吩咐烧水。待把烧开的水倒进木桶后，男人一把拎起媳妇塞进木桶，盖上了盖子。良久，打开盖子，一只赤裸裸的鸟儿哭喊着"疼哦……"从桶中飞向天空，从此世间有了一只这样叫的鸟儿。每当听见那一声声刺穿苍穹的啼唤，就不由得想起那个因为过失而命运悲惨的可怜的媳妇，以及她在山中孤寂忧伤的生活。

还有一种叫声"错了吗？错了"的鸟儿，仿佛在自问自答。想起这鸟儿前生的命运，至今依然不能让我释怀。说的是一山里人家，有俩同父异母的少年兄弟。两兄弟虽不是一母所生，却亲睦友爱得很，形影不离。但后妈，也就是弟弟的母亲，容不得丈夫前妻留下的这个儿子，欲除之而后快。这年，家中开了两片山，准备种芝麻。后妈心生一计，把一份芝麻种子炒熟了，装在一个布袋里，另一个布袋里装着没炒过的生芝麻。她将第一个布袋交给了前妻的儿子，把后面的那个袋子给了自己的儿子，然后很严厉地吩咐道："谁的芝麻长出来了，谁才可以回家。"两兄弟蹦蹦跳跳出发了。途中两兄弟交换着芝麻吃，弟弟说："哥哥，你袋里芝麻比我的好吃。"哥哥很大度，说："你拿我的吧。"兄弟俩交换了芝麻种子，上山撒在各自的山场上。过了一段时间，哥哥的芝麻长出来了，于是下山回家。后妈一看回来的不是自己的亲生儿子，忙问："你弟弟呢？"哥哥说："弟弟说我的芝麻好吃，跟我换了，还在山上。"后妈一听，知道不妙，赶到山上，儿子已被老虎吃了。魂魄变成了一只鸟儿，还守在那里，一遍遍地叫唤着："错了吗？错了！"

这两个关于鸟儿的故事，从童年起就深深印在记忆中，再也抹不去。

1958年的春节，我们家过得很不平常，早晨起来后第一印象是家中突然来了许多的人，屋子仿佛到处是川流不息的大人，忙忙碌碌地走动着。还伴有家中大人啜泣的声音。奔到爹爹（怀宁人习惯称祖父为"爹爹"，称叔叔为"爷爷"）奶奶的房间，见爹爹直直地躺在床上，身上盖着白布，脚的一头点了一盏香油灯，放着一碗饭（稍大后知道那叫"倒头饭"），上面还插着燃着的香。奶奶、伯母、母亲在脚头哭泣，父亲和伯父则跪在床头那里。他们的头上都扎着白布。我不明白到底发生了什么，只知爹爹对这一切一点反应也没有。他躺在那里，白胡子还在高高翘起。平时我和两个堂兄弟就喜欢去拽他的胡子，他一点也不恼，还乐呵呵地笑，摸摸这个头，摸摸那个头。他抽旱烟时，我们就争着用纸媒子或炭火给他老人家点旱烟，也一样乐呵呵地笑。"天地君亲师"就是他老人家反复指念给我的。爹爹就这样走了，在我还不知死亡为何物的时候。他的灵柩就停在门前左侧的山坡上，守望着他的家、他的子孙。三年后，伯父和父亲将祖父的灵柩在原地下葬。懂事后了解到，祖父因哮喘死于大年初二，享年六十有二，在今天算不上高寿，却也逃过了紧接着的饥荒时代，少遭了那份罪。父母亲后来给我们说，爹爹体恤家人，没死在春节前，让家人过了一个平安年。又说，爹爹好热闹，选择春节人来客往最多的时候，有那么多的亲朋好友来为他送行。祖父的去世是我人生关于死亡的第一课。1971年奶奶去世，与祖父合葬一处。每逢过时过节，父亲便领着我们去墓前祭祀。这时，每每从父亲的神情中感到，他的父母亲与他同在。数年前，父亲提出，趁他尚有行动能力，将祖父母的墓重新修缮。修缮后合立一个大些的墓碑。我代父亲撰写的墓志铭刻在碑后：

……民国二十年为生计所迫，迁江南至德县周冲，筚路蓝缕，矮墙茅茨，以遮风雨。遂租赁当地山场，刀耕火种，以杂粮为食，兼种以茶。余暇即外出辅以短工、制砻。虽艰苦备尝，仍能乐天知命，安之若素。三十年代根据地时，先考曾为赤卫队员，红军撤后，仍操旧业。性豪达，慷慨仗义，有口碑，乡里称道。先妣贤良坚毅，古道热肠，尤孚众望。常以古诗词教孙，琅琅如数珠玑。

我的童年大约有三个时期，四岁前，能记得的大约就是前面写的那些。四到八岁，离开茅草房到外面的大村子。八岁后，又回到老地方，直到"文革"开始后辍学，十二岁进入生产队劳动行列，童年在这里奏完最后的余响。

1958年，应是在夏天，大跃进、人民公社时期开始了。山冲里的山民悉数外迁。我的全家，奶奶、父母亲、我和妹妹，跟随着迁移，落户在冲口的林畈村。我第一次发现，山外竟有那么多的房子连在一起，青砖瓦屋，比茅草房好看多了，还有那么多的人。并且第一次看到电影，在一间大堂屋里，门窗全都关得严实。一块白布上有活动的人儿，一会儿大得很，一会儿又变小了，还会说话。这玩意儿令我兴奋而且害怕。又看到村外的大道上，有很大很好看的彩门，青枝绿叶、红花彩带的。吃饭的时候，村子里空地上，摆的全是桌子，那么多的人在一起吃饭。这一切都让我这个什么世面也没见过的山里伢惊奇万分。田间是耕种的人群，男男女女，风风火火，连夜间田野里也是星火点点，人声喧腾。冲口正在修建水库，入夜，汽灯高悬，挖土的，推车的，挑担的，打夯的，人欢马叫。我不知道那是一个特殊年代、特殊的生活和劳动场景，只知道外面的世界真的是太精彩、太有趣了。

这样的感觉维持了多久，已无从追溯，四岁前后的记忆只能是一鳞半爪的，不成系统。后来的日子，只是感到家里可吃的东西越来越少。开始菜糊里还有星星点点的粮食，渐渐地，连野菜这样的内容也越来越少。"饿"成了每天挥之不去的感觉，想方设法寻找可吃的东西，成了每天最要做的事情。后来听母亲说，迁移的时候，家中粮食全部充了公，大食堂是禁止各家自己开伙的。从食堂打回来的，紧着我和妹妹吃，母亲和奶奶只能吃黄荆籽或蕨蕻根磨成的粉面。大队成立了手工业厂，父亲是秤匠，在厂，偶尔带我去，吃得比在家里强。母亲去接我回来，总是死活不肯。经常地，我像一只小狗一样，到食堂里，大人坐在桌子上吃饭，我就在桌底爬来爬去，拣扔下的可吃的东西吃。再后来不得已只好吃米糠、树皮。糠能顶饥，但最大的不良后果是拉不下来。没办法，奶奶只好用她那架纺车上穿纺锤的细铁棍，一点点往外掏。这是我平生第一桩难堪事。一次，母亲抓了一只老鼠，剥了皮用小罐煨了给我们吃，那真的是天下至味！有次饿急了，到稻田里拔稗子，拔了满满一把。藏在身后，生怕被人看见没收。以人格保证，绝没有一根稻穗！因为稗子比稻子成熟要早得多。回来交给奶奶，做了手心大的一个小饼,那滋味,现在想来,仿佛香犹在口。

还有一件最令我伤心欲绝的事情,也至今让我记忆犹新。入冬,地里的红薯已被队里挖走了,又被饥饿的村民掏挖了多少遍。这时,队里开始翻耕土地,准备种麦子了。我拿了个小簸箕,跟在耕牛后面,睁大眼睛,目光炯炯,找寻一切与红薯相关的残存。那专心,那全力以赴,全然顾不上寒冷。一大块地耕完了,我的簸箕已有沉甸甸的分量,全是薯梗、碎薯块,有一两斤的样子。我为自己的收获、为今天全家晚餐有着落、为我也能为母亲分忧而快活起来,心中被无边的喜悦充盈着。就在这时,一位生产队队长走过来,不由分说,狠狠地夺走我的簸箕,倒走我的红薯。我始料不及,一个五岁的孩童根本无法与之对抗,无边的喜悦瞬间被无边的愤怒取代,无助地号啕大哭起来。那哭可谓恸哭,呼天抢地,撕心裂肺。我不记得哭了多久,不记得是怎样回到家,也不记得是否告诉了父母,不记得花了多长时间从心灵重创中走出,但是那一幕如同感人至深的电影画面,极深地烙在了心底。许多年以后,我做了大队支书,他还是我手下的一位资深队长,对我颇尊重,我却找不到敬重他的理由。也许和我正相反,在他的记忆中没有一丁点当年所作所为的存留。由此,算是给成年人的一个忠告吧,千万别去刺伤孩童幼小的心灵,他会记恨你一辈子的。成年人的言行,常常并不去顾及在孩子心目中所产生的印象,其实,"人小鬼大",他们心里也有一本账,谁善良可信赖,谁刁钻奸诈，比成年人自己还明白。

　　调整着姿态，变换着风景，岁月的步伐缓慢而坚定。于是，可看到男人和女人们在自家的地里埋头干活。炊烟从各家各户的屋顶上袅袅升起，在村庄的上空连成不规则的一片。灶膛里的劈柴噼噼啪啪地燃烧着，寻常饭菜的香味从蒸气腾腾的锅里飘然而出。到这时，能看到打蔫的孩子脸上有了些颜色，找回本性，又疯野起来。

　　没上学的时候，把村子里里外外、旮旮旯旯全都钻了个遍，期望有什么新发现；或者，找到捉迷藏的好地方。腻了，还有那么多的时光要打发，就去抓青蛙，逮蜻蜓，粘知了，捉萤火虫，掏老鼠洞，捣黄蜂窝。蜻蜓在傍晚时变得迟钝，停在那里，我们蹑手蹑脚地从后面捏住那根长尾巴；如果翅膀收拢，就捏住它的翅膀。不想捉静止的，就抓飞行的。找根杆子，一端绑个圆圈，再到房子的角角落落网些蜘蛛网来。拿着这个捕捉器，在蜻蜓密飞的地方挥舞，一扫能扫中好几个。粘知了的手段和逮蜻蜓差不多。夏夜里，用蒲扇扑萤火虫，装在透明的小瓶子里，夜间小解照明。掏老鼠洞目标是赤裸裸的小老鼠，大老鼠是不易捉到的。捣黄蜂窝最有挑战性、冒险性，劲头也越大。拿一根长竹竿，对准蜂窝底部使劲一捣，就掉下来了。黄蜂发现老巢被捣，狂飞起来，四处寻找仇家，这时，得赶紧蹲在地上一动不动，因为黄蜂只攻击活动的目标。要是被咬上一口，那可不得了。等黄蜂全都飞走，再把蜂窝捡回来，挑出蜂蛹和幼蜂，给小鸡吃。没什么好玩的了，就看蚂蚁搬家，运粮食。或者，逮活苍蝇，掐掉翅膀，扔给蚂蚁，观察蚂蚁如何制服和运走这些活物。总之，不能让双手双脚闲下来。

最大的乐趣还是跟着一群放牛伢到河洲上去放牛。牛有草吃，用不着管，只管自己玩好了。远离了大人的视线，放开了玩。河洲有树林，也有稀疏的灌木丛。春天，把河边杨柳树皮割下来，做成喇叭，吹起来"呜呜"地响，传得很远。有野果的季节，大家一起去找野果子吃。要不，比赛爬树，不是比谁快，而是比谁爬得更高。如果有鸟窝，必是要掏鸟蛋的。有，装在口袋里带下来，烧着吃；也逮大蚂蚱一起烧着吃。没有野的可吃，便偷人家地里的花生、红薯，或者集体的玉米棒子。这是重大行动，所有的人态度都得表现很坚决。作出决定后，分工、行动，望风的望风，造灶的造灶，拾柴火的拾柴火，偷盗的偷盗，极为迅速。当然是不会去偷自家的，首选是外村的。整个过程神经高度紧张而又兴奋。一番饕餮之后，便是打扫战场，消灭一切痕迹，包括嘴角和手上的污渍。接着，制订攻守同盟，谁泄露了将如何如何。诸般完毕，揉揉有些圆的肚皮，装着无事人一样，分头回村。

还不到六岁，父母亲把我送进了学校，那是一所私塾。自此不自由的时代开始了。我敢说，十之八九的孩子都是讨厌上学的。读书和上学是两个概念，有的孩子慢慢喜欢起读书来，但依然是不喜欢上学。喜欢读书也是因为，他发现了，书里面有平日在贪玩中没有的新奇事物。所以，我也一样，上学时还眷恋着玩。记得第一年上学，终于等到了过年，不用念书了，把书本、簿子之类挑在竹竿上，点燃后绕着村子狂奔，大约是发泄对上学念书的恨意。不能跟着放牛伢到远处玩，放学后就在家"制造武器"。农村孩子的玩具都是自制的，以"枪械"为主。木枪可以打纸火，体育比赛发令枪用的那种，我们叫纸火。"啪"的一声响，准吓你一跳。春节时就把哑鞭炮的火药放在里面，一样能打响。竹枪用石子儿作子弹，一节竹筒，长约三十厘米，中间安装一个竹片的弓，很有力度，借竹片的力量把石子儿弹射出去，能射十来米远，击中脑袋能起一个包。水枪也是用竹筒做的，保留一个节，在节中钻个眼，后面是一活塞，把水吸进去，再推射出去。还做过一种纸枪，用细一些的竹筒做的，五寸长，不留节，两头塞进濡湿的纸团，用一根细杆去推后一纸团，借助竹筒中空气被压缩的力量，把前面的纸团打出去，后面的纸团又成了下一个子弹。竹剑、弓箭也是常备武器。摆弄刀、斧、锯子，农村孩子无不是从做玩具开始，弄破手指也是常事。

后来又回到原来的小山村，原先那个茅草房多年没人住，倒掉了，在乡亲们的全力襄助之下，重盖了一栋土墙屋。我又在冲里的民办小学上了学。这个时候我才发现，逶迤七八华里的山冲，在它的皱褶里，竟然藏匿着一户户山民。在山重水复之际，鸡鸣犬吠之声告诉你，转过山坳，又会有一家人家。顺着羊肠小道，一直把你带到山冲的最深处。站在最后的山顶之上，整个山冲仿佛是一艘巨轮，而前面的群山，就是船头犁起的波涛。这时，我的童年又翻开了新的一页。山中有各种各样的野果子，是孩子们最贪恋的东西。清明节之后，采茶的季节到了，野果子也长出来了，最先出现的是红红的山草莓，我们叫"泡泡"，在路边、地头、山脚，在茶园里，随时随地都可以找到，滋味真的是无与伦比。采茶乏了、饿了，便到树林里找野樱桃。野樱桃个儿小，酸劲大，也一样有滋有味。还有飘然而至的兰花香，顺着幽幽的香气，定能采到兰花。采茶的姑娘会向你讨要，插到她们黑亮的发上，然后用山歌回报你。或者整个儿挖回来，栽到自家的房前。夏茶快结束了，仲夏来临，这时又到了杨梅成熟的时候。带上布袋和砍刀，爬到树上采摘；够不着的枝丫，砍了到地下来摘。杨梅有两种，红色的籼杨梅和白色的糯杨梅。糯杨梅个儿大，也比籼的好吃。深秋时分则有野猕猴桃可摘。我们把它叫"阳桃"。摘回来埋在稻谷里面，过些时日便软了，熟透了，掏出来分给家人一起享用。还有小而圆的野柿子，可以晒柿干，也是很好吃的。也去捡榛子，常常是一整天待在山中，跑遍方圆数里大大小小的山岗。有时不知身在何处，就爬到高树上瞭望一番，确定自己的方位。这种榛子加工成淀粉，是制作粉条的上等原料。冬天，雪花飞舞，野香菇和木耳开始从腐朽的树上长出来，还有竹林中的冬笋，都是味道十分鲜美的山珍。大人们懒得去做漫无目标的找寻，而半大小子们却乐此不疲。冬天也是山民狩猎的季节，有土铳的山民集合起来围捕野猪，或者在林中的兽道安装机关，捕获麂子、猪獾、狗獾之类的小兽。野味加上山珍，无疑是难得的美味佳肴。

这个时候我的读书兴趣开始养成，读小说以及各种杂书是我的一大爱好，不为别的，只因为书本身的吸引力。但是还有一项保持持久兴趣的活动就是摸鱼。和山冲一样长的是冲底的山溪，山溪里有三五寸长的各色野鱼。中午放学，草草吃完饭就下溪里去逮那些小可怜。运气好，能逮到十来条，赶紧送回家，再赶回学校上下午的课。然而，下午的课堂上，免不了心猿意马，不时要惦记着晚餐辣椒炒小鱼那道菜。抓鱼也是有"学问"的，因为总是在溪水里混，哪个水凼里鱼多，鱼爱躲到哪个石头下面，都了如指掌。来到一个水凼，先看准鱼进了哪个石头缝，静静地下水，把鱼可能溜出来的隙缝堵死，再伸手进去。这是全凭感觉的活儿，稍不留神，鱼儿就从指缝间逃走了。如果不是上学的时间，又嫌徒手摸鱼效率不高，干脆扛上劈柴的大斧头，把鱼儿赶进石头缝后，抡起斧头朝藏鱼的石头猛砸下去，鱼儿被砸晕了，漂了出来，就很容易地被捞着。有时偏离了捉鱼的目的，选一个水凼筑起堰来洗澡。还有一种猎鱼的方式。山中有种植物，我们叫"鱼药草"，砍下来，捣碎，放进石灰，在桶里用开水冲泡后，拎到上游倒下去。药水所到之处，鱼儿全被药翻。不用担心鱼儿被如此剿灭干净了，只是一段溪水的鱼而已。晚上，下游水库的鱼会顺着溪流上来，山洪频发的季节还会更多。这一爱好直到参加生产队劳动后也没减退，收工了，顺着小溪一直摸到家门口。

上学时不愿意上学，总想着有一天用不着进课堂就好了。真到了那一天，小小的年纪不得不披星戴月，面朝黄土背朝天，方醒悟过来，能在课堂上念书是多么幸福的事情！十二岁，"文革"，辍学，童年就这样被生生地划出了一道分界线。今天，明天，后天，只要太阳还照常升起，不，还有阴天和小雨的天气，那就是无声的指令：出工，劳动。因此，最期盼的便是下雨，大雨，最好是暴雨，连绵不断的，今天，明天，后天……才懒得去管是不是误了农时。下雨了，可以待在家里，松懈疲惫的身躯，可以躲到谁家，和伙伴们打扑克；或者，自个儿在家看书，练字。数年后，当乡里乡亲劝导我父亲放我去上中学时说，这孩子没上中学也有初中的水平。言下之意，孺子可教。我根本不知自己是怎样的程度，但上学后没有感到吃力，还能名列前茅，当是得益于没有放弃读书，而又有辍学劳动的切身之感，因而倍加发奋。劳动的记忆是深刻的，你得赶紧转换心态，抛弃儿童的稚嫩，像成年人一样去面对到来的一切。无论遭遇什么，委屈、打击、疲劳等，不得选择退缩，不再去向父母诉告，而要学着独自承担。劳动催生着儿童心理的早熟，是有益的，也是无奈的。

有个记忆最深刻的经历。生产队每年都要垦山种粮,红薯,玉米,山栗,芝麻等。庄稼长出来了,队里要派工守山,防止野猪糟蹋庄稼,我们叫"看野猪"。主要是夜间,白天野畜生很少出来活动,夜间便肆无忌惮。各户轮流着去,轮着了,这十天半月晚上就得在山上过夜。白天收工回来,吃完饭,洗完澡,背一床被子,点一根火把,拎一个茶筒,就上山去了。家有土铳必是要带着的。山口有一个草棚,叫观音棚,圆锥形,高不过两米,里面的空间刚够搭一个简易的床。用木棍扎起来,铺上稻草,就是床了。上了山,燃一堆篝火,吓唬野兽;如果庄稼成熟了,就烤红薯,烧玉米棒子吃。有动静就得去巡视、驱赶;没有,也得间隔着起来长号那么几次。据说,观音棚鬼是不敢进去的,这多少让人有些安全感。有许多看野猪遇鬼的故事流传。那时我十三四岁,轮着我家看野猪,便是我去。站在山上,看不见一户人家的灯光,四周是黑黢黢的群山和满天的星斗,山风过后是松涛的低吼,间或一声嘹亮的鸟鸣猛地从空中划过。这时,那些关于鬼的故事全都在脑海里活跃起来,再也驱赶不走。有个故事说,某某在山中看野猪,带着笛子还有土铳,每夜总要吹一阵笛子才去睡。一天晚上,他又依然坐在棚口吹他的笛子,土铳靠在他的旁边。吹着吹着,突然发现一个漂亮的女鬼,坐在不远处,静静地听他吹。他看了一眼,懒得理她,依旧吹他的笛子,吹完了,进棚子睡他的觉。第二天晚上依然如昨。到第三天的晚上,女鬼提出教她吹笛子,他拿起土铳说,你吹这个吧。女鬼不明就里,握住枪筒正要去吹枪口,他却扣动了扳机,"砰"的一声,只听女鬼惨叫着飞上天空。他不敢再待在山上,赶紧收拾下山回家。第二天上山一看,棚子被捣毁了,一片狼藉。

就这样被鬼故事困扰着,不承想,竟让我遭遇真实。一天晚上,猛然听见树林中传来哭声。细听,分明是女人的哭声,哼哼唧唧的,仿佛是受了婆婆的虐待,委屈地低声抽泣,就来自山口不远的某个地方。陡然间不由得头皮发麻,汗毛竖立,心脏"怦怦"直跳,待在棚子里再也不敢迈出一步。我定了定神,悄悄地从地上摸着一块石头,使劲扔向林中,哭声停止了。不一会儿,那叫人毛骨悚然的哭声复又起来,一如既往地传入耳中,直达五脏六腑。那份无可逃匿的恐惧真的是无法形容!没奈何,只好躲进被子,把头严严实实地蒙起来。幸而在心理上觉得,观音棚还是鬼不敢进来的安全区,没有彻底崩溃。接下来,至少还有两三个晚上被这个哭声惊扰。多少年以后想来,也许是树与树之间因风的吹动相互摩擦发出的声音,也许是猫头鹰夜间不负责任的歌唱。然而,在当时,我确定无疑那就是鬼哭,因为太真切、太清晰了。后来,上中学周末回家,翻山越岭数十里山路,有十几里是要摸黑走的;在大队工作,也常常到深夜才回,甚至要从新坟旁经过。因为有了前面那段经历垫底,手中持有棍棒之类,也就不再觉得怎么害怕了。山区总是相传着,某某地方阴气重,某某地方有人上吊,某某河边有人溺水。路过时就是成年人也不免悚然，对于孩童，不用说更是对胆量的严峻考验。

走过春天，走进初夏的阳光中，在童年和少年的模糊地带流连，欲望的种子色彩缤纷。向往，想象，期待，渴念，欲求，尝试，模仿，一切的一切都展示着初始的生动与生涩。夜雨打湿了万物，旋即享受着阳光的眷顾。指甲大的青知了伏在青草上，唧唧地叫个不停；而草上的露珠依然要扫湿你的裤脚。满山遍野是先先后后生长出的新叶，鹅黄、淡绿、深黛、青紫，在嫩阳中蓬勃，光影摇曳，变幻莫测。不知为什么，每当想起那时的我，便有这样的风景印象在脑际浮现。可以摸到自己突出的喉结了；嗓音不知什么时候变粗了，而且有点低沉；从女孩面前经过，装作什么也没看见；被拿来打趣时强作镇静，其实脸已红到脖颈。青春开始了最初的躁动，效仿成年人煞有介事地叼着烟卷，与伙伴较力，夜晚纠集伙伴到十里八乡去看电影，健步如飞，如同夜袭的尖兵。

在我辍学的那几年里，童年正向着少年过渡，使用刀斧制作玩具变成每天的实实在在的劳动操作，工具在手中也变得得心应手。由于儿童心理尚未完全退去，似乎不甘手中的工具只为劳动服务，在十三四岁的时候，突然生出自己制作一把胡琴的念头。那时非常羡慕会吹笛子、吹口琴和拉胡琴的，在乡村能看到的似乎也只这几种乐器。我的民办老师好像有一把口琴；说书的胡琴是他们的主要道具；笛子走村串巷的手艺人偶尔会有。我从不敢奢望购买这些东西，买不起，也不知上哪儿买。但是又阻止不了自己拥有的渴念，所以便动手做起来。先找来一节毛竹筒，保留一个节；除去青皮，刨光滑，在竹筒的一头用砍刀剁、用烧红的铁棍炙，弄出两眼来，以便安插琴杆；再在节处炙几个眼。初步完成琴筒，接下来做琴杆、弦把。找一根结实的杂木，做成下圆上方，又用铁棍炙两个眼，完成后安到琴筒上，再做两个弦把安上去。至此，一把胡琴的模样有了，但还远不是胡琴。于是，从人家那里访来一块蛇皮，不是五步龙，是乌梢蛇皮，五步龙蛇皮最好。把蛇皮放在水里浸泡，然后刮去鳞片、杂质，就可以蒙到琴筒上了。其实，这道工序技术含量非常高。把鸡蛋的蛋清抹到琴筒和蛇皮上，覆上蛇皮，用一根细绳紧紧箍住，使劲绷紧蛇皮，再用小钉子固定，待阴干后即成，如果绷得不紧，就拉不出洪亮的音色。这道工序我反复了好几次才差强人意。剩下的工作就是解决琴弦和琴弓问题了。从母亲做女红的簸箕里翻寻出一粗一细两根订被子的线来，就是琴弦的替代品。订被子的线比较结实，一般的棉线一拧就断。找一根细水竹，两头火烤后扳曲，穿上用来绕绳子的棕榈丝，便是琴弓了。听人家说，弓弦应该用马尾，可我们那里没有马。胡琴少不了松香，而松香山上有的是。大功告成之日也是心花怒放之时。完成这项工程，断断续续花去了我不少雨天时间。第一个嘶哑的音符从琴弦上跳出，掀开了乡村少年胡琴手崭新的一页。不记得从哪里得知，空弦时外弦是2（来），内弦是低音5（索），于是开始耐心地调出这两个音，找到这俩音，其他的音也就不难发现它们的位置了。到了这一步，便急切要拉出调子来。我把会唱的歌哼出谱子来，最初是从《东方红》《北风吹》开始练。那几年，我相当一部分业余时间都花在了这把颇为自得的胡琴上了，《洪湖水，浪打浪》《小曲好唱口难开》《太阳出来照四方》《四季歌》《南渡江》，还有民间小调之类，吱吱呀呀地竟然能拉出二十来首完整的曲子来。然而，我关于胡琴演奏家的全部"成就"也止于此。1996年寄寓蒋宅口武警招待所，一次在楼下偶遇贩卖胡琴的流贩。询价，答曰十元。欣欣然买了一把，晚上就分享给年轻的同事们我制造的噪音。若干年前，一位朋友得知我这经历，送我一把真正的胡琴。每当我欲展示琴技时，妻子便要讨饶："求求你了，别折磨我们的神经，好吗？"于是，这把真正的胡琴安心做了壁上的风景。

我的童年里没有幼儿园，只有无边的乡村世界——山，水，田野，以及天空。

行年六十

六十年前，也是甲午年，听说发了大水。在江南的一个小得不能再小的山村，有一个生命降临世间，那就是我。一个甲子轮回过去，我也就走到六十岁门槛边上。

记得很小的时候，梦中总是在飞翔，在空中，在房舍间，有时停下来，双手扣住屋檐，慢慢滑到地面，没有感到自己的重量。村里常听人说，人是有灵魂的。我想，那是我的灵魂在我熟睡之后离开身体独自出外游玩。也是在我人生的那个阶段，孩提到少年时代，我意识到我之为我而不是他人，并为此找不到答案而深深困惑；同时又庆幸我之为我而不是他人。有了我的意识，终其一生，把我做成我就成了我的使命。不管是否愿意，好与不好，别人知不知道，都是我的历史构成部分，抠也抠不掉。跻身社会，父母便做不了自己的屏障，只得靠自己独自打拼。这样，慢慢地到了三十岁、四十岁、五十岁、六十岁。这时，猛然发现，早年梦中飞翔的少年已不见踪影，再也没有出现过。人的灵性在时光的磨砺中变得模糊混沌，失去了光泽。我依然是我，但少年的我与现在的我，哪一个更像是我？哪一个更应该是我？——都是，又都不是。

但无论如何，一个人的人生到了六十岁，就差不多算是注定了。中国有句古话，叫"人生七十古来稀"，反过头去说，活不到这个岁数是正常不过的事情。还有"六十花甲"之说。甲乙丙丁戊己庚辛壬癸，子丑寅卯辰巳午未申酉戌亥，天干与地支相配，甲子始，癸亥终，正好六十年，再从头开始新一个轮回。世人口中常说，活满一个花甲，是很幸运的，也是值得庆贺的，属于"寿"的范围了。这个时候生命终结，算不上十分遗憾的事。翻阅家谱发现，自祖父上溯六七代男性祖先，只有两位达到六十岁。祖父六十一周岁，不满六十二，虚称六十三去世，算是最长寿的了。另一位祖先，写着六十，估计还是虚岁。其他几位，都是五十多岁，四十多岁。后来伯父在六十二周岁时去世，开始刷新了纪录。所以，我的父亲在他六十岁边上时，常跟我们说，他能活到他父亲的岁数就知足了。后来他成功迈过了六十岁、七十岁、八十岁，并迈进到九十岁边上，连他自己也觉得不可思议。

如今，物质生活条件、医疗保健条件改善，使得七十岁已不再稀罕了，倘若听说某某七十岁走了，便觉得十分可惜。人类的寿命在近百年间发生了很大变化，差不多延长了二十余年。古代人在四十岁就自称老翁了，五十岁则毫无争议地进入了老人群体。现在，一般青年的年限划到了四十五岁，而中年则划到了六十五岁。美国、加拿大都得要到六十五岁方能退休，欧洲许多国家亦然。现在又在酝酿再延长，引发了社会不小的波动。这一方面是由于日益增大的养老压力，寿命普遍提高，支付养老金年限越长，也就增加了养老的社会成本。除了养老金，还有医疗费用。所以延长工作年限是不得已而为之，也是顺理成章的事。中国现在也开始考虑延迟退休的问题了，这看来是一个趋势。另一方面，今天的六十岁的人，无论是在知识储备还是在经验积累方面，都处在巅峰期。只是在体能上比以前略有下降，其实也不明显，应付脑力劳动还是绰绰有余的。据说，联合国教科文组织认为，人在四十五岁后进入智力高峰期，进入最佳状态，并且会延续到八十岁。这个判断对今天的人们来说，的确是一个鼓舞。和一些同龄朋友交谈都有共同的感觉，四十岁以前幼稚处事，不老练，五十岁后方有了一些深切的领悟。中国的一些先贤也常常告诫后学，五十岁前慎写文章，也是这个意思。当然，这指的是人文方面，不是科学研究和艺术创作。有的人少年老成，有的人糊涂一辈子，则又另当别论。

  换一个角度看，六十岁以后当是到了换一个活法的时候了。在这之前，先是做父母的孩子，受双亲的疼爱呵护，是人生最快乐的时光。渐渐地，开始感到不那么轻松，有些分量加到了自己的身上，而且这分量感觉越来越明显。由此有了许多的身份：老师的学生，或者学生的老师；领导的下属，或者下属的领导；妻子的丈夫，儿子的父亲，父母的儿子，还有兄长、友人等各种身份。这些身份都担负着一份相应的责任。六十岁后，虽然这些责任还没有担负完毕，有的还要继续履行，但所承受的压力显然轻了许多。孩子长大成人了，虽然免不了牵挂，但毕竟是由他独自支配自己的生活了。父母尚在，且身体康健，需要经济上的承担有限，只需尽可能多地花时间陪陪他们。到这个年纪，仍有父母可以孝敬，则已是生命中的至乐。至于一起生活几十年的老伴，磨合基本完成，又没有青壮时那么多烦心事干扰，相处从容默契则成常态。总之，再不用像在单位上班时那样，用不着看脸色，也不必老戴着面具。做自己想做的事情，交自己愿意交的朋友。还有一点很要紧，如果年少时的那颗童心还能找回来，赶紧把它温暖起来。童心复活，机心自然就没了位置。加上成熟的心智，一定会让自己的生命真正进入一个蓬勃的自由发挥期。就个人而言，将胜于这之前的其他时期。

　　人生六十年，毕竟又所剩有限。终了的日子一日一日地迫近，人生无常、人生如梦的感慨总会是有的。其实也没有什么大不了的。生命从一诞生就每天面对死亡，谁也无法对自己的生命设定一个理想长度，然后如愿实现。真能如此，就不会有什么夭、殇、英年早逝、飞来横祸之类来打断进程。意识到当下自己的存在就是一件值得庆贺的事,也是一个不小的胜利。这个观念对任何年龄的人都有参考价值。用这种态度来对待六十岁以后的有限时光,就把自己从生命有限的苦恼中解放出来了,给身心一个自由。真的到了谢幕的那一天,台下还能有几声掌声,就是不错的奖赏了,尽管自己听不到,生前做了一些什么,活着时还是自己有数的,叫作"不枉来世间走了一遭"。这倒不是要推崇功利人生。老子云"生而不有,为而不恃",不是为了那几声掌声而"为",而是说"为"是生命的本然,按照现在时髦的话说,叫"正能量"的"为",向真、向善、向美的"为"。做了自己该做的、自己想做的,有几声掌声也是自然的,虽然已经与自己无关。如此,来于尘土,归于尘土,自己欢喜,上苍欢喜,皆大欢喜。

做一篇文章,想得出来,写得出来,就是一篇好文章。而人生这篇文章最难做。想不明白又不能不下笔,自然下笔千言,离题万里。这用不着去说。有时是,似乎想得明白,但做起来照样犯糊涂。或者,想得倒是明白,做起来却总是不尽如人意。想得明白,做得明白,这样几近完美的智慧而有境界人生的好文章,少之又少,便不觉得奇怪了。然而,又只有想得明白,才有可能用表达去接近它。古人把拥有两个明白的人称为圣者、贤人。他们也是人,想让自己仰望圣贤时脖子不是那么酸,就看自己的造化了。

后记：这篇小文今年正月初一开始动笔，直到今天，两个多月过去后才草草完成，原因是正月初二晚父亲突然去世，使我提笔的兴趣受到严重影响。然而，父亲的离去也让我对人生文章的写法增加了许多新的理解。父亲的一生虽然不是鸿篇巨制，却是一篇知行合一的上等文章，一篇自始至终闪耀人性光辉的好文章。学习父亲，尽力写好自己的人生文章，是我对父亲的最好纪念。

2014 年 4 月 8 日草成

那四年，我们的赭山下故事

1978年10月，作为恢复高考后第二届大学生，我们迈进了大学校园。在这之前，我压根儿没见过大学的模样，只知道一定比中学大得多。大学生见过，极其稀少的品种，那是要怀着崇敬的心情仰望的。

比起先进校半年安安静静读书的77级学长，中文系78级是最好动的一群。当时与中文系同住在零号楼的，还有政教系的工农兵学员。我们这些新来者还不知大学的规矩，又志得意满，免不了让学长们侧目，发生龃龉。殊不知，新来者压根儿没将他们放在眼里，不占上风便不罢休。有几件事足以证明78级不是省油灯。

刚进校时集体用餐，一组一桌，人齐了方举箸。一开始不明就里，还有新鲜感。很快发现弊病多多，很不自在。再看看77级他们，拿着瓷缸悠悠然到窗口，点要自己想要的，复施施然离去，旁若无人。他们从容自得的样子，客观上对78级的我们构成一种示威、挑战和精神压迫，让我们的愤懑之情不断在胸腔鼓荡，凭什么78级低人一等？终于发动，酿成罢饭运动，全校78级起而响应。校方瞬间紧张起来，辅导员、系领导很快来到宿舍安抚，承诺78级可以与高年级一样，饭菜票发到个人手里，自主打饭吃。罢饭运动以迅雷不及掩耳之势获得全面胜利。胜利后的78级一片喜气洋洋，也让校方和其他年级见识了78级追求平等权利的那种一往无前的精神，拉开了78级"如火如荼"的四年大学生活的序幕。之所以说是序幕，的确在四年中发生了好几起有声有色的"运动"。

第二学年的一开始，就发生了"抢占宿舍"运动。起因是上学期结束时发生地震，零号楼出现裂缝。开学后见裂缝已被加固，但学生仍心犯嘀咕，不想住。很快79级新生入学，按惯例，由78级接待新生，从车站、码头把新生接来，送到宿舍。结果发现，系里将79级新生安排在原由女生住的八号楼。八号楼是工字形结构的三层楼，老房子，很结实。旁边是单双杠锻炼区，每天早晨傍晚都有很多男生去秀肌肉。不知道如果不是在女生宿舍窗口下，还会不会有那么大的锻炼劲头，以敝人经验，玩了四年单双杠，好像没起到媒介作用。当发现八号楼变成79级男生宿舍时，78级的兄弟们怒了，放着迎接79级新生义务不去承担不说，越过操场，呼啦啦一下子把自己的破被子、烂箱子搬进了八号楼，做起了长住八号楼的美梦。系领导、辅导员得知，急得如热锅上的蚂蚁，慌忙赶到八号楼阻劝。这些78级学生，领导、老师的劝说哪里听得进去，振振有词地与领导、老师辩论起来。系领导无论是好言相劝还是声色俱厉，学生就是不买账，一副能奈我何的架势。群龙无首，班干部们早不知躲到哪去了。可怜了79级的孩子们，在八号楼外怯怯地守着自己的行李，一脸茫然，不知如何是好。领导与老师口干舌燥，无济于事。无奈之下，给辅导员下了命令：把班干部找来，让他们把自己的班带回去！本来就是始作俑者，他们只好又乖乖地把人领了回去。这次"运动"虽然以彻底失败收场，却让系领导和老师们看明白了：78级这群小子们，为将自己权益最大化，还真是不屈不挠。此事幕后故事留作茶余饭后再说。

1981年女排获得世界杯冠军，以七战连胜的成绩完败卫冕的日本队，给了中国人爱国情绪一次大提振。作为学生的我们自然也不例外，关键是，每天三点一线的千篇一律的生活多少有点乏味，女排胜利，正好有了一个寻找刺激寻求宣泄的正当理由。记得那天晚上，大家没有去教室，在宿舍里守着收音机听宋世雄扣人心弦的解说。胜利锁定，宿舍里顷刻沸腾起来，擂盆敲碗，捶桌子打板凳，在窗外烧席子摔水瓶。宿舍太小，一窝蜂拥到操场，又跳又叫。不知谁喊了一声"上街去"，接着一片呼应，人流也即刻向校大门涌去。校方大概早就注意到学生宿舍那边动静不小，还不知学生要干什么，就得知学生要出学校的消息，急急赶来阻拦。打躬作揖，求求这些"活老子"千万别出去，就差没下跪了。这些已经燃烧起来的青春生命，哪里还听得进去，一齐用双手摇撼着大门。门卫一看，与其被推倒，不如开门得了。于是，洪流倾泻而出，呼号震天，向北京路滚滚而去。沿途市民争相响应，十分热烈。途中听说皖南医学院、芜湖机电学院也上街了。游行队伍从北京路绕镜湖一周回校，总算尽兴而归。这次游行让我觉得，庆祝游行还真能有凝聚群体情感、宣泄群体情感的正面作用。国家深知这是人民表达诉求的权利，始终将这条留在宪法里。

不记得具体是哪一年，1980年还是1981年，发生了一场由"馒头事件"引发的大字报运动。起因是，一个放干了的馒头从零号楼（不知是哪层楼）扔到了大街上，路过的市民捡起来，送到了芜湖市政府，十分愤慨地批评现在的大学生如此不珍惜粮食。市政府把这个馒头送到学校，学校让校团委用红纸写了一张《致全体同学书》，严肃批评这一行为，以此教育大家珍惜粮食，并将那个倒霉的馒头放在下面"示众"。大红通告贴在荷花塘边六号楼的墙上，所有的学生都能看到。这本来没什么大不了的，学校拿这事说一说，按理说也是教育者的责任，但却惹恼了这帮高傲的大学生，很快就有大字报贴在了大红告示旁边。大意是，这馒头又黑又小，有二两吗（那时馒头二两一个）？为什么不说食堂克扣我们粮食？这张大字报非常巧妙地转移了焦点，诱导了后来者如何跟进。于是揭露食堂各种各样的毛病、揭露学校方方面面漏洞的大字报、小字报纷至沓来，什么饭里有老鼠屎啦，床缝里臭虫成球啦，下水道不通水房发臭啦，借书卡太少啦、还书时间太短啦，路灯太暗啦、下自习回来不安全啦，如此等等，不一而足。大大小小各颜各色的纸张几乎贴遍了所有建筑显眼的墙面和树干上，形式上诗歌、散文诗、政论、对联、标语、漫画一应俱全，前前后后差不多持续了一周的时间。揣度那时学生们的心理动机，不外是，扔馒头是一个人的行为，为何用来教育我们所有人？小题大做！我们也来查查你们的不足！时值期末，虽然大字报火爆，但学生们依然正常上课、考试，学校似乎也不见干预的举动。待到考试基本结束，学校通知在东操场召开全校师生员工大会。操场上一片人海，主席台上，沙流辉老校长作报告。没有读稿，足足讲了至少两小时，列举学生大字报中提及的种种管理不足，检讨原因，提出整改意见。当然，最后也不痛不痒地对学生的行为提出批评。

上述运动中，中文系78级几乎都是勇于打头阵的。

好动，让我们怀旧时对大学四年种种激情泛滥颇为自得地以书生意气自诩。然而，抛却自我，去细思那时学校领导师长的作为时，我却难以掩抑我对他们的敬爱之情。他们是那样宽厚地容纳了我们的狂热与非理性表达，没有粗暴的斥责、处分与惩罚，而是用容忍、导引、自律与纠错来应对这些意气风发却又有些不知天高地厚的学子。这是怎样高洁的胸怀，怎样高尚的师德！

　　除了好动，就是好学了。我们这拨大学生，正好历经了从烧书到嗜书的社会氛围转换。从极寒到极热，断崖式的转换，让我们的情绪也处于高频的翕张中，学习的热情如同干透的海绵碰到了水。那时候上课，笔记记得可以说是史无前例。有的同学竟然可以把老师上课时的讲话一字不落地记下来！有的同学落了几个字，课间也要去老师那里补回来。那时考试，基本上两部分人考试成绩最好，老三届与女生，心里都暗暗地铆着劲儿。入学后不到一年，许多同学都有自己的专业兴趣方向，先秦两汉，魏晋南北朝，唐宋，元明清，古汉，现汉，古文论，外国文学，文艺理论，等等，都有人去专攻。以我们四班论，毕业时有两位考上研究生，这个比例在当时就不小了。创作在四班也是个不小的群体，且在外有不小的影响。诗歌、小说、散文都有出类拔萃的。以朦胧诗而言，按他们自己说法，安师大是当时全国大学里写得最好的一群。我不写诗，不敢定夺。但可以肯定，这是一个最具现代意识的群体。古诗词也有写得极佳的，很是受到祖保泉等老先生的夸奖。祖保泉先生在我们入学时大会上朗诵了"万人丛中一握手，使我衣袖三年香"的诗句，着实激励了我们很久。

　　除好动好学之外，如果还有三好，就只能是好色了。中文系男女比例严重失调，僧多粥少，不得已目光转向外系。外系男生也是虎狼之师，是轻易得不了手的。无奈之下，中文系的兄弟们只好将"狩猎"范围扩展到校外。这期间上演了多少或缠绵悱恻或惊心动魄的故事，靠隐隐约约的耳闻，我这支干涩的笔是做不了这般文章的。幸好才情充沛、恋情充沛的双情高手很多，是不会放过这样好题目的，我这里就不再饶舌了。

其实，可以拿出来说道的还有很多，我要特别说说发生在我们四班的两件事。作为大学生，莫不有志在四方的浪漫情怀。毕业时将浪漫情怀付诸一往无前的行动，黄大明、方雅森两位同学为自己的人生写下了最为豪迈的一笔。没有指标，坚决要求支边，到西藏工作！精诚所至，金石为开，终于如愿以偿。这种敢为天下先的胆气豪情令全班同学为之钦佩。两年后方雅森回母校，为中文系81级学弟们作报告，现身说法，令学弟们热血沸腾，毕业时竟然一下子走了十七个！或西藏，或青海，至今还有好几位一直在边疆工作。

还有不能不说的就是同学间的友爱。那时中午、下午课后有两件必做的事：打饭，打开水。为节省时间，于是同宿舍同学开始捉对，一个打开水，一个打饭。几乎莫不如此，也几乎非常稳定，一直到毕业。这样的对子最后都成了好友，在毕业后大都交往密切。比如咱们班的姜诗元与马军营，到现在还像是穿一条裤子。当然，每个人的好友圈也不只是一对一。四班毕业后发生的一件事可以算是同学间友爱的一个感人的例子。大概在1983年元月，我们得到一个很不幸的消息，二组的阚庆田同学因病去世。我们深知他家庭的困境，上有老父老母,下面有四个未成年的孩子。读书时一顿饭一个或两个馒头就点咸菜对付着,省下钱寄回家。他是老三届,却又不带薪,艰难困苦可想而知。中途因病休学,我护送他回家,家中只两间低矮的茅草房,一住一厨房,加起来最多十几平方米,除了一张一家六口挤在一起的破床,一个破木箱,别无长物,真是穷到骨缝里了。好不容易挺到毕业,突然间这根顶梁柱倒了。四班几位在芜湖工作的同学一商量,觉得无论如何也得用实际行动来怀念阚庆田同学,帮助一下这个凄风苦雨的家庭。于是以四班几位芜湖同学的名义,向全班同学发了一纸倡议,为阚庆田同学募捐。很快,钱和粮票从全省各地纷纷寄到我们手里,还有许多至情的悼语。总共收到五百几十元钱和五百多斤粮票。最多的捐了五十元(方雅森、高荣春)。全班几乎没有不解囊的。我们将钱与粮票寄给阚庆田同学的夫人,并与当地教育部门联系,为他大孩子在他工作的学校谋了一份工作。那时毕业工作不到半年,大家都阮囊羞涩。这点钱放在现在不值一提,但当时见习工资只有四十五元,大米凭粮票一毛三分一斤。至今,四班忆起阚庆田同学,依然充满痛惜之情。

从入学算起,四十年过去了。毕业后不久,我与凤文学兄为班级制作了一个同学通讯录,并附了一副自撰对联:

镜湖秋晚,赭岭春晓,更兼有浩荡长江,注我满腔诗情。想当年,书山携手,学海共舟,振国自有真学问;

天地高迥，宇宙无穷，毋叹息倏忽人生，似那缥缈流云。瞻未来，壮志凌空，雄关漫道，勉励还须吾同窗。

而这一切仿佛还在眼前，却又是真真切切地时过境迁。唯有不变的是，你、我是同学，我们拥有一段共同的历史。四班的人已不再青涩，但却时时想着再见，再见时依然如故地相互打趣，似是把毕业后的那三十六年一下子略过去了。

2018 年 4 月 4 日

二

岳父大人

老岳父去世快七年了,如果还在,虚岁应该一百零四岁了。他老人家一生经受过很多磨难,却很少生病;走的时候也没有卧病在床,受任何苦痛。那天我的连襟早晨起来,摸摸他,发现他已经走了,身体还是柔软温热的。他老人家是真正的善终,寿终正寝。按照老说法,这是多少辈子修来的福分。

我做他的女婿到他去世时也有二十一二年。在我第一次拜见岳丈时,他已经是七十好几岁的老人了。那时一天走上二三十里地,还什么事也没有,玩儿似的。据我那些年观察,似乎没有什么养生技巧或秘诀。不爱吃蔬菜,爱吃肉。大冬天,晚上起来,觉得肚子饿了,就将橱柜里冷肉拿出来,再倒上一杯酒,吃喝完毕,再去接着睡,没事。岳母老说他,也不管用。就这,足让人佩服。

老岳父名讳陈守智,仁义礼智信,排行老四。老东北,锦西高桥人。虽说是东北人，个儿并不高。但见过的，准让你记住。广额，重眉，小眼，一字唇，很有力度。一般接触时很和蔼，要是话不投机，没什么好商量，瞧也不瞧你一眼，没招来两句损算是捡到了个便宜。我第一次去当涂柴巷拜见岳父大人（岳母此前已见过一次），就设计好要给我一个下马威，约我谈话，七拐八弯，云里雾里，想把我装进去。待我意识到时，赶紧装出一副无辜、不明就里的样子，蒙混过关。看出他还是愿意让我娶他的女儿，也就有了坦然面对的勇气。自此以后，自然恭敬有加，却不免有敬而远之的味道，相互玩点"深沉"。在我，知道了老岳丈的厉害，就是不让他抓住什么"尾巴"，免得让他小看了我。家中上下没有不怕他的，包括我的连襟姐夫。岳母除外。岳母撅他的时候，也做徒劳的抗争，最后还是打出免战牌，俯首称臣。虽然他位极"太上皇"，却也只能"众人之上，一人之下"，接受领导，服从管理。他看出我很难就范，对他的"号令"或决定，不合己意，常常"阳奉阴违"，曲线孤行，由此我也就从他那里得了个"笑面虎"的绰号。岳母对我的偏爱，自然也是我的护身符。

这些都是家庭趣事。从锦西高桥到当涂柴巷，将近一百年的光阴，有多少风雨相加，阴晴更替，又有多少喜乐交织，升沉起伏，绝不是像写文章这么简简单单。老岳父的一生曲折跌宕，充满传奇，我知之甚少，连他的女儿、我的妻子玉立也不甚了了。我现在只能做这样极粗线条的描述：1931年"九一八"事变后,他作为东北大学的学生,带着他大哥守仁的两个女儿,随东北大学迁到北平,完成学业。抗战烽起,热血青年,尤其是年轻的大学生们纷纷投笔从戎,岳父自然受时局形势激荡,安排好两位侄女,离开北平南下。当时学生们面临的选择是西安还是延安,是国民党还是共产党。岳父选择了西安,又随着大转移去了重庆。其时,美国支持中国的民族抗战,后来又派来了飞虎队。岳父大学学的是英语专业,先是在国民政府的翻译中心做文字翻译工作,后来到飞虎队给美军当翻译。抗战胜利,首都回迁南京,岳父进了中央民航局做专员,这是多大的官,我不清楚。抗战结束时,三十大几的岳父此时还是孑然一身。有人给他介绍了当涂县一个富裕人家的大小姐,就是我的岳母。岳母比他整整小了十二岁,他只好瞒下了几岁年龄,加之他那时也是风流倜傥,一表人才,不难赢得芳心。后来岳母少不了拿来说事,岳父自知理亏,从不狡辩,只微笑而已。我想这也是他甘愿接受岳母"领导"的一个原因吧。婚后定居南京,有了第一个女儿,我妻子的姐姐,还有弟弟守信寄养在自己身边的儿子。作为航空局大员,薪水不菲,日子过得丰衣足食。弟弟守信是国民党长江天险守军的一位团长,据守安徽的西梁山,就是李白"天门中断楚江开"的天门之南扇门。渡江战役势如破竹,守信命定成了败军之将。寄养的侄子随后成了收养的儿子。国民政府无可奈何撤退台湾,岳父一家也随着往迁,一直到了广州。在这期间岳父收到哈佛大学聘他前去任教的信函,这大概与他做美军翻译的经历有关。而就在这个时候,岳母思乡之情陡炽,既不肯去台湾岛,也不愿赴美,只得留下。返回南京或者当涂,都有不虞之忧,无奈从广州去了昆明。这是出于怎样的考虑,恐怕只有岳父自己知道。或许有那么一两年光景吧,岳母仍是不能习惯西南的生活,执意要回她的故土当涂柴巷。在漫长的回乡路上,又遭遇强梁,几乎将颇有些分量的细软洗劫一空。终于回到当涂,幸而岳母娘家房子尚未全被充公,有个可栖身之地,地方政府也为他们安排了工作,岳母到县城小学当教师,岳父被安排到邻县去做中学教师。最初几年在提心吊胆中有惊无险地度过,但在 1957 年岳父终于在劫难逃,成了右派分子。其实他已经极其小心谨慎,什么话也不会说。然而,落实右派分子的指标,落在他这样有"历史问题"的人头上是顺理成章的事。教职被开除了,所幸只是遣散回家,没有外送劳教。但是,仅靠岳母小学教师的工资维持一家五口的生计无疑十分艰难。岳父只好去摆地摊,在学校门口卖孩子们喜欢的小什件,洋画、橡皮筋、弹弓、玻璃弹子之类。其实,那所获实在是少得可怜,然而,他又能去做什么呢?又会允许他去做什么呢?以他所受教育与经历,处在当下社会的另册中,其中的苦涩与尴尬、承受与自持,是他每一天都无法逃避的。这种状况一直持续到 1978 年。

  1978 年他平反,恢复了教职,成为县城一中的一名英语教师。虽然已经是六十八岁的老人，他还是回到学校，一丝不苟地履行了几年教席。做了二十一年的无业游民，人生辉煌无觅，也要给自己人生为社会服务画上一个有力完美的句号。国家补发了他的工资，养子、大女儿已成家立业，小女儿也在他平反的那年考取大学，女承父业，选择了英语专业。一切否极泰来，生活似乎又走上了正常轨道。过去的，已成历史，无以改变。然而，以我的揣度，胸中块垒，心底波澜自有它涌动的节奏。在我走进陈家后，让我惊异的是，老岳父绝口不提往事。这恰恰告诉我，他没有遗忘。妻子曾经郑重地提醒过我，不要向他打听他的往事。

　　岳父有两个显而易见的特点，一是特别喜欢孩子，尤其是女孩。二是不善于与成年人打交道，无论男女。每次与妻回到当涂那个小巷，早早会听到家门口一片叽叽喳喳的声音，接着就看到，老房子门前稠稠的树荫底下，一群男孩女孩簇拥在他的周围。尤其在周末，或者傍晚。你看他全是一副不急、不恼、不烦的样子，给这个孩子说说这，给那个孩子说说那，闹而不乱。为了把喜欢孩子与为孩子辅导英语这两样结合在一起，他成为一个合格的孩子王，生活得充实而且快乐。他不但不要他们一分钱的学费，还总是准备很多零食，讨好他的"童子军"。我想，他老人家高寿，怕是与此不无关系吧。这种状态一直持续到他九十岁以后，直到他与岳母到芜湖与大女儿一起生活，才不得不终止。他的童心与他不善于、不喜欢与成年人往来正好相反相成。他对尘世间的俗务几乎没有一点精进的兴趣，对成年人，抑或说社会人交往规则的知识储备量很少，似乎有意屏蔽。穿越了长长的历史时空，历阅了无尽的人间喜怒哀乐，在宁静温暖的夕阳下，抖落掉曾有的令人难堪的俗世风尘，切进最真实而无欲的人生，一切按照规律已安排妥当，其他便已显多余。虽然如此，作为亲家与我父母的交往却是一个特例。我的父亲在我与妻子确定关系时，从山里赶来与这两位老人见面，算是一个程序。再后来，儿子出生，父母亲又一起过来，亲家再次相会。仿佛真的有缘分，他们一见如故，在一起总有唠叨不完的话。从此便常常叮嘱我："让你父母亲来当涂住住！"这在老岳父那里，是极为罕见的。更有意思的是，1989年，我的儿子三岁。我和妻子商定，暑假带孩子去东至县山里我的老家。老岳父得知，提出他也要去，而且是带着孙子先去。我们拗不过他，只得同意。果然是他一个人带着孙子提前一个月去了山里。要知道，那时他已是八十岁的老人了。我们竟然没有考虑会不会有什么意外，就糊里糊涂答应了他。按理，即使去，也得和我们一起走。我和妻子去后发现，他不仅什么事也没有，而且还依然兴奋异常，竟告诉我们，这个山村远远近近的地方，他都跑了个遍，发现了很多新鲜事，还结识了新朋友！

其实老人家还有两个显见的特点，一是持之以恒的学习精神，二是语言的犀利。偶尔他会陪岳母打牌下棋，其他时间总能看到他在那里看什么或者写什么，戴着老花镜，一副专心致志、心无旁骛的样子。为了辅导好那些学生，平时就做了大量的资料积累，辅导时因材施教，内容不断更新，决不仅凭当年当老师所熟知的知识来教学生。这是那些家长愿意把孩子送到他这儿来的重要原因，不要学费倒是其次。他的女儿在大学教英语，淘汰的英语书籍资料都变成了他的宝贝。我们后来离开芜湖到了北京，几天就会收到一封信，事无巨细，洋洋洒洒，长篇大论。字写得随意、流畅、有骨，可见出那时代读书人汉字书写的功底。按照现在书法家标准，稍稍有意习之，就是像样的书法家了。他老人家的语言富有穿透力我是领教过；不单是我，其他家庭成员也都屡屡遭遇此类语言尴尬。就连岳母大人这样的"最高领导"，也得含糊他几分。予舍予夺，信手拈来，羚羊挂角，无迹可求，让你防不胜防。岳母于是揶揄他"窝里横"，而女儿们则常说他"损人不打稿子"。由此可推见他年轻时的刚健与锋芒。其实，语言其表而已，他是一个极善良的人，甚至可以说心无纤尘。

　　老人家爱孩子，自己的孙辈自然是疼爱有加。这些孙辈依次是：小红、小健、阿翀、小路、阿徽。小红、阿翀分别是哥哥、姐姐的长女，又是两位老人带大的，更是不一般的宠爱。阿徽是我和玉立的孩子，最末。尚在母腹时就取好了大名：宁徽。一则我本安徽人，而当时却在辽宁沈阳读书；二则岳父并玉立祖籍辽宁，而现在亦属安徽人。这个名字大约妻子跟她父母亲提起过，似无异议。我们有时也把阿徽丢在爷爷奶奶那里。稍稍长大后，爷爷就教他下象棋。渐渐地，初生牛犊不怕虎，竟敢屡屡向爷爷邀战。看他那副顾头不顾腚的战法，老岳父偷着乐。这也是爷孙俩的一段趣事。儿子在小学时写过一篇作文，叫《下棋》，写的就是与爷爷的"战争"。

2007年4月24日，老岳父溘然长逝。十二天后，久病的岳母也追随而去。十二年与十二天，对二位老人来说，仿佛是他们之间的一个命数。其时，妻在国外为国服务，不能回来奔丧，正所谓"忠孝不能两全"，这也成为她一个永远的痛。在她出国前回去探望双亲时，为他们在当涂买下了一块永久之地，离县城不远，缓缓的山坡，向阳，前面是一片田畴。在现在这个季节，应该正是油菜花盛开的时候了。

2013 年 3 月 12 日

父亲

题记：两三年前，因翻寻物什，发现了这篇小文，再读，自知非珠玑，却也觉得有点意思。寄与吾友天鸿，见于安庆日报副刊。父亲看后说："你这伢，还这么表扬我。"

去年秋，弟弟打电报告诉我，说父亲要来武汉。我一看是当天的日期，下课后，赶着过江到汉口码头迎接。扑了个空，原来父亲和弟弟已经过江来了。

我已经一年多没有回老家了。去年考取武汉大学博士生，竟没有回家与双亲一起分享那一份欢喜，却带着妻子和孩子去游了杭州。如今倒是父亲千里迢迢地赶来看我，心中有些不是滋味。

记得1978年我考大学的时候，分数下来后，乡里乡亲都说:"你孩子一定能取。"父亲说:"哪儿有那样的好事情。"我知道父亲心里一定很想我能考取。在我家族可以记得的几辈人中,只有父亲念过两年书。子女能上大学,对我们家来说,真是一个非常奢侈的愿望。通知书迟迟没见消息,父亲心里很着急,和人家谈话时总是极力淡化它:"百人中才考得一个,哪儿有那样容易的事!"我不想让父母亲太替我难受,竭力装出无所谓的样子。一天傍晚,天已是很黑了,一家人正围坐吃饭,忽听见远处有人喊:"你们家的通知,来拿吧!"父亲奔到门口,确证是朝我们家喊,忙吩咐弟弟:"快去!"弟弟箭一般地取回信,交到父亲手中。父亲就着灯光,大声有力地念了起来。一张薄薄的入学通知书,反复看了又看,脸上因艰辛生活刻下的皱纹全都舒展开来。为了接待前来恭贺的亲友和乡邻们,家里把预备过年的肥猪宰了。在去安徽师范大学报到前的那一段日子里,母亲忙着烧饭做菜,招待客人;父亲则整天整天为我置备用品,打点行装。还请来裁缝师傅做衣服、蚊帐。我的第一件最好的衣服的卡中山装就是这时父母亲给我做的。那时家里生活还相当苦,父母竭尽所能,让我能体体面面、像模像样地走进他们过去连想都不敢想的大学。父亲亲自把我送到学校,把一切安顿好,千叮咛万嘱咐之后,才回去。

　　工作以后我又考取了辽宁大学的研究生,那年暑假我回家,告诉父母亲这一消息,父母亲更是喜出望外。妈妈对父亲说:"你送伢去东北吧!"父亲说:"是要去的。"于是父亲又把我送到沈阳。在沈阳，我陪着他游览了北陵、故宫等盛京名胜；父亲回家时我把他送到北京，又参观了天安门、故宫、天坛公园……这一趟行程从皖南到东北又到北京，我看到父亲兴致一直很高，没有一点倦怠的神情。这期间照的每一张相片上，父亲的脸上都有说不出的愉悦。

十五年过去了，父亲也是快七十岁的人了。须发也白了不少。让我安慰的是，父亲的精神还是那么好。去黄鹤楼、磨山植物园玩，父亲常常是走在前面，走得很快。我去上课时，父亲便替我收拾宿舍，整理我散乱的书，扫地擦桌子，不肯闲着。晚上，陪着说话，那缓慢低沉的语调把我又带回了故乡，我又走过门前的小桥，看见房前屋后的棕榈、芭蕉、月季和水仙花，还有天然水井和我少年时栽下的那棵垂柳，看见母亲忙碌的身影和仁慈的笑……父亲一生没有什么嗜好，不喜酒，也不爱打牌，只抽点烟，更多的是抽旱烟，自己种的。父亲说话时，我不时给他点上一支。父亲笑着说："你妈妈总是把烟从手里夺走，不让我抽。"

在我以前的记忆中，父亲几乎没有对我说过一句称赞的话，我也做了好些年父亲了，每当孩子有了一丁点好表现，哪怕是主动提出少吃一次"大白兔"，妻子总是不吝啬她的表扬。我原不以为意，渐渐地也不自觉地受了不少感染。但我至今还在怀疑，孩子是少表扬好还是多表扬好。这也让我形成一种习惯：每当有一件什么值得兴奋或骄傲一下的事情，总是用一种平静的语气简洁地告诉父亲，这时，即便他没说什么，我总能从他脸上读到鼓励。父亲常说："做件事，会，容易；好，难。"这个"好"，在他那里是一个至高标准。虽然至今我还举不出一件称得上"好"的事情，但父亲的话却依旧记忆犹新。

小学快结业时（我读的是民办小学，无所谓毕业），"文革"开始了，接下来的几年跟着大人们与庄稼泥土打交道。七十年代初，公社成立中学，招生时把范围扩大到非应届生。亲友师长们轮番劝父亲让我去上学。父亲很犹疑，我虽然焦急，怕父亲不肯让我去，但又不敢央求。父亲明白我的心思。在那个年代，一个农村伢子，读书能有多大出息。普遍的观念是，能识几个字，会记工分就成。十五六岁的男孩，在队里是个能挣工分的半大劳力，去读书，对一个八口之家（我有四个弟妹，奶奶那时还健在）来说，损失不可谓不大。然而父亲最终还是同意了。我的大妹妹天天巴望着父母也能送她去上学，可连校门也没进过。如今想来，心中愧疚得很，更理解了父母那时的苦衷。有一次妻子很不满地对父亲说："父（我们家称呼父亲只叫一个'父'字）重男轻女，不给大妹上学！"父亲听了，笑了笑，什么也没说。儿媳是城里人。

父亲克己，公道，与人为善，怜贫惜老。他被抓过壮丁，当过学徒，后来在村里做了几十年的基层工作。回村与乡亲们拉家常，他们总是说："你父亲是个大好人。"乡里人不会说"清正廉洁""两袖清风"之类的时髦词。父亲对子女很严厉，平常时候并不老是教训我们，在子女面前却不苟言笑；一旦犯错，是绝不迁就的。记得大学毕业后的一年，我回家过春节。一天晚上，一家人围坐火炉边聊天，说起村里的人和事，我滔滔不绝高谈阔论起来，父亲抽着烟，一言不发，我越发得意，竟没完没了地讲着，父亲应该怎样怎样。终于，父亲暴怒起来，把我狠狠训斥了一顿。我羞得无地自容，第二天收拾东西就要回单位。母亲含泪把我留住。这是我成年后父亲唯一一次对我发这么大的火。十余年来，我不时想起父子间这场"战争"。父亲是对的，他的痛斥使我时时警惕着，尽量减少人生中那种浅薄、无知的愚蠢表演。

父亲在武汉住了四天就要回去，说是不耽误我的学习。临行前，弟弟对我说："哥，你写写父亲吧。"我答应了他，于是写了上面的文字。

1993年3月于武汉珞珈山

忆父亲

"十年生死两茫茫。"父亲离开我们已十个年头了。这种越来越远的时间感觉，使他老人家的影像在脑际慢慢丢失了一些细节，记忆的线索也变成了粗线条。我们挽不住时光，也就挽不住所有的记忆。哪怕是至爱的亲人，脑细胞也爱莫能助。然而，生命的源与流的因果逻辑锁定，却是永远无法断开，而且常常被无意识地唤醒，在清醒的意识中，重新镌刻那些重要的部分，使之以一种雕塑般的力量更加清晰起来。将哀恸演变成一种微温的惆怅，一种看不见手的抚慰。

那年春节初二的深夜12点半之后，突然接到侄儿智智从老家打来电话，哽咽地告诉我："大伯，爹爹刚刚走了。"我一下子怔住了，一种从未有过的情绪体验一下子攫住了我，让我动弹不得。只是强烈地意识到，在这世上，再没有应答我呼唤的父亲了，我的另一股生命之源从此断流了！

无声的泪从泪腺奔涌而出。

第二天便与妻子和儿子匆匆赶回家里。躺在床上的父亲清瘦、冰凉、紧闭双眼，任凭呼唤，再也不会扭过头来看儿子、儿媳和孙子一眼，再也不会伸手摸一摸孙子的头。就在几个月前的10月，我回家来看望父母，父亲还是那么笑声朗朗，见了远道回来的儿子，总是显得特别兴奋。话很多，在对某个故事叙述时，不时还要幽默一下。我惊异于父亲的记忆力，哪怕微小的细节，也保持鲜活生动的姿态。更惊异于他思维逻辑的清晰，依旧是往日的风采，完全不像一个快九十岁的老人。一天，我们俩一起出门转悠，正好遇到社区工作人员免费为居民测量血压。他见了，说："我也来量量看。"一量，130/80。工作人员笑着告他说："您老血压好得不能再好了，像年轻人一样好，一定会百岁！"父亲自然是很高兴。我也觉得欣慰，百岁是个高指标，但三年五载是有可能的。可是也有几分让我心生忧虑的迹象：以前说话中气十足，一直保持均匀语速、调门到结束。而这次，讲着讲着，音量渐渐小下去，且伴随着嘶哑。我心里开释地想，可能是抽烟的缘故。近两年他的烟量明显增大，母亲和家人们都尝试劝阻他少抽。他说："我还能活多少年啊！"父亲一生仅这点嗜好，硬是给剥夺了，似乎也不忍，也就随他去了。生命最后阶段的任性，何尝不可理解为享受生命的快乐。这年春节我们小家没有回来陪父母过年，也是因为怀着侥幸的乐观，谁承想忧虑竟如此快地变成了残酷的现实。

所有的家人都到齐了,在高河不大的房子里,儿孙两代及亲友挤满了整个屋子,悲痛弥漫。母亲声泪俱下,凄绝之声无不令人为之动容。妹妹、儿媳与孙辈们围绕在她的身边,陪着她默默流泪。母亲八岁作为童养媳到我们家,十八岁与父亲成婚,共同养育了我们兄弟姊妹五人。七十二余年的相濡以沫,风雨共担,两个生命已完全相融在一起。尤其是晚年,母亲悉心照料父亲的生活,而父亲则是言听计从。生命的另一半离她而去,如何能不令她痛彻肺腑。

父亲走得很平静,安详,无疾而终。家人告诉我,年三十那天,父亲有点微烧,大弟振学喂了两粒退烧药,安静睡下。晚上团圆饭,他努力起来,坐到桌子上,吃了几口,没有说话,又回到床上睡觉。大年初一早饭后,他对两个弟弟说:"吚,我这次好不起来了。"母亲听了,说:"你这老头子,大过年的,说这怪话。"母亲接着又说:"说破了,没事了。"搁在往常,父亲会说"我这么大年纪了,走的是顺路,有什么关系"之类的话。而这次,他什么话都没说,只是轻轻地哼了一声,又上床睡去了。大家以为像往常那样,说说而已,都没有当真,只是安慰他会好起来的。初一晚上,父亲呼吸变得急促起来,并伴有咳嗽。他对大弟弟说:"给我盆热水,我要洗洗。"他仔细把自己擦洗了一遍,又接着睡了。初二一天没起床,但神志清醒,两个妹妹全家来拜年,他还嘱咐妈妈,好好给他们做饭。晚上11点多,大弟还喂了他半碗稀粥吃。12点多,小弟振华听见他口中有声,以为他要解手,便把他抱到坐便器上,扶他坐住。就在这时,父亲喉咙里咕噜一声,头歪向一边。小弟低头一看,父亲已合上双眼,涎水也流了下来。小弟赶紧喊:"小哥,父不行了,走了!"

其实,在年内那最后的十来天,父亲就为他年后远行多次作了暗示,预告。一天,他坐在墙边享受阳光,邻居经过时跟他打招呼:"老人家出来晒太阳啊!"他说:"是啊,过了年我就要走了!"又一天,他在小区锻炼器材活动区锻炼,甩腿伸胳膊。熟悉的老人们相互寒暄。他又说:"过了年我就走了。"人家说:"你老说什么啊?走哪儿去啊?"他还幽上一默:"我出国啊,那边有事等着我啊。"邻居们挺纳闷,把这些话说给家里人,家人也感莫名其妙。不光常去锻炼,打扫室内户外卫生也照常做。除此之外,伯母在县医院住院,他和母亲还打摩的一起去看望。父亲走后,我们才醒悟过来,他早知道大限将至。他提前释放信号,告诉这个世界,他将离去。然而,一切生活活动如常进行,情绪、精神状态不见有任何些许的低抑委顿,这又是何等的超然!清醒,超然,善终,直至生命最后一天都一点也不糊涂,且能自理。老父亲为我们创造了一个生命奇迹,树立了一个难以企及的人生榜样!

父亲生于1925年,2014年新正去世,虚龄九十岁。我家族男性祖先,从我爷爷开始溯上五六代,都在四十多岁、五十多岁、六十多岁谢世，没见有活到古稀的。父亲的父亲只活了六十二岁。记得父亲在五十七八岁时不止一次说过："我能活到我父亲那岁数就行了。"他自己也没有料到，他比他父亲多活了二十八年，在他父亲去世二十八年后的同一天告别人间！

父亲很早就为自己的后事做准备。他在四十岁多一点的时候，就挑选最好的杉木，把自己和母亲的寿材做好了。此后若干年的夏天，他都要为两副寿材涂一遍桐油，最后才让漆匠涂上厚厚的生漆。八十多岁时他回他出生的苏家楼，从村人手里买了一块地，栽上了长青柏树，作为自己的长眠之所。他还把高河住房外的拐弯过道，根据寿材的尺寸反复测量，然后叮嘱我们，扶栏拐角要裁去多少。他离开后要记得把这块补起来。去世后，村子里同姓的叔伯兄弟来了很多，把他迎回村，停厝在村后山上。停厝，这是我们老家的风俗。2016年冬归土，就安葬在已过人高的两株柏树之间。停厝与安葬那天，家人、亲友与村人站满荒地，在鞭炮声中跪倒尘埃，自此幽明两隔。

父亲去世当晚，出现了一件异事。父亲停止呼吸后，家人不经意中发现，一只偌大的黑蝴蝶一动不动地停在饭桌中央。家人注意力都集中在刚去世的父亲身上，也没去管它。早上发现，它又停在大门的门框边。至于它什么时候飞离的，没谁注意到，也没有深想。事后再说起时，才觉得有些异常。南方春节间还很冷，离蜂飞蝶舞的时节还远着，况又是夜半，门窗紧闭，哪儿来的蝴蝶？这一想，便觉得有些神秘。难道是来接引父亲远行的彼岸世界使者，现身示之于逝者家人，还是父亲灵魂的化身，在启程之际，以有形之托与家人诀别？我们不得而知，却宁愿相信揣测为真。

父亲走前没有留下任何遗言或遗嘱，如果想留下只言片语，是有时间来完成的。然而他没有。也没有表现丁点悲戚与留恋，走前依然乐观豁达，欣然趋赴另一世界。我揣想，一是他的此生过往虽然艰辛备尝，却总以仁爱之心授人，以公正之举处事，胸无怨尤，何须悻悻。二是他教导的子女，虽无大造化，但皆能自食其力，且七个孙辈都接受了高等教育。他感到，对于儿孙们以正直善良立身处世可以放心了，无须再嘱。三是他已经知道，他将前往的世界是一个更加美好的光明世界。

1994年下半年，我还在武汉大学读书，父亲与大弟来学校看我，略略观光了一下武汉。那时父亲与当下的我一般大，虚岁七十。看着父亲花白的头发，已见佝偻的后背，心中不免生出淡淡的忧伤，父亲老了。大弟建议写一写父亲，那年冬我写了一篇散文《父亲》。他此前的人生经历在那篇散文中有所记述。

1995年春节回家，那时的家还在皖南大山深处的周冲。我跟父母亲建议，是否可以考虑迁回父亲出生地，怀宁石镜苏家楼。我是想，父母年岁日见增长，住在大山深处，单门独户，问医求药十分不便，有什么情况，驰援也很费劲。如在江北老家大村子里，都是本家叔伯兄弟，遇事不至于束手无策，距离城市也近了很多。且小弟人生尚未真正起航，江北相对发达，会有更多机会让他选择。父亲七八岁时来到这里，六十多年的人生都在这里度过，社会关系、平生所付出所留存的都在这里。本以为他不一定会作此打算，没想到父亲欣然赞同。

春节刚过没几天，父亲就带着大弟回到怀宁苏家楼老家，把想回的想法跟本家兄弟们说了。同样没想到，他们全都表示无保留欢迎，并具文一家一家地签字画押。村里与乡里也是一致同意接收，并且立即开具了接收迁移的公文。几天就办好了这样一件大事，父亲高兴，全家欢喜。江南六个人的户口，一下子迁回了祖孙三代人，只留下母亲和当时已在乡里工作的大弟夫妇俩户口在江南。老家人是打心眼里欢迎我们家回来，很快为我们家选好了地基，把地基旁边的土地置换成我家自留地。这件事办得如此顺利，一是源于老家人浓郁的乡情与亲情，二是父亲在老家的口碑与人缘。

经过一年多的筹备，1996年上半年开始建房。大弟在江南负责收集一些建筑材料送过江来，他要上班，只能辅助父亲。小弟在外打工，帮不上忙。母亲则是一个人照顾江南的家。工地上只有父亲一人，采购钢筋水泥砖瓦砂石，还要安排工匠与小工，协调工种，保持进度。整整一年，每天早早起床，很晚才能休息。这样的工作强度，即使是青壮年也会有疲惫不支的时候，而父亲竟然支撑了下来。幸有本家兄弟从旁全力帮助，终于在腊月得以大体完工。对于父亲来说，落叶归根的强烈信念是他源源不断的动力。也终于在大弟接他返回江南的途中，病倒在安庆妹妹小满家中。我从北京赶到安庆，父亲在病榻上发着高烧，气如游丝。只是有气无力地对我说："回家，回周冲。"我知道父亲的心思，他害怕会病死在女儿家。看到父亲那情况，我也担心他挺不过年关。赶忙向安庆的盛志刚同学求助。志刚兄很快派来一辆小车，得以在除夕前两天把父亲带回了家。延医侍药，竟是慢慢好起来了。

1997年新房内部装修完毕，1998年搬家。搬家启程时，披红挂彩，鞭炮声响彻山谷。到达新家时也是鞭炮喧腾，人头攒动。这是父亲平生一大盛事，一大快事。我从大弟寄给我的录像中，看到父亲掩抑不住的兴奋与快乐，一脸灿烂。

从此父亲与母亲在这个新家过上了鸡鸣犬吠、平和安宁的生活。父亲钉秤、莳园，母亲做饭，料理家务。父亲钉了许多精巧的秤送给那些无私帮助他盖房子的乡亲，表达他心中感激之情。他心中有一本账：没有他们，凭他一己之力，是盖不起来这栋两层小楼的。这些本家叔叔兄弟及侄辈们，我能叫得出名字的有三宝、名杰、名珠、引宝、汪记、名江、汪苗、杰松、双杰、振常、显忠，更多叫不出名字来。这个村子主要是查姓，五百来号人口。父亲说，几乎每家都来帮过工，每天都有人自动来，来的常常是比需要用工的人还多。不要报酬，还回家吃自己的饭。想起这些，心中总是有一种温暖的感动。

在老家定居后，差不多每天都有人过来坐坐，抽烟，喝茶，聊天。遇到饭点，便邀请一起吃个便饭，也不忘记给喝酒的人斟上酒，虽然他自己不会喝酒。小弟在这座房子里结婚生子，又了却了心中一桩大事。回家时看到父亲的脸上总是流露着满足感。父亲热心于村子里的公共事务，为大伙的事出谋划策，村子里人也乐意听取和采纳他的意见。父亲看到村子里安有自来水管，却还是挑水吃。了解到是因为少数人家欠了水费，供水单位停供。父亲便去与这些人家沟通，终于解决了遗留问题，恢复供水。平时看到那些贫病孤寡，手边有钱时，悄悄塞个百八十的给人家。

世上的事情常常是凭空生出一些遗憾。父亲以为，这样的生活会一直延续下去，没承想海螺水泥厂到这里插上一脚，把村子后山马子山据为他们的采石场。政府为了财政收入，紧追着村民搬迁。胳膊扭不过大腿，好好的一个村庄面目全非了。村子里另外给了重建的地基，可是父亲已经过了八十岁，无力再建了，只好拿着那点完全不对等的补偿款，到县城高河买了一套公寓。一年隔三岔五地回村转转，与老兄弟们拉拉家常。或者启程作一次短途旅行，先是月山大妹妹凤霞家，最近。然后是十里铺小妹妹家，最后是安庆大弟弟家。振学因工作单位转到大渡口，也就把家安在了安庆。江南老家一年也是要去看一两次的，那里还有两栋木结构的房子，分别建于二十世纪六十年代和八十年代。那都是父母亲艰辛付出的成果，现在空芜地闲置在那里，父亲看了，心里一定会有很多感慨，但他什么都不说。看着自己心血成果日见隳颓，只能听之任之。终于，建于六十年代那栋墙倾瓦坠，无法住人了。八十年代建的那栋还努力支撑着，但墙体也开始剥落。

父亲去世后，兄弟仨一商量，禀告母亲，打算以父亲当年栽植的成片杉林作为资金支持，把剩下的这栋重新修复起来。母亲自然是乐见其成。从2015年动工，到2021年完成，经过几年不懈努力，可以说在原来的基础上大大地锦上添花了。有庭院、草坪、水池、景观灵璧石、石桌石凳、单双杠、茶室餐厅。室内只保留原框架，重新木板装修。楼上是图书室，还有一个父亲钉秤作坊的复原空间，有他使用过的风箱、操作台和秤，还悬挂着他壮年时的放大照片。父亲若泉下有知，定会满意地点点头的。

父亲在苏家楼生活了六年，高河十年。苏家楼的六年中父亲身体出了两次状况。2001年查出肺结核，2004年查出胆结石。那年，因妻子在驻坦桑尼亚大使馆工作，我去探亲。在那里接到大弟的邮件，说父亲咯血，医生怀疑是肺癌。这个消息顿时让我的心凉了半截。幸好两天后，弟弟又来信说，确诊了，是肺结核。过了两三年，也治好了。从我记事时起，父亲老是胃痛，一直没断过吃药。待到老年仍不见好转，有时甚至疼痛难忍，直冒冷汗，还伴随发烧发冷，身体日见虚弱。大弟见情况异常，带他到安庆医院做仔细检查。结果出来，原来是胆结石作祟。赶紧做微创，取出了一大把结石。恢复后，父亲身体始觉轻松，体重增加，脸色也红润起来。胆结石也应该很早就有了，可一直被并到胃病里去了，为此多吃了不少苦头。幸亏回到了江北，看病问诊方便，才有了这次确诊治疗。

父亲的过往有很多值得一写的事都没有在《父亲》中记叙。我想在这篇文章里补述一两件，待有暇再另文讲述，以贻子孙。

二十世纪五十年代初，父亲是一位年轻英俊出色的钉秤师，没两年，不知就里地就成了公家人。以他的能力、才干与人缘，对于亟须管理者的新社会政权来说，没有悬念地就成了被物色起用的人选。在那个波推浪卷的时代，个人自主选择空间是很小很小的，尤其是在你已经成为目标的情况下。开始是农业社，很快就进入人民公社时代。大跃进，跑步进入共产主义，狂热的浪潮席卷着乡村大地。1959年下半年，父亲已是大队长，被县里抽调去作为整改工作队成员，派往其他地区。待他回来时，发现仓库里已无粮食可以提供给食堂。原来他不在家时，其他队干部谎报产量，导致粮食几乎全被公社提走。集体无粮，社员家中原来存的粮食，在1958年人民公社成立时被集体悉数收走，想依靠自身力量解决吃饭问题，简直是天方夜谭。总不能把来年的种煮了吃吧。饥饿在村中蔓延，恐慌

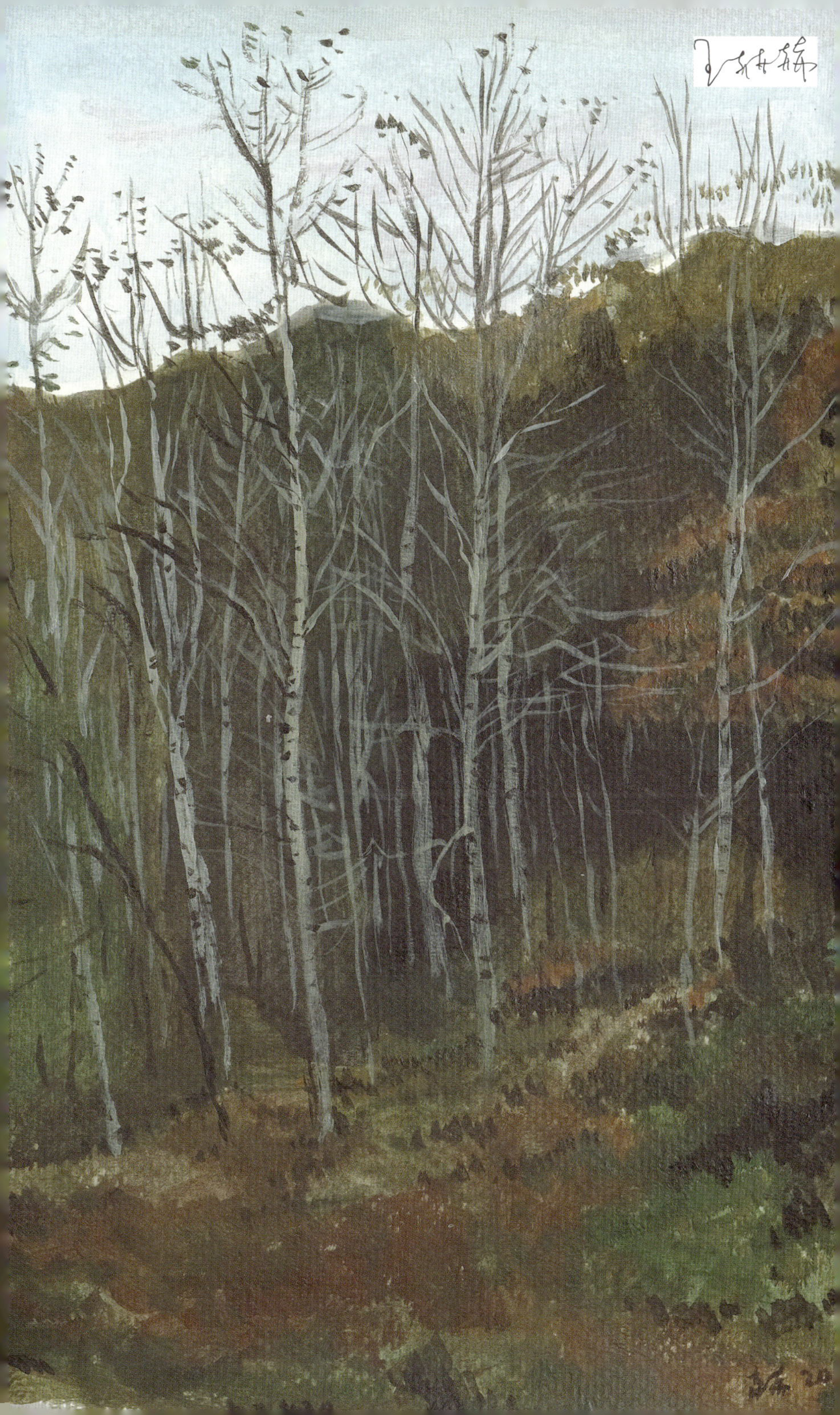

在涌动。众人望着父亲，等他的主意。父亲沉默不语。晚上他想了半宿。第二天一早，他直奔公社书记办公室。书记问他有什么事。父亲没多话，只是低声而坚决地说："没吃的了，我要粮食！"书记一听大为光火："你们今年不是大丰收吗？不是有很多余粮吗？怎么就没吃的了？"接着一顶顶"大帽子"甩过来。仅就欺骗组织、诬蔑人民公社大好形势这两条，不是免除职务，开除党籍，就是坐班房。父亲立在那里，任凭书记怎么发脾气痛骂，就是不回辩，一直沉默着。书记骂累了，不管父亲，忙别的事去了。直到下午，父亲还在那里，就是不走。其实书记也知道父亲说的是实情，各地都在邀功，谎报产量，导致各大队程度不同地杀鸡取卵，竭泽而渔。转眼就是春耕，春荒时节，青黄不接。百姓没饭吃，导致一是野有饿殍，二是大量劳力不可阻挡地外逃。到那时，春耕生产必是泡汤，情形愈加不可收拾。书记叹一口气，签了一张给棠林大队发放一万五千斤稻谷的条子，递给父亲："拿去吧！"拿着纸条，父亲如获至宝，飞快跑回大队，通知各小队队长："明天一早带劳力到公社挑粮！"在去公社的头天夜里，父亲已经想明白了，此一去前途未卜，他已将个人得失祸福置之度外。与其眼睁睁看着村民饿死、明年田地荒芜，不如拼力一搏。父亲以他正直无私的胆量魄力，为他的大队赢得了生机。

1966年夏天，父亲被褫夺了职务，靠边站，回家参加生产劳动。父亲云淡风轻，宠辱不惊，除了出工，就是在家钉秤。那两年，从家庭和父亲角度论，是和乐宁静的两年。父亲用不着出差、开会，用不着没日没夜跑田埂、忙生产，顾不了家。可是1968年的大联合，又把他"结合"了进去，给了一个大队革委会副主任的职务。后来清理阶级队伍，"群众专政队"按照上面给的名单，抓了几个"五一六分子"，关在大队部，让父亲负责审讯。父亲不打不骂，只是让他们如实写出或说出事情经过，签名画押，然后作出结论："证据不足，放送回家。"

父亲的过往或许与时代历史有关，或许与宏大叙事有关。当我细细品味，觉得似乎又没有多大关系。甚至明晰地感到，他的立身处世的原则，似乎大于外在世界给出的标准。抑或可以温和表述为不完全重叠。他从不占公家一分钱的便宜，而常常拿出自家的东西周济穷苦的乡民。他内心的柔软与刚毅、正直与宽容是那样奇妙地融通在一起。他是一个平凡而普通的人，他的所行所为没有惊天动地，却难以效仿，比如，他可以把乞丐当作来客请到家庭饭桌上一同用餐。在他生活和工作过的地方，或者认识和知道他名字的人，提到他，都会说："老查是个好人！"即使是在他去世十年的今天。

或许需要数篇文章的篇幅来写父亲，或许应该是一本书。不关乎人云亦云的崇高，只是想记述一个灵魂与他寄身的世界的进入与疏离，没有匍匐，只有站立。

父亲，原谅儿用这样粗浅的文字来写您，没有笔力来窥见您整个精神世界,只愿您的后辈们能从关于您的一鳞半爪的文字中知道,他们曾有这样一位先辈。

2023 年 3 月 6 日

母亲的偏方

壬辰十月国庆长假后,大学同班同学聚会于芜湖赭山之安师大母校。毕业三十年,相见已是满头飘雪矣。予谓:"卅年如白驹过隙,今聚也,非为感叹岁月永逝,青春不再。虽双鬓斑白,而当年之青涩狂狷亦代之以豁达睿智,岂不应庆之乎?"自11日至14日,刘伶买醉,杜康相亲,非此似不足以遣怀。予素不胜酒力,当此场合,自亦是勉力为之,聊充好汉。而肠胃不堪重荷,终于崩溃。13日晚,风暴骤至,冲堤决堰,摧枯拉朽,势不可当。同学买来种种药丸,服之依然故我,无济于事。至此束手无策,只得听之任之,唯待天赐自愈耳。14日聚会散,予随桐城宗来车返怀宁高河,探望老父老母,途中行车约莫一个半时辰,亦不得消停,着实难挨矣。及至家,已近中午。母亲见之,忙问其故,予实告之。母亲慰之曰:"不妨。"即下厨。片刻,端来一碗热汤,告予此乃大蒜汤，服之可缓解。待再制他方，保汝药到病除。予遵嘱即服下蒜汤，果然已无急切之意涌动。乃自忖母亲又在备何方剂，竟可达"药到病除"之效。遂与老父漫不经心叙谈此行经过。盏茶工夫，母亲复从厨房出，端来半盏粉状物，曰："干服之，暂勿饮。"见我狐疑，释之曰："此乃鸡肫内皮是也。焙熟，碾细，伴以红糖，腹泻者服之，无一不验。"父亲于一旁予以证实此言不虚。予于此时，只求速好，自是遵命，况此物并不难咽。须臾，腹内如雷，继之有长气自下冲出，顿觉轻松畅快。如此光景直至夙夜，自服此物后，再无腹泻，果有奇效。

母亲虽非医者，然其悬壶济世之心却不输于真正有德之大夫。有疾者，总是以其偏方主动无偿为之医治，甚至将其偏方不厌其详说与邻里，确知对方已掌握方罢。尝告余辈：单方本救病而有之，吾得之，岂可私宝？当告之众，以广为流布，造福他人，如此，其作用远胜一人之力。母亲胸怀若此，实实令人钦佩。母亲所知医方多自年轻时至今从上辈或他人处得之，默记于心，又于实践中反复验之，故其方用之皆收效甚佳。母亲有多少单方，不得尽知，唯有一方，故事甚奇，且记之。倘或果真有效，有心者或用之，当亦属有益无害也。此故事母亲知之，父亲亦亲知，来源有地。

老家石镜，距高河数十里，父母常回与宗亲相聚。有一村妇，婆家亦查姓，与予父母亲善。某次，告予父母，其娘家父患食道绝症，已不能下咽，生几无望。某夜，其已故之父托梦与其子，曰汝疾重矣！予告汝一方：苦荞麦，黄荆籽，干葫芦壳，产自怀宁之皂荚。此四种比例若干，炒熟磨粉，食之可保汝痊愈。切记！切记！醒来南柯一梦，父亲之言犹在耳。其父生前乃乡间名医，故深信不疑，依言而行，果然痊愈。此人今尚健在。母亲从村妇处得此方，即依方备之，遇有食道不适者，供之以服，无有不验。12月中，予再回老家，母告予曰，已令大妹制此方成品也，可携些回京，以备不虞之需。即无疾，食之亦可自养。予依母言，然及今仅有一尝耳，不及鸡肫皮拌红糖好吃也。

2013年1月17日

冬之痛

2023年冬天到来没几天，带我来到这个世界的母亲永远告别了这个世界。

11月11日两位弟弟电话说，已过米寿的老母亲有些迷糊，不清醒时多，常提起那些过世的亲人，念叨下面的晚辈。提醒我早点回高河。12日傍晚我赶到安居苑，见到昏睡在床的母亲。我俯在她的耳边轻声呼唤，母微微睁开眼看着我。妹妹小满问她："知道是谁吗？"母亲微弱而温柔地答道："我儿子嘛。"没承想，这短短几个字，竟成了她最后的遗言。

第二天，在母亲持续的昏睡中，晚辈也在不断地赶回来。食物与水已喂不进，我们无助地守望着母亲，胸中为悲戚与哀伤所充塞。好在母亲睡得十分平静，呼吸均匀，也没有身体扭动，揣想她的意志与身体达成一种和谐，宛若宁和的湖面，只有微风吹过。下午2点，守候在妈妈身边的妹妹喊："快来，妈妈不行了!"众人一齐挤到母亲床边,但见母亲呼吸时而短促,时而长吁。最后呼出长长的一口气,溘然而逝。五子女、儿媳、女婿、侄子、孙子、外孙女、侄孙夫妇泣跪床前,送老人远行。

难以抑制的悲痛在胸中翻腾。那个年轻、留着大辫子的母亲,那个强健、风风火火的母亲,那个满头银丝、满脸慈祥、步履蹒跚的母亲,永远、永远地从儿孙们的世界中消逝了!带着全部人生的悲喜与对所有儿孙的眷恋,飞升到一个没有黑白的永恒光明世界!所有孙辈都从各地匆匆赶回,瞻望奶奶、外婆最后一眼。各地亲友也都纷纷赶来,与老人作最后的诀别。我们将送母归山,一应风俗礼仪诸事都交由老家村子的本家们主持,在礼乐跪拜焚香燃鞭的复杂程序中,道士、地师轮番上场,直到母亲骨灰入穴下葬。我们不知道母亲是否满意这样做,而这全套程序已在乡间形成固定格式。

在母亲的后事料理上,作为儿女是有遗憾的。九年前父亲去世,后来安葬于他自己选定的老家村子边的墓地,那附近还有许多直系先祖的坟茔。原本想将母亲与父亲合葬一处,她的寿方还存放在老家村子里,是父亲在二十世纪七十年代中于江南山中造好了的。然而近些年当地的殡葬改革,只准火化,不许棺木土葬,只能进入村公墓等规定,让这一美好设想终致落空。从未考究过有无法律效力,入乡随俗便是。从母亲活着时关于身后处置的看法中,已知母亲心中早已豁然,万般皆可，万般皆空。或许只是我们子女出于祭祀方便的私心吧。让我们感到颇为满意的是，村公墓坐落在一片松林之中，坐东朝西，仿佛要将那绵延不绝的浅山揽入怀中。下葬那天天朗气清，斜晖脉脉，松涛轻吟，一种宁静祥和之气从山中升腾，弥漫。作为永久归属之地，此处应属上乘。

　　母亲离世有两件事堪记。第一件事，母亲与小弟住的房子在一楼。母亲送走后的一天，小弟对我说："哥，你去看，母亲房间窗外一株栀子花，已经完全枯萎了。"我前些时发现后，心中便有一种不祥的预感。我过去一看，果然，在墙下那一小片栀子花中，唯独正对着妈妈窗户那一株，叶子悉数枯黄。我与弟弟百思不得其解，只能说是太巧合了。莫非是自然命数给我们的暗示，让我们有所准备？第二件事，从殡仪馆接过骨灰盒，由我抱着坐上大弟弟的车，作为头车出发去往公墓。我坐在副驾驶位，大妹小妹坐在后排。车到公墓，小妹开门下车，随即叫了起来："快看！两只蝴蝶哪！"我扭头一看，车右侧果然有两只翻飞的蝴蝶，一黄一白，纯色，异常明净，欢快，待我下车再看时，却已飞进了松林中。难道是父母的幻形，告诉我们，父亲将母亲接走了？

　　母亲走后，我在小区漫无目的地走着。石楠在晚秋和初冬生长出数片新叶，红红的，像一枚枚小火炬，挺拔，在微风中摇曳。紫茉莉是夏季傍晚篱边与墙角的风景，而现在依然有柔弱的花朵在开放。枇杷的簇蕊正是绽放的时节，在巨大叶丛中展示并不艳丽的丰姿。夜里会有寒意袭来，早晨亦常有霜。而白日里却是十分温暖，似乎秋天并未走远。偶尔，嗅觉甚至还能捕捉到一缕桂香，那是谁家月桂的秋梦，飘出了窗户，在空气中悄然行走。东京樱花的叶子飘零几尽，落叶在草坪上，还未被扫走。在这样一个寒意与温暖并存的时节酿就的氛围中，我分明感受到，这是母亲留在世上未尽的暖意与混合着离开后的绵绵不绝的哀伤。在这生与死交织、纠结的季节里，于伤别中保存爱意与悯恤，于生命的蛰伏中期待修复与再生。

母亲的童年是在苦难的浸泡中逐渐度过的。五岁前她也有过短暂的儿时欢娱。父亲外出干活，或者把她放在挑子上，或者放在地头，逗她乐，逗她笑，总之不让她离开自己的视线。恩爱的父母后来又让她有了一个妹妹。母亲说，她记得那妹妹聪明漂亮，父母亲把她们俩视为掌上明珠。可是后来，天地陡然色变。那年，年轻的外公去江南打工去了，老大开始打起了自己的如意算盘。他想，老二（我的外公）无子，干脆把自己的儿子过继给他算了。他这一想不要紧，外婆母女仨的厄运就来了。他跟外婆讲，带你们母女到江南找老二去。外婆信以为真，过江到了至德。这位大伯将母女仨丢弃在荒山破屋中就再也没有露面。外婆带着两个年幼的小人儿，人地生疏，叫天天不应，叫地地不灵，如天塌地陷一般无助。且说外公年末回家过年，却不见自己的妻女，逼问家人她们去哪儿了，众人皆闭口不言，唯老大说："不是去江南找你去了嘛！"老二已猜出几分个中蹊跷,追问在江南何处,老大就是一句话:"不知道。"老大隔天把自己次子抱来,对老二说:"过继给你吧!"老二一听,怒火中烧,确信这是早就谋划好的,拎起小孩,使劲扔出门外,然后摔门而出,再不回头。据传,外公去徽州做工,一个风雨大作之夜躺在一间破旧的房子里,万念俱灰。同住工友说:"房子要倒,我们赶紧出去!"外公说:"砸死算了。"果然被倒塌的墙压死了。从此我的母亲小小年纪在懵懂无知中没有了父亲。

外婆一人带着两个孩子,艰辛备尝过了两年,无奈将自己嫁了人,把大女儿送给查家做童养媳。小女儿后来也夭折了。做童养媳的查家其实也是穷到了骨髓里。我的爷爷奶奶经常在几十里地外做工,年轻的大伯和父亲为躲避抓壮丁,都在县城里当学徒,只留下不到十岁的童养媳看家,其中有多少辛酸难以尽言,母亲后来对我们说起时总是泪眼婆娑。幸好我爷爷总是百般呵护着她,奶奶也不是那种恶婆婆。母亲回忆里有两件事让我有刀刻般的印迹。母亲说,一天早晨起来,开门探看,一下子看到在不远处,蹲着一只老虎,吓得赶紧退回屋抵上门,连大气也不敢出,这一天再也不敢开门出去了。另一件事更为惊悚。我们家是来自江北的移民,靠刀耕火种开山种粮食谋温饱。山上庄稼长出来后每夜要有人守山,以防野猪糟蹋。那天,十来岁的妈妈正在后山守山,天快亮时,忽听得一声声凄厉的怪叫沿着山岗呼啸而过,其声恐怖,令人胆裂毛竖。母亲连鞋也来不及穿，拎着鞋子直奔回家。很快传来消息，说那天晚上，山那边村子里，有人上吊死了。我们说："会不会是鸟，或者是野兽的叫声？"母亲说，那声音大而尖锐，会飞，但绝不是鸟。难以想象，童年和少女时代的母亲经历过多少心惊胆战、孤独无助的时刻。

母亲生育的子女尚存五个，之外有两个夭折了，一个是在大饥荒时出生的，两岁许没了。另一个生下来时就已没了。记得母亲干活时想起夭儿，总要嘤嘤地哭上好久。五个孩子从怀孕到养育，要付出多少精力，只有母亲自己知道。且父亲忙于公家的事，无暇顾家，家中事全靠母亲打理。种菜，养猪，浆洗，缝补，卫生，总是有做不完的事。母亲还是一个出全勤的劳力，很少因为家务而耽误出工。在我们未成年的漫长岁月里，印象中母亲几乎从未休息过。不到半夜都歇不下手，而天不亮就又起床了，开始新一天的劳作。

在我们兄弟姊妹相继成人成家之后，母亲的生活节奏也悄然发生变化。1998年举家迁回怀宁父亲的故地石镜，生活的自然环境、接触的人群、关注的重心都发生变化。在照顾父亲生活、侍弄花草上花费时间多了。2004年又迁到县城高河，过起城市生活，生活内容越发有趣新鲜，开始还可以在空地栽花种菜，后来小区统一规划，这内容不得不放弃，又开始游览市区风景，在健身器材区锻炼身体，与小区老人们聊天，在小区内形成了一个非常和谐的社交圈。邻居们都说："查奶奶是个好人!"再后来,父亲去世,最小的孙子离开家到外地读书工作,小弟弟日日上班,妈妈生活的关注重心消失了,常常一个人坐在家里发呆。弟妹们把她接到安庆、月山去住住,她想着要回高河,担心小儿子下班回家没人,显得孤单。前年春节,我与玉立回来,带着母亲去山里过年,没事开车带着她到各处溜达。去年又带她回周冲过了中秋节。不用说,母亲心情非常地好,看到当年她与父亲建的房子重又修缮一新,非常满意,一再叮嘱我们几个:退休后你们都要回到这里住!直到去世前一周,还想着让弟弟带她回周冲看看。只是因为今年把腿摔坏了,实在不宜长途颠簸,只好作罢。

母亲去世时,我们在母亲灵前挂了一副挽联:"生我育我时年有教善良根本,爱世怜世贵贱无分菩萨心肠。"母亲聪慧贤淑,勤劳善良,宽容厚德。从不与人口角,从未打骂过子女。为邻里纾困解难,力虽微薄,却有求必应,又不存于心。所生活过的地方,都留下赞誉的口碑,更让所有儿孙敬爱。我曾写过一篇《母亲的偏方》,说母亲用自己掌握的偏方为别人治病的事。母亲心胸开阔如大海,境界高尚如云峰,非寻常乡间女性所及。

仅以以上所记,追念远行的母亲大人。

2023 年 12 月 4 日

三父

三父就是我的小叔，父亲男丁排行老二，我家称唤父亲就一个单字"父"，于是小叔称唤也就变成了"三父"。

三父姓黄，大名叫黄腊苟。我家姓查，而三父又的的确确是我嫡亲的小叔，爷爷奶奶的三儿子，我父亲的弟弟。三父今年八十一岁，为何姓黄，却要从八十年前说起。

省城安庆的江对岸是至德县的大渡口镇。1933年农历二月二龙抬头的那天，从渡口过江的舢板上下来几个大人和孩子，从他们身上褴褛的衣衫就知道，这是来江南逃荒的一家人，两个大人，三个孩子。中年妇女牵着两个男孩，一个十岁，一个八岁。中年汉子用箩筐挑着简单的行囊——不全是行囊，一个箩筐里睡着一个才三个月大的婴儿。

这对中年夫妇就是我的爷爷奶奶，那个八岁的男孩是我的父亲，十岁的是我的伯父。那箩筐里的就是我的三父。其实还有两个姑姑,她们不在这个行列里,早已是别人家的童养媳了。每当我想起艰难的家世,那江边的一幕就在想象中浮现。

我的老家在怀宁的石镜。之所以叫石镜,就是因为山上全是光秃秃的石灰石,长不出像样的树木;田地因之也缺少肥料,很贫瘠,也种不出像样的庄稼。而我的祖父连这样的土地也没有,平日里只能出去做长工,打砻子。1932年是个少有的荒年,半饥半饱地挨了过来。过了新年,已是瓮无粒米,家徒四壁。望着两个瘦弱的大孩子和嗷嗷待哺的婴儿,祖父母心一横,离开祖祖辈辈生活的故土,到江南去为孩子们讨个活路。多少年来,前前后后的村子里已经有很多人家离乡背井去了江南。祖父母做出这个重大决定,实在是到了万般无奈的地步。他们的目的地是至德县大山深处的一个叫周冲的地方,离江西的鄱阳仅几十里地。

从大渡口到周冲,足足有二百几十里,这对一无所有的逃荒家庭来说,无疑是极其严峻的考验。二十世纪三十年代的江南,从省城到县城应是通汽车的,但是我的祖父母是不可能产生这样的奢望的。崇山峻岭的二百几十里地,途中吃什么,夜宿在哪里,孩子病了该怎么办,发生了一些什么事情,一共用了多少时日才走完这段旅程,我无从知晓,即便我回去询问我快九十岁的老父,怕老人家也已是记忆模糊了。然而肯定的是,他们还是平安到达了。

没有根基,青黄不接,住在废弃的茅棚里,靠先期逃荒来的穷乡亲周济以及替人家做工换来点山粮，玉米、小米、红薯之类勉强度日，吃了上顿便要为下顿犯愁。爹爹又出去给人家打耷子去了，什么时候回来，又能带些什么回来，实难有乐观的期望。在那些愁云重锁的日子里，到了又揭不开锅的时候，便让孩子去乡邻家借点，再到山上采些野菜回来，放在一起煮煮，聊以充饥。山冲里也就那么六七户人家，用不了多少时日就已经借遍了，不好意思反复去借，况且都是穷人，虽然早些来这里开荒种茶种粮，境况也好不了多少。可光是野菜又不顶事，尤其是两个能吃的孩子。于是没工可做时，奶奶只得背上小的，牵上大的，出去要饭。这样的日子真实得无从退避，风霜雪雨，日升日落，时时都在提醒如何应对填饱肚子的问题。

这样一天挨着一天地到了采茶的季节，奶奶背着几个月大的孩子又去给人家做采茶工了。有茶山的人家茶季里得雇工采茶。一个来自江西鄱阳的采茶妇女看到奶奶背上的孩子，缺少奶水，面黄肌瘦，很是同情。渐渐地，她向奶奶吐露了一个心思：他娘家弟弟结婚好些年，未得生养，一直想抱养一个。从春茶到夏茶的两个多月里，她不停地劝说我的奶奶，将这个孩子给她的弟弟做养子。奶奶最初是断然拒绝，后来理智地意识到，留在身边，以这样的家庭境况，能不能把这个孩子养大，的确没有一点确切的把握。这位妇女很肯定地告诉奶奶，她的娘家有田地，有茶山，算是个殷实的人家，孩子去后定不会受委屈。奶奶左思右想，与其让他跟着自己受罪，死活难卜，倒真的不如给一个好人家，有条生路。虽有万般的不忍，奶奶还是作出了明智的决断，将孩子交给了她。这位妇女给奶奶八块大洋，却有约在先：即便今后生计有了改善，也不可去江西找回孩子，尽管她并没有告诉她家和她娘家具体在鄱阳县的哪个村庄。生离的苦痛给了爷爷奶奶和失去弟弟的两个哥哥怎样的沉重打击可想而知。八个月大，八块光洋，这就是我的三父在自己完全无知的阶段里，生命遭遇重大转折留下的数字。此后，在他生日和离开亲人的日子，我的祖父母一定是伴随着创痛巨深的回忆。

时光缓慢而坚定地前行。十年过去，又十年过去。在鄱阳通向至德的山道上，一个年轻人跟随众人担着茶叶到至德一家茶行售卖。那时国家茶叶收购点并不多，或者安徽这边的销售价格要高一些，总之，解放初的那些年，许多江西老表都到至德来卖茶。这位年轻人到了至德地面上，总是急切地逢人就打听："知不知道有一户从怀宁迁来的查姓人家，解放前曾经卖过一个孩子到江西？"人们总是摇摇头，告诉他不知道。不用说，这个青年人就是已经长大成人的三父。他从长辈零星的口风中得知自己的模糊身世，便趁着到安徽卖茶的机会悄悄寻访，渴望能够找到自己的亲生父母。然而，一次又一次，一年又一年，没得到一丁点有用的蛛丝马迹。最后，他彻底失望了，也就完全放弃了再寻找的打算。他估摸，该不是又迁回老家了吧？其实，那家茶行就在我们乡政府所在地黎安，距离我家仅二十来里地。或许我的祖父、伯父和父亲某一天，某一次就在茶行里与三父错肩而过恰如不相识的路人一般。

1958年正月，祖父溘然长逝，带着没能再见到小儿子的遗恨走了。这一年，离开三父被抱走整整过去了二十五个年头！八块光洋在昔日的艰辛岁月中迟迟未被作为货币使用，而今也早已不在囊中了。岁月无情，生活无奈，命运不可抗拒，唯有服从，坚忍前行，去平复人生创伤，期待新的转机到来。

祖父去世后，中国进入一个非常时期。大集体，"大跃进"，人民公社。社会除了荡漾着充沛的政治激情外，就是食不果腹，人口大减。然而，竟然是在这样一个氛围情势中，三父的人生出现了重大转机。这个转机的出现，毫无征兆，却是那个大时代的因子在其中起着不可替代的作用。

我的伯父那时是一个三十大几的汉子，有力气，食量也很大。轮到这样的时世，童年饿饭的记忆便令他感到分外的恐惧，于是丢下妻儿不顾，独自外逃，去找一个能填饱肚子的地方。人民公社对社员的管理十分严格，不准私自外出，即使必须离开村子外出，也须请假。他没有理由外出，只能选择逃离。那时江西的浮夸风似乎没有像安徽刮得那样酷烈，很自然，江西成了伯父选择的逃离方向。在一个乡名叫经公桥的地方，那里正需要伐木工，吃饭不成问题。能吃饱饭就是他唯一目的，他留了下来，寄住在一户人家。安顿下来，有了新生活,他忽然想起,自己有个弟弟就是卖到了江西,也模糊记得母亲说过,带走弟弟的妇人似乎就是经公桥这一带的人,具体是哪个村子却无从知道。这时,他要寻找弟弟的念头开始萌动起来,这个念头一旦产生,再也无法阻止。他问周围的人,几乎问遍了所有他见到的人,都说没听说过。寄住的人家有位老妇人,晚上便向她诉说弟弟当年被买走的事情,他想,老人总是知道更多过去的事。但是老妇人听完他的故事,一脸木然,缓慢而又坚定地说不知道。接着又说,那么小的孩子,那么瘦弱,怕也是难得养大。不过世事难料,听天由命,祖上有德,自己有造化,遇上的人家好,说不定已经长大成人了亦未可知。老妇人的话,云里雾里,让他觉得除了多了许多絮叨,一样一无所获。他每天像往常一样,日出而作,日落而息。也依然四处打听,做徒劳的努力。

这样,几个月过去了。一天晚上,老妇人一副异常郑重的样子,把伯父叫到她的跟前,对他说:"我看侬还是个老实人,就实话对侬说了吧!当年抱走侬弟郎(安徽江西那一片称呼弟弟叫弟郎)的就是我!我就是其(他)姑娘(姑妈),其大号叫黄腊苟,家在莲花山公社。过些时候去认下吧!"听到这个消息,伯父当时一定由于太出乎意外而惊呆了,没想到百寻不果却骤然而至,自是一边喜出望外,一边百谢不已。因得到这样确切的消息,他再也忍耐不住了,没过几天就按照老人提供的地址,直奔弟弟所在的村庄。

那一幕兄弟相认的人间喜剧场面是如何让人感伤动情，我所知甚少，只依稀听说伯父到了三父家时，三父并不在家，下地干活去了。傍晚收工回家，刚进村子，邻居们就争相告诉他："侬娘家哥哥找侬来了！"三父压根儿就不相信："莫白说！"进了屋里，果然有个汉子，说是哥哥，依然难以叫他相信。几年来自己也一直在寻找，没有一点线索。怎么今天突然找上门来了？伯父诉说了在姑妈家发生的事情，又将所知三父当年抱走时家中情况和细节说与他听。三父与我的父亲长相极像，伯父第一眼就确定这就是他的弟弟。听了伯父的话，三父始才相信这一切都是真的，热泪奔涌而出，兄弟俩相拥而泣。

　　久违的亲情再次爆发是伯父带着三父回家的时候。知道自己老母还健在，还有更多的亲人，三父迫切地要回家认亲。那是一天的傍晚，就听见门外伯父的喊声："妈妈，我把老小带回来了！"继而是三父撕心裂肺的呼喊："妈妈！妈妈！"小脚奶奶听见呼喊声，跌跌撞撞从房间追出，一连声地呼唤："我的儿！我苦命的儿啊！你在哪里啊？"三父跌倒尘埃，匍匐在奶奶的脚下，失声号啕！母子俩抱头痛哭，凝望着对方，眼泪似断线的珍珠；家人无不喜极动容。人世间所有愁苦，在这一瞬间烟散云飞，只有亲情海洋的汹涌拍岸。这一次认亲，三父那颗漂泊的心终于找到了亲情的归宿。伯父和父亲还带着三父去祖父的灵柩前祭扫，祖父下葬后立的石碑上已经有了三父的名字。

自此以后，每年的过时过节，三父都要来住上两三天。三父每次来，对全家人来说，都是无比喜悦的事情，奶奶更不用说，总是拉着三父的手，嘴里不住地喃喃："我的儿！我苦命的儿！"我也总是跟在他的身边，几乎寸步不离；到他要回去时，也总是不肯让他走。三父除了陪奶奶说话之外，便从不闲着，帮助家里做这做那。奶奶看着，就心疼地说："伢哪，你歇歇！"开头几年，是他一个人来；后来成家了，带着三娘一起来；再后来有了孩子，又带着孩子一起来。在那些贫困的岁月里，家无长物，奶奶总要积攒一些鸡蛋或别的吃食，留给三父吃。1971年奶奶作古后，三父来得稀少些了，但还是几乎年年来看看哥哥嫂嫂的。

三父到了黄家后，生过一场大病。病好后，身体出现了一个影响他一生的变化：从此不再能吃肉类的食品，包括猪油一类的动物油脂，吃了就会呕吐。对他来说最好的食品就是鸡蛋和豆腐。他的个头不高，很瘦弱的样子，无疑与这有直接关系。还有，他没有念过一天书。他到黄家后两三年，便有了一个弟弟，自然，那份读书的资格只能属于弟弟。虽然瘦弱，但却是顶呱呱的庄稼手，做事疯快。而且是少有的勤劳，很少能见他闲着。他虽是养子，却承担着一个真正长子的责任。成家后，养父母一直跟随他生活，恭敬孝顺，乡亲们都啧啧称赞，直到把二老送上山。他的弟弟或许因为小时候很少干活，肩不能挑手不能提，只算得上半劳力，还是三父帮助他成了家。三父少语，温和，克己，友善，坚忍，敢担当，在我自幼至今的眼中，他从来就是一个真正的顶天立地、堂堂正正的男子汉。

三父前半生经历了怎样的坎坷磨难，我了解得十分有限。但1983年的一场家庭变故我清楚知道，那场骤变几乎把他击倒。我那三娘因与邻里发生口角，一时想不开，喝了农药，抛下丈夫和五个未成年的孩子，撒手而去。三娘的离去仿佛晴天霹雳，泰山压顶，令三父绝望悲哀，痛不欲生。三父与三娘是乡村中那种少有的恩爱夫妻，我至今还清楚记得两人一起回娘家看望奶奶时的情景。三娘比三父小十多岁，开朗，大个，长得很好看，对三父很依恋，三父自是对妻子疼爱有加。但是人生就是如此这般奇怪，本不该发生的事情偏偏就是要降临到头上，你即使有万般的不肯接受，也不得不拼尽全力去承受、面对。中年丧妻，生之至哀。可推知当时三父是处在怎样的一个境地。

从那以后，三父似乎老去了许多。1984年暑假，我们这边的几个兄弟去帮助三父"双抢"。三父就曾幽幽地对我说："那时真的想跟你三娘去了算了。"然而他还是坚强地挺过了人生中最不堪的阶段，全身心照料几个孩子，把他们抚养成人。如今弟弟妹妹们都已经成家立业，或在外面长久做工，或在家乡附近的村镇发展，各自盖了宽敞的楼房，都有了自己的天地、自己的孩子；最大的妹妹新菊甚至做了奶奶。三父也是儿孙绕膝了，但他依然还居住在过去的老屋。他的眼睛现在完全不济事了,几近失明。弟妹们要他跟着他们过,也好照顾他。但是他最多住上三五天,就执意要回到他的家,摸索着过一个人的生活。无论弟妹们怎样争着孝敬,也改变不了他的想法。无奈,只好轮流着去看望,带一些他爱吃的东西回去,过后再又把他动员出来。三父的克己由此可见,即便是自己的儿女,也不愿给他们添更多的麻烦。二十世纪九十年代中,父亲又把自己的家迁回了出生地怀宁,三父来时,便跟着哥哥一起去祖坟山祭扫,也算是认祖归宗。虽然三父依然姓黄,他让二儿子国华姓查,他这一支血脉在查姓宗族中也就有了传承。后来,差不多每年的春节,弟弟国华都要开车把老父亲送到怀宁,让老兄弟团聚,这也是晚年的三父最乐意的事情了。就这样也不肯多待时日,如何挽留也没用,依然是不愿给我们添麻烦,而走的时候又还是流着眼泪离开。

  我和三父情同父子,甚至甚于一般的父子之情。这里面,在我,或许是因为不能经常相见而累积了太多的思念,或许还包含着一份家族对于三父的愧疚。妹妹新菊出生时,我跟着伯父一起去送月子礼,那是我第一次去三父的家,那年我十二岁。从我的家周冲到三父家莲花山,足足有八九十华里,途中要翻越梓桐岭、朱家岭、磨尖山、黄母尖等数座大山。第二年我竟然一个人去了。去三父家和三父回家,对我来说都是少年时美好的时光、美好的期待。后来到外面工作,回去时也尽可能去看望三父。走时想留一点钱给他,虽不济事,聊表心意而已,而三父总是坚决不收。现在的三父也已是年逾古稀的老人了,这些年见到他,总要把我搂住良久,一声声地唤我的小名,那一份深深的亲情,足让我久久震颤。前年春节,老父和这边的几个兄弟一起去江西看他。他看不见是谁来了,只能听声音辨出来是谁。我有意没喊他,只是走上前搂住他。他立刻喊我的小名,把我搂得更紧,老泪也无声地流下来。我曾对三父说:"您一辈子吃素,又是菩萨心肠,前世一定是位菩萨。"三父笑笑说:"你说得好。"

  没见三父两年了。三父,侄儿在这里遥祝您健康长寿!

2013 年 4 月 5 日

悼念陆耀东先生

陆师去矣!

4月27日上午打开手机,即收到同门师妹、武汉大学中文系教授张箭飞的短信,告知陆耀东师于凌晨一点多在医院逝世的消息;很快,又收到同门同届博士同学、人民大学程光炜教授转来武汉好友何锡章教授发来的相同内容短信。对在医院重症监护室度过几个月不堪日子的陆师的担心,最后不可避免地变成事实,呈现在陆门的弟子面前。虽然,预感这个结果是迟早都要发生的事,但毕竟,在情感上却又难以接受。在生活、医疗条件大大改善的今天,八十岁已远远算不上古稀之年。除了一直困扰他的哮喘外,并无其他疾病。而让陆师远离爱他的家人和弟子、朋友的,正是在这一年里变本加厉的哮喘。

十八年前,我和光炜入陆门做了他的博士生。在这之前,只是读过他的书和文章,并未见过他。从这之后,我的生活与他便有了必然的联系和关切。在我们的眼中,他是一个不寻常的小老头,满面红光,目光炯炯,行动迅速,说话不高声,但果断明确,判断快而且准。我们这些弟子爱这个可爱的小老头,同时又很敬畏,因为在学问上他是不会跟你有什么可通融的,所以,我们的师生关系可以说是一种很传统的师道尊严,先生对弟子要求严格,而弟子谨守本分。但在学问之外,在日常生活中,他却是一个和蔼的长辈。经常地,他和师母要请我们这些饕餮之徒去家里做食客。这时,他总像一个父亲那样,看着我们大快朵颐,看着我们放肆。

毕业以后,在武汉和北京参加过几次与先生有关的活动,自然,都能见到先生。在武汉有先生主持召开的闻一多研讨会、新诗研讨会、陆耀东先生学术及从教五十周年纪念会,还有去年的八十寿辰,在北京有他的新诗史出版研讨会,等等。在这之外,我也有很多机会去武汉出差,也总是要去看望他的。先生也有一些其他的机会来京,剑钊、光炜和我都十分热忱地接待先生,先生也非常热心地把我们推荐给他在京的朋友。我们能从先生的神情里看到他对弟子的爱意甚至有些满意。他在我们眼中也依然还是那个可爱的小老头,依然满面红光,依然目光炯炯,见不出与我们入门时有什么不同。直到去年的八十寿辰我们回去,看到一个令我们愀然的先生。因为中风,语言和行动已十分不便,不见了以前那个敏捷的先生。在家中与先生告别的那天,先生两手一直拉着我的手,不肯放松。虽然已有严重的语言障碍,但口中的呢喃,依然是叮咛嘱咐的神情。没承想,这竟是最后的诀别。在他住院的时期,我们在京的几位弟子与师母通话时,也一直提出去看望先生,师母没让我们去,说在重症监护室,来了也见不到。

28日,我与剑钊、光炜一道,乘坐夜间的航班赴武汉,抵达武大已是12点,不能去先生的家中了。接到锡章兄的通知,让我们次日8点赶往殡仪馆为先生守灵。在那里,我们见到了先生悲痛的家人,师母、他们的儿子、女儿、儿媳和孙子。大体也了解到先生在医院时的一些情况。因为有痰,呼吸困难,不得不切开气管;又遭遇全身浮肿。所赖家人全力用药,得以维持数月的生命。可以想见,先生在生命的最后时光里,曾遭受了怎样的苦痛。即使这样,他的意识依然清醒。由此推想,先生在身体的苦痛之外,又忍受了怎样的不能与家人、朋友相聚,不能表达、不能与他熟悉的世界沟通,不能继续他一生热爱的学术事业的精神苦痛。

殡仪馆的气氛凝重,弥漫着哀伤。先生的遗体任鲜花簇拥着,从里间推出来。弟子们肃立在先生的两旁,默默注视着先生。追悼会,遗体告别,火化,一切如仪。无法阻止的是,从此再没有了先生。与亲友一道,我们把先生送上山,一个树木蓊郁、宁静的地方。看着先生的骨灰缓缓放入地下,覆上石板,封严,幽明两隔。先生终于以自己的方式走完了生命的全部历程。

"永怀师恩"！这是我们送给先生挽幛上的几个字，自此也就以默念的方式植在自己的意念中。

2010 年 5 月

怀念张毓茂先生

　　毓茂师告别这个世界已经一年多了。三十五年的师生关系，戛然而止。常常想起时，觉得世界的运转真的是不可思议，不可预知。未遇导师时，我的人生是一番模样；遇见导师后，却发生了深刻的改变。这不仅是人生经历的道路被修改，而且精神轨迹也发生了只有自己知道的变化。导师去了另一个世界，那另一个世界是否存在，只有他自己知道。如果有，他在那里便有他要关心的事情。相反，那曾经生活过的世界如何，已不存任何关系，彻底中断联系。两个世界没有交通，这让现世思念他的人很是纠结。或许，他去的那个世界是更高的一个层级的世界，可以俯瞰我们，如同我们观看忙碌的蝼蚁。可是，他并不打算介入，只是心怀悲悯地关注。一个人的一生会获得许多人的帮助，从而成就许多事情、渡过许多难关，但能够深刻地影响自己人生道路与精神走向的人，一般来说很少。导师之于我正是具有这样的重大意义。

我成为导师的学生实属偶然。1985年夏，辽宁大学通知我去参加艺术哲学硕士研究生复试。这是我第一次出关。到了中文系，却征询我是否愿意转到现当代文学专业。这个变化来得很突然，让我一脸茫然，不知如何应对。除了知道报考老师的名字外，对关外、对辽宁大学、对中文系包括老师们简直是一无所知。系办公室的老师纷纷说：小查，转吧，指定没错！你要转的张毓茂非常好！来了你就知道！……我脑子里飞快权衡了一下，既然让我转专业，如果我坚持原来的艺术哲学，怕会生出麻烦，弄不好不会录取我了。再说我工作的学校只允许我报考外校一次，失去这次机会，怕也就是失去所有的机会。至于要转专业的导师好与不好，是一点概念也没有。于是我只得肯定地点了点头，同意转专业。系里很高兴，安排面试。我也第一次见到了后来成为导师的张毓茂先生以及现当代文学教研室的其他老师。导师问了我好几个现代文学中的问题，我努力调动所知来回答，不知道的也只能说不知道，毕竟我报考的不是这个专业。我想如果是这个专业的复试生，我这样的回答一定不是让老师们满意的回答。老师们会疑惑，考这个专业，怎么连这样简单的问题都答不上来？但导师还是很大度地录取了我。后来导师跟我说，不知道就说不知道，不胡说八道，乱扯一气，看得出来，你很诚实。做学问要紧的就是诚实。系里老师所言不虚，能成为他的研究生的确是我的人生之幸。当年他仅仅招收了我，我是他的第一个研究生。直到我毕业才开始招收第二个，师妹闫志宏。

我称呼我的先生从一开始就是"导师"，从来没有称呼过前面加姓的先生或者老师，如果改用别的称谓反而十分不习惯，一直到他老人家去世，这个称谓都没有改过。所以我十分珍视我有可以使用这个称谓的权利，因为它带给我的是这个词本身的意义。八十年代以后，学子们反其道而行之，开始背地里用时髦的"老板"一词来称呼引导自己学业前行的导师。从这个戏谑性的称谓变化中可以看出社会价值观念悄无声息的改变。社会中具有经济优势的老板（企业家）进入社会中心地带，成为社会衡量人生价值、社会地位的尺度。在学界，导师成为决定学生学术前途的力量，师生关系也有了一种利害关系。学生成为导师的学术秘书，借此可以换取劳动报酬，可以提升自己的学术地位，可以进入某个学术圈子。有的导师虽然知道，也不以为忤，口中不言，心里反而有几分受用。记得当年刚进师门的时候，看到导师很威严的样子，心中便有几分惧怕，看见他远远走来，赶紧拐进另一条道，不和他照面。这样过去了一两个月。导师一看这情形，把我找了去，说："每周你得见我一次，上我家来。"于是我开始硬着头皮去导师的家里。渐渐成了习惯，甚至一周两次。导师甚是健谈，从学问到文坛逸事到他的童年故事求学经历，不刻意，转换皆成风景，我心中甚为敬佩。这里没有板着面孔的教条宣讲，也没有掉书袋式的知识陈列，让我顿时觉得学术人生原来是这么有趣。一次导师跟我说："我们这一代人掌握的史料可能要比你们多一些，但你们更应该开阔理论视野，在理论储备上一定要比我们厚实。"我反复琢磨导师的话，他是告诉我，史料知识的系统化是我们这一代人的短板，应该在积累中丰富提高，而理论，包括文学、哲学、神学、社会学、心理学、人类学等，都应该广泛涉猎才是。后来再在教室听他的课，幽默风趣，信手拈来，羚羊挂角，无迹可求，更是钦佩得不行。二十世纪八十年代中后期，是中国学界非常活跃的一个时期。我们这一代在那个时期读研的学子，可以说思想无禁区，什么都敢想，各种各样的西方人文学科各领域的理论著作，都会去找来或买来生吞活剥地阅读。阅读范围、思考范围也远远超越所学专业范围。宿舍辩论是常有的事。在读研期间，不同学科研究生曾两次对本科生举办系列学术讲座。举办讲座时，导师就坐在下面。记得我讲的两次内容分别是，对传统文化价值的怀疑，五四新文化运动与民族性格重塑。那时胆子大，不怕捉襟见肘。导师坐在下面，笑眯眯地听我胡说八道。虽然胆子大，但导师坐在那里，也还是挺紧张的。讲完后，导师从来不说哪儿哪儿讲得不对，他的微笑就是最大的鼓励。这种鼓励对于年轻学人来说比起耳提面命来得更加深刻。

导师对我的影响，首先是他的人格，刚直不阿，疾恶如仇，一身正气凛然，让宵小胆怯，善良者敬畏。再者是关于治学。严谨自不待言，更重要的是教导我怎样养成自由独立思考。导师从不直接修正我的观点，只是在讲述同类的问题上他的看法总让我联想、比较，去建立更严密的逻辑关系。虽然自己觉得在学问上无大成就，有愧导师教诲，然决不拾人牙慧却是一定要恪守的。此生蹉跎多多，竟亦已年逾花甲，然而朽木亦当有所仰。导师是我精神上的指路人，追慕导师的精神境界，时不敢忘。在社会中做人做事，遇到需要权衡一番的人或事，常会这样想，导师会怎么看，会怎样对待。这一想，答案便不难找到。1995年我博士毕业到文化部工作，导师不免有些担心我，依我的秉性怕我难适应机关的工作特点与人际关系，也担心会不会沉沦。后来出机关，到出版社工作，再见导师时我说，机关十年，没有同流合污，也没有格格不入，可告慰于师。之所以还能如此，导师的榜样摆在那里，使我想起时就会产生一股力量支撑我。导师能做到十分，我能做到五分、六分、七分、八分行不行？勇于放弃利益，在沉默与坚持真理中寻找平衡与最佳。虽然也觉得不轻松，但还是能够无愧于心。传记文学的春强兄听我说过我与导师的一些往事，多次要我写一篇记导师的文章。我一直担心写不好，至今也未能动笔。几年前去沈阳看望导师和师母，写了"师道尊严"四个字送给导师，表达弟子的那一份不变的敬畏爱戴之心。导师不唯在精神上引导我，同时也在我人生旅途上给了我许多实际的指点，让我的人生能走得更远一些，更稳健一些。

每次去导师家必有一少不了的内容，那就是吃饭。在八十年代的东北高校食堂，不仅大米稀少，做菜的水平也是大而化之，不敢恭维。对于南方的学生来说，吃饭变成了皱眉面对的难堪事。所以一周在导师家吃上一两顿师母做的可口饭菜，实在是学生时代十分惬意的事情。况且物质大餐之后，紧接着是精神大餐。如果家中临时有好吃的，或者导师亲自来喊，或者差初中生张小秋同学来通知。导师来，总是要与宿舍的同学漫谈几句。张小秋同学来通知时，就一句："查振科，吃饭！"人便没了踪影。来到家以后，导师便将一包上好的香烟放在桌子上，开始与我交谈。导师那时是民盟沈阳市委会副主委，开会时可以买到特供香烟。其实导师从不抽烟，放在桌子上的烟只是为我准备的。我倒也是从不知道何谓客气，拿起便抽。两间小小的房间，一晚上便叫我弄得烟雾腾腾，而师母的眼里不见一点责备的眼神。这些年见到师母，总要向师母表达一下愧疚，说那时真的是很不晓事，把家里弄成那样，师母便笑着说："你还记得这事？"走时不仅让我带走未抽完的，还要拿上两包放进我的口袋。我结婚生子，导师师母送我钱，以示祝贺。我却不知带些什么去，好像那是理所当然。我的不谙世事、冥顽不灵由此可见。现在写到这些倒不是要自我批评一番，而是说导师师母对我的偏爱和宽容。今天的我也不见得觉悟到哪里去，只是对过去有那么一点反省。其实在人生的很多地方、很多时候，依然故我，本性难改。离开沈阳以后，我心中那里始终是一个寄托之地，另外一个家。在后来与导师的通信中，导师说："你是我的学生，但更多时候，我把你看作我的孩子和朋友。"这话在任何时候想起，心中都充溢着无边的感动。

　　导师是全国人大常委会委员，民盟中央副主席，我到北京工作后，与导师在京每年至少能见到两次。1995年到京上班的那年，恰好他来京开会，知道我阮囊羞涩，硬是要把他票夹子里所有的钱都给我。那时他不过才六十岁，精神饱满，声若洪钟，与十年前的他几乎没有什么变化，还是当年我读书时的那个意气风发的中年学者，只是感觉更加深邃，目光如电。毕业后与导师分隔两地，却能经常见面，聆听教诲，真是人生莫大赐予。听他谈话，总有春风十里之感，有许多新鲜资讯，更有俯拾即是的智慧启迪。当年在校时听导师讲课，真的是嬉笑怒骂皆成文章。先生是经历过风浪、见过大世面的人，魑魅魍魉之流，奸佞阿谀之辈，必深恶之，也必痛斥之。先生研究郭沫若，不仅对郭的成就，对其人格亦有入木三分的洞悉。1955年，先生从辽宁盖县考入北京大学中文系，成为北京大学一位才华横溢的青年学子。中文系55级学生编写《中国文学史》，他是参与者之一；他还是一个学生刊物的主编。毕业后去了中国社会科学院的东欧研究所。其时正值中苏关系交恶公开化，中方一连推出"九评苏共"。先生说，他那时的工作就是为"九评苏共"收集资料。"文革"后，先生与师母被下放五七干校，扛了几年大活。好在有乡村生活的底子，倒没觉得不堪忍受，反而是少了那些文字上的枝枝蔓蔓的拉扯。这期间，有了小路、小秋两兄妹。1972年恢复工作，先生再也不想回到东欧所，再去搞与政治有关的文字工作，执意回到家乡的辽宁大学当教师，教教学生，写写文学研究的文章。先生甫执教鞭从事学术研究的头几年，讲课佳评如潮，亦有数篇文章见诸报刊。同系有位曾经的同学，党龄颇长，是一位在历次运动中冲锋在前的干将。一次在食堂里坐在一起吃饭的时候，他便开始以教训的口吻"开导"同窗："作为一个老党员，我要提醒你，不要重走白专道路，这样下去，是很危险的！"云云。先生也不答话，埋头吃自己的饭。吃完，送走碗筷，走回他的身边，伸手摸了摸他的脑袋，说："这红顶子煞是好看。是不是也像《老残游记》里说的，染过了不少的鲜血啊？"先生的幽默与犀利由此可见一斑。先生本不愿再涉足政治，才选择了教书。八十年代初，被朋友、时任民盟辽宁省委会主委的高景洲先生左挟右劝，拽进了民盟，做了民盟沈阳市委会主委。后来便由不得自己，又做了沈阳市副市长。再后来做了民盟辽宁省委会主委，民盟中央副主席，全国人大常委会委员，辽宁政协副主席。先生在辽宁知识界拥有很高的声望，源自他处理棘手问题时刚正而又智慧的风格，他不怕失去什么，故能得从容、坦然。九十年代中，他的老师丁石孙先生想让他来京协助工作，做民盟中央常务副主席。按照常理推导，后面安排应是无须太多想象力。先生自以为不堪大任,故坚辞。我们这一帮学生也极力撺掇他来京,导师终不为所动。退休后导师更是偏安一隅,读书,作文,写字,会友,更无他顾。

不知从什么时候起,猛然意识到,导师竟也成了一位老者。2009年导师退休以后,出行少了,有三次来京,都是与医院打交道。我跟导师说:"往后我每年至少去沈阳一次看您。"有次去就住在家里,帮师母做做饭,与他们一起去旁边树林整理菜地。小秋夫妇以及其他同学都在,真的是其乐融融,看得出导师十分高兴。偶尔也遇到小路带着妻儿从美国回来探亲。2016年回沈阳时,发现他人消瘦了不少,说话也不似往昔那样中气十足,且显得很疲惫的样子。但谈兴一如往昔,风趣睿智,跌宕起伏。2017年年底病情复杂起来,不得不来北京住了好长一段时间的医院。虽然可以常去陪他说说话,但心中便有了挥之不去的戚戚之感。送他回沈阳时已是隆冬,动车上,导师写了一首诗给我:"历尽沧桑已白头,亦无融入亦无愁。俯仰无愧堪自慰,大化之中任去留。"对自己人生做了最后的总结。读后心泪浩荡。2018年5月中旬,忽然一夕梦见导师,心绪颇不能宁,匆匆赶去沈阳。见导师尚好,心有所安。为导师师母做饭,聊尽侍奉之意。待了两天,在默默祈祷的心情中回到北京。到年底,除夕的前一天,却收到小路给我的消息,导师永远地走了,再不回来。送别回来后,写了一首《春暮忆先生》,放在这里,算作结尾。

吾师永隔倍生哀，泪泗交流任满腮。
高鸶岂因悲燕雀，宽容最是惜驽才。
著文尤在追穷理，审世何曾愧别裁。
大化之中飞鹤去，先生今应驻蓬莱。

龙申表叔

这次春节回老家才知道，龙申表叔前年就已作古了。

前年的六月，我回去的时候，还去看过他。我压根儿没料到，两个月后他竟仙逝了。算来他也是年过古稀的人了，用乡间的说法，人老去叫"过辈"，也就是说，一代过去了，生命到了该结束的时候。死，此时也算是"喜事"了。死亡是生命黄昏时的必然归宿，可在我的意识中，总不能轻易地接受他是位老人且已"过辈"的事实。十八年前我离家时，他尚在中年，一位五个儿子的父亲，最小的那时才不过几岁，还不到上学的年龄。更早些，在我童年的记忆中，他也属于青年。他的故去，怎么能让我一下子承认，一位极熟悉的老人，按照自然的法则，完成了生命的行程呢？生命倏来倏去，全不管我们挽留的意见多么强烈，真是没办法的事。

龙申表叔与我家最为亲善。他称我奶奶为姑姑，或跟着晚辈喊姑奶奶。我奶奶姓胡，与他同宗，且长一辈，其实也没有直接的亲戚关系。还有一层，因为他忠厚异常，父亲尊重他，也颇照顾他。少时曾依稀听说，他是过继来的。他人很瘦，脸总是那么一副菜色，似乎没见红润过。个头倒不矮，走路两条腿分得很开，因此得了个"羊叉腿"的绰号。脸的棱角很分明，却并不给人刚健、自信的感觉。他有口吃的毛病，说话结结巴巴，难连成句，还掺杂着"吭、吭"的声音。村里人闲得慌、没人可欺负时，便拿他开心，逗他发急，越急越说不成句，憋得青筋都暴出来了，又拿人家没辙。这时众人便一齐哈哈大笑起来。所以，无论他如何地怒发冲冠，也没人惧他。他从不与人争狠斗胜，别人也拿他不吃劲。他斗不过那些同龄人，利益也总是被漠视。可在他心里，也瞧他们不起，认为他们不过是鼠目寸光、蝇营狗苟之辈。我从不认为他这是阿Q式的精神胜利法，我一直认为，他是个品性高尚的人，只是太善良、太善良了，加上体力、能力都十分有限，不善经营筹谋，使得他的一生过得相当落拓、艰辛。他的妻儿也跟着他苦，没见吃上什么像样的饭食，没见穿过体面一点的衣服。

　　他家的贫苦我印象最深的是他的房子。一座三开间的茅草房，是他的父亲留给他的遗产。名副其实的依山而筑，三面干打垒的黄土墙，嶙峋的山体作了后墙。春夏时，便有些青草从山体上长出，是极真实的"壁画"。这些草儿由于见不着阳光，长得又细又长，很羸弱，像营养不良的孩子。每逢下雨，便有很丰富的雨水从山体渗出，大雨或连雨时，竟也能潺湲起来。龙申表叔便吩咐孩子们把依着山体的小沟浚通，让水流顺利地流出，不至于在家中泛滥。房子还有一个鲜明的特征就是黑。他家没有单盖的灶屋，便在东房里搭灶台。灶膛里烧的是劈柴，一日三餐，只要还能揭开锅，便总是烧得浓烟滚滚。房子低矮，烟不易排出，在屋里稍待一会儿，便呛得眼泪直流。点不起煤油灯，只能燃极易生烟的松明照明。而冬天，全家人单衣薄衫的，又只得在堂间烧起一堆劈柴，一家人围着旺旺的火取暖。天长日久，屋里的每一个角落、罅缝处都被烟熏得黑油油的。这间解放前搭起的茅草房，直到八十年代初，儿子们大了，盖了新房，才拆了，在原来的地基上种了蔬菜。

在家时，断断续续有好些年，我在生产队里做农活，挣工分。开山，砍树，种茶，种山栗、山玉米，捡茶籽、桐树籽，跟着大人一起做。做活时，我总爱跟着龙申表叔。他从不挑剔、指责我，还有，他能讲故事给我听。奇怪的是，他讲故事时，说话顺畅多了，"吭、吭"声也少了，几乎意识不到他的口吃。龙申表叔从不讲乡民们津津乐道的那类荤故事，讲的多是戏文，《破窑记》《采茶记》《荞麦记》，等等。他从容不迫地把故事叙述得有头有尾，哀婉动人。有时讲着讲着便唱了起来。他的嗓音原是那么好，清亮透彻，像山涧的水，没一丁点儿杂质。我们常常因此忘记了疲劳，忘记了时间。可偏有自封自命的工头，叱一声："别光顾了讲、唱，丢了手上！"我和表叔便一齐抗议："哪个少做啦?!"表叔的嗓子好,山歌也唱得声情并茂。心绪好时,他会唱上几句,有时是我撺掇他唱。听见他的山歌,远远近近的山坡上做山活的男女都会情不自禁地停下手中的活儿。有时会招来别的山头的和唱,甚至引来采茶姑娘的对唱。高亢激越的音调,低昂起伏的花腔,袅袅不绝的尾音,在山林间飘荡回旋。春天,暖阳照耀下的山峦,因了他的山歌,仿佛每一片绿叶都有了灵气。而秋天,他的山歌是对天道酬勤的真诚赞美,自然愈显得天高气清,果实也分外沉甸厚实。后来,每当想起那时的一些情景,便怀着一种深切的感动,我始而相信,山歌使人的灵魂能脱离躯壳独自飞翔。

自从我走出养育我的小山村之后,便再也没有听过他的山歌了。虽然每次回归故里时多会去看他,但这种见面在乡村被视为庄重的场合,是不会想到要他唱山歌的,因此也就没有了机会。后来大集体散伙了,大伙儿在一起劳动的那种情景没了,加上他的岁数也大了,想来他唱歌的兴致大约也淡了。这样想着,心里便觉有一种缺憾。没想到后来发生了一件严重的(在我这个在俗的人看来)事情。

在1983年或1984年的一次回家中,我打算着去看他,父亲不经意地对我说了一句:"你还不晓得吧,申吃斋了。"(同辈人称呼他多用一个单字)我听了悚然一惊,怔住了,半天作声不得。我一下子琢磨不透他的归佛的因由,日子虽过得平平常常,却也没什么大变故,况且儿子们都大起来了,眼见得有了些转机，怎么忽然作出如此重大的抉择？我想，在他心中一定有让他感到无限悲哀的东西（据说他曾劝其爱子老三不要结婚）。那悲哀究竟是什么，竟有如此巨大的推动力量？或许，他在那人迹罕至的深山中，以他那颗极敏感的心，从周围日渐蜕变的世风世情中，已早早感觉到人欲横流的时代的到来？以我对他的了解，这是极有可能的。按一个尘俗中人的妄度，人在绝望之后无外两途，失掉自我意识，放弃自我完整，或保持自我意识，维护自我完整。前者表现的极态往往是变成精神病和彻底的堕落；而后者的极态表现不是自杀便是归于宗教。在绝望中堕落固不可取，以自戕方式保存自我亦不足法。这既可说是勇者也可说是怯者的一种冲动行为。而归于宗教一途则是智者于绝望中趋于平静的理智选择。或许有更好的出路吧，那其实恐怕也是局外人的见识。那些见识更恰当地说只是表明局外人拥有事不关己时的评判权利。人世间既不能消弭绝望，将绝望拒于人类意识之外，对绝望之后种种抉择加以褒贬臧否又能有什么绝大的效力呢？因此，对龙申表叔的皈依释迦，虽心有戚戚，却生不出窥视其心理的好奇，以为任何揣度、评判都是僭妄。只是无法阻止一股莫名的冷寂不时袭来，觉得有某种看不见的物事障蔽在我和他之间。在他纯粹的世界中，我这个尘寰中人的想象力是不能企及的。那次回去没见着他，说是上庙去了。家人说，过些日子他总要到庙里住上几天。以前他的社交本不多，如今，他是完全放弃了与世人的交往，虔心事佛。有客人来时也还依然客气，只是说话少而又少了。虽只是个居士，未曾剃度，但已不过问家中俗务了。后来回老家倒还是见着几次，而我始终未问过他为何遁入空门，他也不提及任何有关佛的话题。他依然"伢呀、伢"地唤我，说着我父亲昔日待他好处的一些话。我见他精神倒是平和、宁静，不见有什么异态，只是掩不住颜面的憔悴。心中隐隐担忧着：以他的体质和饭食还要茹素，岂不是雪上加霜？然而却说不出口。

每当回到熟悉的故土，不时得到某某已不在人世的消息。面对原先自己熟悉的乡间人、事的变故，总免不了感叹一番。其实也就是感叹而已。唯龙申表叔的死令我怅然不能释怀。我决意去他墓前祭奠，以聊表寸心。

正月初一那天，农村的风俗一般不上门拜年，没有宾客来访，我便趁机去拜谒他老人家的墓地。我家老二——在乡里工作的大弟也有此意，于是一同前往。我家这个小山村是一个很长的山冲，山民们依山凭溪而居。我家在近冲口处，而龙申表叔家则在冲的最深处的半山腰，虽说同属一个村民组（过去叫生产队），却相隔了四五华里的路程。半路上遇到他的三儿子兴朋（一位三十岁出头的山里汉子。龙申表叔的几个孩子，敏拙虽不一，却是都有乃父之风），下山与几位兄弟团聚。听说我们要去他父亲的墓地，便跟着返回。此时天上开始飘着点点雪花。上得山来，兴朋指着他家左边的山坡，说：

"就在那里。"那是一片油茶林,早年在队里干活时,我在那捡过茶籽。而今,这处朝着冲口的向阳坡成了龙申表叔永久的栖息之地了。

没承想顷刻间雪越下越大,竟变成鹅毛大雪,逐队成团地旋转着跌落。没有凛冽的风,也没有刺骨的寒,只感到有些微凉。在这早春的时节,雪刚一着地,便化作春水,化作檐前的滴答声。飘扬的雪仿佛要洗尽这人间的烟火气,为待春的万物送来上苍的恩泽。我伫立门前,只感到无边的肃穆。原来这一片群山中远近散落着鸡犬之声相闻的七八户人家,近些年或搬到山下,或徙往他乡,而今只剩下兴朋和他同样尚未成家的老大、老五以及他们的老母亲,守着这山,这寥廓的世界。

雪住天霁,我与大弟在兴朋、老五的陪伴下来到龙申表叔停灵的山坡前(我们那里风俗,人死后须停柩三年方能下葬)。幽明两隔,我们四人凝望着他的柩棚,寂然无语。我朝灵柩深鞠着躬,点燃了十枚爆竹,使劲扔向天空。爆竹在空中炸响,撕山裂谷,在群山间久久回荡。

纸屑纷然落下。

您永远地去了,龙申表叔!窥破了生死的玄机,去了一个被我们称为彼岸的地方,一个我们无法窥知、揣想的世界。您的一生与此岸世界的事功、名禄、荣誉、繁华无缘。您被这个红尘世界遗忘,也被罪孽遗忘,而今轮到您垂怜这个世界了。当世人为您悲哀时,您当更有资格、更有理由为世人悲哀吧!

少爷与土匪

二十世纪前半，皖南至德县城里有一大户人家，姓查。查家住在尧渡镇老街头下街，有几十间房子，铺面、作坊。乡间还有良田数百亩。至德盛产茶、桐、松、杉、竹以及香菇、大漆等山货，自然是经营的内容。所以查家是县城响当当的富户。查家有一位少爷，大号查鸿猷。少爷查鸿猷风流倜傥，慷慨任气，仗义疏财，广交天下，也是县城里响当当的一个人物。在他还是个学生的时候，与土匪发生的一段交往，就常为后生们所津津乐道。

有钱人家少年照例是要读书的，所以查少爷少年时就负笈东瀛。学校放长假，也常要回来省亲。某次回家，途中住进一家客栈。客栈入住的客人自然是江湖上五行八作，什么人都有。猜拳行令，押宝赌博，吆五喝六，吵吵嚷嚷，乱哄哄一片。少年自是闭门不出，独自在房中课读。深夜，少爷洗漱完毕，脱衣就寝，明日好早早继续启程。可外面的吵嚷声似乎没有要停止的意思，反而越来越激烈。少爷难以入眠，实在忍耐不住了，意气陡生，走出房门，来到堂中，高声喝道："你们嚷什么？还让不让人睡觉？老子明天还要赶路，要吵到门外吵去！"他扫了一眼，堂中有人怒目圆睁，一副不肯罢休的样子；一位年轻人则委顿一旁，沉默不语，似乎在等着任人宰割。赌具散落在桌。周围的人由于事不关己，或坐或站地看热闹。见有人出来干预，店家便悄悄告诉少爷：年轻人已输得身无分文，还欠了庄家若干银圆。输家无钱，赢家不依，要剁去手指抵债。所以僵在了这里。少爷一听，便对赢家说："不就是少了你的银圆吗？多少？还了你是不是就没事了？"赢家点点头。少爷掏出银圆，如数交给赢家："不得再吵了，我要睡觉！"看也没看那位可怜的年轻人，就回自己房间睡觉去了。

　　事情就这样过去了，没有发生别的枝节，年少的少爷一早离开了客栈，回到至德县尧渡老家过年，接着又出洋去读他的书。转眼两年过去，少爷再次回家过年——身穿皮袄，头戴礼帽，双目顾盼流光，英俊潇洒。他雇了一辆马车，往家乡县城迤逦而去。冬日的风景无甚可看，暮色将至，少爷在车中闭目养神。

　　刚到一个山口，突然，有几个汉子跳到道路中间，斜挎着土枪，拦住了去路。

　　"先生，请下车，我们当家的请您上山一叙。"

分明遇上打劫的强人了,少爷心想。

"要多少钱?"少爷于是问道。

几个土匪不再说话,一味坚请的姿态。

少爷这时想,看来不是一般打劫,而是绑票了。反抗、逃走已无济于事,不如跟他们上山,反正天也黑下来了。横直不是要钱嘛,让父亲派人如数送来不就得了!于是心安理得地跟着上了山。

上得山来,几个小喽啰为他安顿房间床铺,沐浴更衣,倒茶递烟,持礼甚恭。一日三餐,鸡鸭鱼肉,好酒好烟伺候,待若上宾。

几天过去了,天天好酒好饭好菜招待,就是不见有人来跟他谈赎金的事。开始他还能泰然自若,一副大少爷的做派。后来他开始急了,家中早知他的行期,延宕了这些日子,双亲一定是急得不行,没有消息,不知这个人没回家去了哪里。眼看年关迫近,难道要我在这山上过年不成?要多少钱说出来不就结了?干吗这么婆婆妈妈的,干扰老子回家过年的好心情。

少爷发起了脾气,掀桌子摔板凳,声色俱厉:"叫你们当家的来见我!"

小喽啰把少爷请上中堂八仙椅坐定,沏上茶,恭恭敬敬立在一旁。

这时,只见快步走进一个汉子,趋向少爷面前,纳头便拜,口中朗声喊道:

"小子在此叩谢少爷大恩大德!"

查少爷霎时如坠云雾之中。待他打眼一瞧,仿佛有几分似曾见过,却又想不起是谁。忙起身问道:

"你是何人?"

说到这里,读者自然也猜到了几分,跪在查少爷面前的就是两年前客栈里那位输钱的年轻人。

原来这位年轻人离开客栈后,生计依然无着,就与几个兄弟打起了上山的主意,收点买路钱,或找大户人家讹点银子,对瞧着不顺眼的豪绅,也会趁夜间去洗劫些财宝细软。那天少爷经过时,哨子报告有财神爷到来,待他前去定定一瞧,知是恩人来了,喜不自胜,从天而降一个向恩人表达谢意的机会,便自是不肯放过。因落草为寇,恐恩人不肯待见,便让小喽啰把少爷请上山,自己虽是不敢面见,也要好好尽几天孝心,再送少爷下山。没想到少爷发了脾气,只好硬着头皮来见,自报了家门,说是没有冒犯恩人的意思,只是想趁这机会尽尽孝心,不承想误了少爷回家,罪过罪过!说明天就送少爷下山,亲自护送少爷回家。又说自己虽做的是不光彩的营生,却也从不害人性命。从为富不仁的土豪劣绅那里收取点不义之财,分济给鳏寡孤贫,也算是减轻他们的罪孽。少爷听他这样一说,知他也是个通情达理、仗义疏财的人,也就不再说什么,只是吩咐明天定要回家,不能再耽误了。

第二天一大早,就有一顶八抬大轿候在门外。少爷见状,派人赶紧回家禀报,好让家人放心。八个大汉抬起少爷,还有当家的与十来个护卫的壮汉,以及挑着年货的挑夫,一行人浩浩荡荡往县城而去。

天擦黑,轿子进了尧渡下街,停在了自家门前。家人早就焦急地在门口张望等候。少爷下轿,招呼众人一起进门。见儿子进了家门,父亲忙把他拽到一边,问道:"你这个活老子,这些天跑到哪儿去了?怎么搞了这么个阵势回来?这都是些什么人?也不报个信,看这几天把家里急的!"今天前来报信的只是说少爷今天回家,其他什么也没说。少爷听了有些不耐烦,就丢了一句:"山上的好汉!"父亲一听,吓得目瞪口呆,忙捂住少爷的嘴:"活老子也,不要命了?还把这些人带回家来了!"少爷这才把原委说了个大概。吩咐赶紧摆饭,好让这些人吃了回山。待到这伙人悄悄走后,关紧了大门,一家人悬着的心才放了下来。

尧渡查家也算是地主兼小资本家,靠诚实经商有了积累,便置田买地,收取租子。又开了个蜡烛作坊。雇了几十个伙计,家业规模不算小了。我家那时穷,伯父和父亲都在他家做过工,也得到他们的周济。后来查老爷子还把父亲介绍给隔壁的秤店去做学徒,有了一门手艺在身。都是怀宁的查姓,同宗,辈长,父亲得称查鸿猷为叔叔。虽然是叔侄,年龄却相仿。父亲读书虽少,人却是很伶俐,所以两人也是好玩伴。关于他的这位叔叔的逸事掌故,我都是从父亲那里听来的,后来我也见到过他。

父亲说,鸿猷叔叔完成学业后回到县城尧渡。说是帮助父亲做生意,不如说是帮助老爷子大把花钱,实际上什么事也不去管。用我父亲的话说,"整天把钱串子倒拎着",呼朋引类,挥金如土。他有件裘皮大衣,值不少银子。有朋友来,晚上回去,说"外面冷",就让他穿走了,也不再要。过些时老爷子发现皮大衣不见,就过问了一下。少爷把眼一瞪:"不就是一件衣服吗?谁穿不是穿!"遇到叫花子上门,少爷必定请到饭桌上一起吃饭,再送些银钱。所以叫花子都喜欢这位不拘形迹的少爷。老爷子看着辛苦积攒下的家业被儿子如此挥霍,心疼得不行,想劝劝他节制点,可是儿子一瞪眼,他就没辙了。只好自个儿一边儿嘀咕:"败家子!败家子!"老爷子看着这阵势,心想,用不了几年,这点家当还不得被他撒完了?就让他去县衙做做事。

可少爷依然故我,让他负责什么,你不找他,他绝不会找你。依然我行我素,该玩玩去,该吃吃去。可真要有事找他通融帮忙,绝不会跟你推三阻四,而是"该出手时就出手",一点也不含糊。山里有户人家,姓胡,一个独子被乡保长送了壮丁,在县城受训。家里人呼天抢地,四处求人。恰巧轮着查鸿猷负责受训。胡姓人通过我家向他提出高抬贵手的恳求。查鸿猷听后,略作沉吟,说:"明早集训点名,叫他不要答到。"第二天早操集合后点名,点到胡姓,果然没人应答。旁边的人好像与查鸿猷交了一下手。查鸿猷说话了:"得重病了是吧?那还留在这里干吗?倒贴棺材?把他开了,滚蛋!"这位胡姓就这样欢欢喜喜地"滚"回家去了。几年前我和父亲一起回江南旧地,在苏村他指着一家小卖店说,这就是那胡姓后人开的。

后来又让他负责收税的事务。二十世纪四十年代最后那几年,民生凋敝,税收不易,拖欠是常事,求情也好,不求情也罢,反正他也懒得去追征。到了年底,税收缺口多少,就拿自家银子补上。到了1949年,除了土地,家中银圆已经让他折腾得差不多了。其实,他家的土地,因他的缘故,早就收不上像样的租子了。名义是他家的,已是名存实亡了。

就这样的一个人,在大邅变时代,注定是要受到打击的。他的父亲被镇压,自己因在旧政权里任过职,坐了几年的囚牢,妻子也跟他离了婚,没有孩子。出来后没有工作,与泥溪公社公家饭店一位做营业员的女人结了婚,也没有生下孩子。女人住镇上,他自己住在乡间一间小房子里。女人的工资是主要生活来源,过去的家底多少尚可有些贴补。自己虽然无业,由于是个读书人,会写会算,周边的合作社、生产队常请他帮助算账,生活还能过得去。我能记事并见到他的时候,他应是三十大几岁,个子高挑,眼睛明亮,说话不多,声音不高不低,沉静,有教养,抽烟。他偶尔会来我家,我记得也去过几次他那小屋。我喊他"鸿猷爹爹(即爷爷)",喜欢跟他在一起。他也喜欢我这个小侄孙。上他小屋，记得最清楚的是，他做油条鸡蛋汤给我吃。

在六七十年代，他得肺病死了，死时不过四十几岁。一辈子，说不上轰轰烈烈，也说不上落拓颓唐，就这样，没了。算来，也有四十几年了。

只是不经意地常常让我想起。

东方的眷恋
——纪念秦乃瑞先生

有的友谊刚开了个头,就不得不匆匆结束了,真是无可奈何的事情。我和秦乃瑞先生只见过一面,才过去一年多的时光,他老人家就倏然仙逝了。

我和秦乃瑞先生相识,完全出乎我的意料。

在2009年的四五月间,一天,我接到文化部老部长王蒙先生秘书彭世团先生的电话。他说,王蒙先生在英国的一位朋友,也是作家、翻译家的秦乃瑞先生,在《传记文学》上面看到我写的一组乡村回忆的散文,颇感兴趣,有意译成英文在英国发表,征询我的意见,是否愿意。这个消息让我多少有些意外,自然是爽快答应,并请把我的联系方式转告秦先生。

又过了些时候,已是夏天了,我在办公室接到一个电话。分明是一位老者。他自我介绍说,他是秦乃瑞,与老伴一起,刚从英国来北京，说王蒙先生已转达了我的态度，他很高兴。询问是否可来我办公室一见。我说："天气太热，您岁数大，还是不出门的好；如果没有什么不方便，我去您老那儿吧？"他答应了，告诉了住址，在芍药居某楼。我的上班地在惠新西街，相距不远，自西向东，约莫两里地。于是约了拜访的时间。

按过门铃后，门开了，迎接我的是一高一矮的两位老人，秦先生和他的夫人陈小滢先生。二位老人热情地让座，并端来清凉的饮料。秦先生高个儿，清瘦，略显疲惫。虽是地道的英国人，而风范却更像是一位中国老人，儒雅含蓄。陈先生告诉我，这之前，秦先生不慎摔了一跤，腿摔坏了，虽已恢复，但仍感不便。交谈中得知，陈小滢先生原来是陈西滢、凌叔华两位现代名家的女儿。二十世纪三十年代，陈、凌供职武汉大学，陈西滢担任文学院院长。1938年武大西迁四川乐山，陈小滢随父母到川，在乐山的武大附小、附中读书，一直到抗战胜利后。1943年陈西滢与晏阳初等受国民政府委派到大不列颠游说英国支持中国抗战，1944年辗转抵达英伦。1946年武大回迁武汉，此时陈西滢被聘为中国驻联合国教科文组织的首席代表，凌叔华只得携女小滢远涉重洋，到英国与丈夫团聚，就此一家定居英国。后来陈西滢从此没有能够回到祖国。我告诉陈先生，二十世纪九十年代初，我就在武汉大学读博士，而博士学位论文写的是京派文学，其中就论到凌叔华的小说。听我这一说，陈先生显得十分高兴，在我们未见前竟已有了这样的缘分，话题由此多了许多。她情不自禁地忆起当年在珞珈山的生活，当年聚集在武汉大学的文化名人，还有她幼时伙伴。至今，与当年的朋友、现在的院士查全性教授依然保持密切联系。我说，正是由于查先生等人的努力，恢复了高考，我们这一代人才得以上了大学。

在我和陈先生说话时，秦先生一直微笑地听着。秦先生一口流畅的中国话，而且是特别标准的普通话。他告诉我，他也是乡间长大的，做过很多农活，比如为牛羊割草，等等，对乡村生活至今依然怀着深深眷恋。我的散文唤起了他的同感，而乡村生活方式、内容上又有许多不同。他说我的散文中保留了一些消失的生活形式、民俗内容，以及时代变迁的痕迹。他很仔细地询问中国南方乡村生活的一些细节。秦先生对东方文化非常热爱，在英国出版过介绍中国和中国文化的书；从二十世纪五十年代初就开始从事中英友好交流活动，结识了很多中国朋友。我们谈到东西方文化，以及今天的文化处境。去时带了一幅我写的李白诗，送给他们。

自此后，我们通过邮箱沟通信息。秦先生将他的译稿发给我，让我看看。我的英文不足以帮助我做这种中英文对照校正工作，也就作罢，允其按照他的理解翻译。那四篇乡村回忆大约四万字，秦先生说，他只能节译，望我见谅。我想，秦先生如此高龄，况又身体欠安，只因对拙作谬爱，翻译自然已是勉为其难。文化的差异，部分内容国外读者也不能都妥当理解，节译的处理当是恰当的，我亦表示赞同。

这样过去了一年多，直到 2011 年年初，陈小滢先生打来电话，告诉我一个不曾料到、令我惊诧不已的消息：秦先生于 2010 年 10 月去世了。陈先生说，秦虽不在了，但译文将如期在英国刊出。并告诉我，料理完秦后事，打算回中国定居。听完电话，我沉默了许久，哀意阵阵，无途以达。

我对秦先生以及陈先生他们二位的情况知之甚少，只是从那次相见谈话中得到有限信息。不顾自己已是八十六岁的高龄，不顾自己虚弱的身体，去翻译一个素不相识的晚生的散文，是多么令人钦敬，又令人感叹的事情。而我，甚至连秦先生的英文名字也不知道。为此，我感到分外惭愧。

去年夏天，我正随文化部专家休养考察团在黑龙江行走，接到陈小滢先生电话，她说译文很快刊载，杂志方面希望能有我的照片随文刊出。此时，她已回北京。不久，收到"苏格兰中国协会"主办的 *Sine* 杂志。首页即是秦先生的照片和几行关于他的文字。第一、第二篇分别是他的生前好友伍芳思（Frances Wood，大英图书馆中文馆馆长）和埃尔西·科列尔（Elsie Collier）写的纪念缅怀他的文章，第三篇则是秦先生（英文全名"John Derry Chinnery"，秦乃瑞即"Chinnery"的中文音译。他们的儿子也有一个地道中文名：秦思源）根据我和他的交谈及我散文部分内容写的关于我的介绍文章——

《中国乡村成长——记查振科》（Growing Up in Rural China, by Zha Zhenke）。标题下分别是"一、我的童年"和"二、我的中学时代"。我请在外交学院读英文专业研究生的外甥女陈玲把前面两篇译成中文。为不使相同内容重复，我把伍芳思和埃尔西·科列尔所写略加编辑后，放在这里。

1924年，秦乃瑞出生在沃特瑟姆斯多，随后在赫特福德郡的马奇哈德姆度过了几乎整个童年。秦的父亲是名牧师，供职于伦敦郡议会，后升至市政会审计员。秦中学毕业后，1942年到伦敦大学东方学院学习中文。1943年加入英国陆军情报局，在新德里、加尔各答和阿萨姆邦工作。1945年他被召回伦敦大学东方学院教授中文，1948年正式成为东方研究学院教师。

1954年，应中国政府之邀，秦乃瑞带领"文化访问团"到中国进行官方文化访问，这是他第一次来中国，他很多有趣的回忆都是关于这次中国之行。同行的有地质学教授伦纳德·霍克斯（Leonard Hawkes），诗人、小说家和翻译家雷克斯·沃恩（Rex Warne），哲学家艾耶尔（A.J.Ayer），建筑师制图员休·卡森（Hugh Casson），画家斯坦利·斯宾塞（Stanley Spencer）。

1957年，秦乃瑞利用一年的假期到北京大学旁听现当代文学课程，一边准备博士学位论文。一年后回到东方研究学院继续任教。

1965年，秦乃瑞在爱丁堡大学设立中文系，亲任系主任。他还一直为成立第一个"中国研究中心"积极奔走，终于在1989年他退休后成立。英中友好协会于1949年在伦敦成立，秦是该协会的创始人之一。中苏关系破裂后，协会内部出现政治分歧，导致协会解散，1965年成立英中了解协会。那时十分需要建立一个苏格兰和中国之间的友好组织。在他的奔走推动下，1966年5月苏格兰中国协会首次会议开幕。李约瑟博士和作家韩素音在会上致辞。在中国北部有多年工作经验的拉夫·莫顿（T. Ralph Morton）任主席，秦乃瑞和格拉斯哥大学的杰克·格雷（Jack Gray）任副主席。从此苏格兰中国协会发展壮大起来。

秦乃瑞精通汉语，熟知中国文化和历史，在中国政府、大学和其他机构里有很多朋友，这些都为苏格兰中国协会的发展奠定了基础。

秦乃瑞与苏格兰的华人社区合作紧密。在一篇名为《先驱者》的讣告里，华人称秦乃瑞"是一位卓有远见的人，他破除重重障碍，帮助很多苏格兰人克服普遍忽视中国文化的心理，让中国移民家庭在这片寄居土地上感到家的温暖"。

1970年秦乃瑞与陈小滢结婚。1972年苏格兰中国协会全体成员第一次访华，秦乃瑞任团长，刚抵达广州，就心脏病发作。陈小滢来中国照顾他。他们的儿子秦思源由秦的姐姐在英格兰照顾。秦住院两个月才得以康复回国。

秦和陈都希望思源在中国接受教育，因此陈小滢带着思源在中国生活了三年。这期间陈小滢在北京大学教书，并为《中国日报》撰稿。

直到1991年，秦一直担任苏格兰中国协会主席，其后由珍妮丝·狄克森（Janice Dickson）接任，秦出任荣誉主席。

1999年，秦乃瑞、陈小滢和英中了解协会的德里克·布莱恩（Derek Bryan）受邀去北京参加中华人民共和国成立五十周年国庆典礼，之后他们应邀成为中国国际友人研究会荣誉理事，这里有来自世界各地的中国的朋友。

秦乃瑞翻译过数部传记，其中包括一本介绍著名评剧演员的《新凤霞回忆录》以及《中国的瑰宝：巨龙之国的辉煌》。1974年翻译出版了一本对话和书信集《不为人知的毛泽东》。他在最后的几年，还完成了一部鲁迅的传记，一部关于评剧的著作。

秦乃瑞一生收集了三千多本有关中国的书籍，大多数是中文书。这些书籍已捐给他付出心血工作多年的爱丁堡大学和新成立中文系的诺丁汉大学。

秦乃瑞机智幽默，具有极大的人格魅力，常妙语双关，善于冷幽默。他性情温和，甚至有些腼腆。

秦乃瑞退休之后，与家人在中国生活了很长时间。他们住在北京的公寓里，接待朋友、同事和陈小滢的同学和朋友。

我后来又陆续收到陈小滢先生转交来的两期苏格兰中国

协会杂志，每次，刊物中都夹有陈先生亲笔写的问候语纸条。

去年下半年，我去芍药居看望陈先生。陈先生对我谈起秦乃瑞先生的一些往事。他与陈小滢先生1970年结为伉俪，第二年生了儿子，中文名叫思源，一为纪念已故的爷爷陈源，二寓饮水思源、常念祖国之意。结婚后他们越来越多地来中国，致力于中英交流。儿子完成学业后一直在中国发展自己的事业，他们也就更是经常住在北京。

陈先生告诉我，"Chinnery"原来是法国一个北部地方的地名。十二世纪时，法国当时的诺曼族占领了英格兰，秦乃瑞的祖先就是当时诺曼族的一个贵族，后来在英格兰定居。所以，"Chinnery"这个姓氏在英国很少见。还有，他的母亲有四分之一的印度血统。十九世纪时，他母亲的祖父在印度做官，娶了一位印度人。所以，秦虽然是地道的英国人的性格，但是却有法国和印度的血统；也许如此，他学习研究外国语言和文化的能力比一般人要强。秦乃瑞因为语言能力好，上大学便选学了中文。他的中文名便是他的中文老师、受聘在伦敦大学东方学院任教并兼任《大公报》驻英记者的萧乾所取。因为战争，国家要求年满十八岁的男子都要入伍，于是在1943年当兵去了印度。即便在军中，他依然坚持学习中文。在印度服役时受到一位在印工作的中国共产党党员的影响，也是在那时对东方文化产生了向往之情以及传播与研究的兴趣。也因此回英后参加了英国共产党，致力于帮助下层困苦人群。他在东方学院教授中文时，学生给他取了个绰号，叫"差不多"先生，因为他脾气好，学生出错时，他不好意思批评他们，只是说"差不多"。久而久之，就被学生善意地称为"差不多"先生。在他不遗余力推动成立的苏格兰中国协会里，他一直担任副主席、主席，后来岁数大了，辞去了主席职务，担任荣誉主席直至去世。现在他的儿子秦思源接过了父亲的接力棒，担任该会荣誉副会长。

秦先生去世后，他的骨灰一半撒在伦敦郊区他的乡村故地，另一半被带到了中国，部分已撒在了武昌的东湖，他们曾经驻足沉醉于珞珈山以及东湖。陈先生心中希望，自己百年后能带着她的秦先生归葬无锡陈家的祖茔地，重新偎依在自己父母的身边。那片山地面对烟波浩渺的太湖，风景优美，开阔而又静谧，她和秦都非常喜欢那个地方。她静静地告诉我，秦内心非常善良，从不责人。又说，这一点和她的父亲陈西滢先生十分相似。陈先生说，因为一位朋友有段时间一直给他们寄《传记文学》这个杂志，所以她和秦看到了我的散文。后因故中断了，没再读到这本杂志。我说缺失的我来补上，后面的定期给您寄。后来我去《传记文学》杂志社找赵春强社长，请允把陈小滢先生列为长期赠阅的学者，赵社长爽快答应了，让我留下陈小滢先生的住址，亦请我转达《传记文学》对她的敬意。我又到编辑部找齐缺失部分，送给了陈先生。后来，陈先生告诉我，已经开始收到新出版的《传记文学》了。

秦先生的骨灰一半永远归依他的西方故乡，不再离开。他的另一半永远留在他热爱的倾注毕生心力的东方，融入这里的山水。愿他在这里宁静安详，并衷心祝愿陈小滢先生健康长寿。

2012 年 3 月 25 日初稿

三

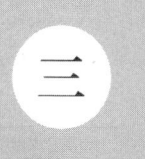

志林哥与曾经的年代

志林哥姓谢,长我三岁。辛卯年生人,今年是甲午,已过了一个花甲子,我们已是做了四十六年的兄弟了。但是志林哥是城里人,还是省城合肥;而我只是一个江南大山里的孩子,行走得最远的地方是江西彭泽的马当。在我小的时候,城市与乡村有着巨大的甚至是无法跨越的鸿沟,因此,这一份友谊本没有理由发生。它来到我们的人生中,完全是由于一场席卷这个国家城市与乡村的社会变故。有点阅历的人一定猜到,那就是知识青年上山下乡运动。

1969年10月的一个下午,斜阳已褪去了伏天的威严,温和地照耀在慵懒的田野上。晚季水稻,间种的玉米荞麦,在轻慢的秋风里变换着不同的绿色。入秋后的乡村从容安详。大队部所在地林畈村后是一个高坡,一条小路从这里通向我的家周冲。我和堂兄振清从外村挑着稻谷回去,歇下担子,坐在扁担上歇息，百无聊赖地望着眼前的景色。坡下就是林畈队的田亩，田亩的尽处是一条自东向西的大河，河对岸就是山排了。靠近大河旁，在田野中蜿蜒着的是铺着石板的大道。目光停留在道上，是两个人行走的人。渐渐地清晰起来，挑着物什的是我们生产队的队长胡龙武，跟在他身后的是一个我们不认识的年轻人。待走到跟前，队长见我们在歇脚，便停下来，对我们说："这是谢志林，到我们队插队的合肥学生。"我们便起身，微笑着相互行注目礼。

我打量了他一下。瘦长，脸也长。和我们一样，稚气未脱。在乡里，我们不称他们"知识青年"，而叫"下放学生"。我们大队另外几个产粮队都有，也都是合肥来的。我们队去年跟随大部队来了一位，名叫张超跃，从大连来的，前不久上调走了。现在，由他来替补空缺。

从此，生产队的劳动队伍里多了一个身影，一个穿着、说话、举止和我们不一样的社员。大家都叫他"小谢"。小谢比我大三岁，我也同样叫他小谢。小谢一个人住在队屋里，就是原来张超跃住的那个地方。"文革"前这里有个民办小学，"文革"开始后就停办了。队屋的重要用途是堆晾茶叶和放置制茶的各种用具、机器，我们队是一个产茶队。他住那间屋子也是我的民办小学朱老师住的屋子，在那里，我读到了那时所能读到的书，不谦虚地说，我是那个小山村读书最多的人了。

不出三天，我成了小谢干活时的伙伴，又是交谈的对象。

在抬头是山、低头是地的寂寞的山村里，一个来自省城的少年，遇见一个可沟通的山村少年，多少是一个安慰；起码，比起只会跟你说家长里短、柴米油盐酱醋茶的山民来，更有可以亲近的感觉。我可以告诉他哪座山、哪个山坞叫什么名字，曾发生过什么样的故事；告诉他谁是谁家的孩子，谁和谁好，谁不叫人喜欢；告诉他春天里山上有什么花开，秋天里山里能采到什么果子；告诉他哪些树叫什么名字，树林里会有什么野兽；告诉他茶季的时候会有很多采茶的姑娘来，村子里天天像过年一样，小伙子会很兴奋，晚上一家家地串门。更多的是我听他讲，讲他的家，他的父母亲，六个弟兄和最小的妹妹。他的妹妹和我的小妹妹同年出生。听他讲省城合肥的模样，山外的世界发生的事情。

　　小谢读的书比我多，没事常跟我谈他读过的书。在那个时代，仍然会有不少爱读书的人。他的记忆力好，历史知识十分丰富，这让我很是钦佩。有时，他的"插友"来访，我也坐在一旁听他们海阔天空，无形之中开阔了我的视野。自从民办老师走了以后，我的生活里便没有了传授知识的老师，小谢为我填补了这个空缺。这是我现在所意识到的，在当时，我们是形影不离、无所不谈的朋友。不单干活时在一起，晚上、雨天，也几乎在一起。他一个人住在队屋里，孤单得很，我晚上便常常来陪他睡。收工后也邀他一起回我家，免了他自己生火烧饭。晚了，也就住在我家。我的父母亲对小谢像是自家孩子，我邀他来家，也是秉承了父母的意思。

在我的记忆中，1968年下半年，我们大队一共来了两拨省城合肥来的知青。记得大队派人敲锣打鼓地迎接回来，有十几位，有兄妹俩，还有兄弟俩。年纪大的十八九岁，小的不过十五六岁。分配到各个生产队，或者把队屋作为他们的住所，或者另盖房子。在我的印象中，合肥知青最能放下架子，认认真真向农民学习劳动技能，没有城里人惯有的娇气。我所知道的，外面生产队的几个知青，无论男女，下地干活十分卖力气，能吃苦耐劳。比地道的农民更有甚者，三伏天"双抢"，连衣服也不穿，晒得漆黑。甚至跟农民一样抽旱烟。乡里百姓也不把他们当作外人，就像自家兄弟，需要什么，乐意为他们提供。他们不愧是"毛主席的红卫兵"，"与贫下中农打成一片"，"在广阔天地里锻炼成长"。这是句玩笑话。但他们确实很团结，又主动融入乡村生活，不把自己看得比农民高一等，普遍有素养、有品性、有志向，这是实话。1970年，合肥知青大部分都招工回城了，还有一小部分留在农村，最后也还有极个别的扎下根来，成了真正的农民。1972年，上海知青一下子涌来很多。我那时在公社中学读书，公社就让我们这些中学生用板车拉着他们的行李，送到各个大队。上海女知青似乎都长得很漂亮，会打扮，又比较开放，让一些憨厚的汉子看得目不转睛。胆子大的乡村小伙子也敢进攻，竟也有成功的。我们大队就有这样一个例子。到八十年代初落实政策，这位女知青将她的农村丈夫和两个女儿一起迁回了上海,这算是城乡结合的一段佳话。上海的男知青似乎都有点公子哥的派头,但也安静,不怎么惹事。再后来,我们县的下放知青,主要是铜陵市和县城的应届毕业的中学生,但没有分配到我们公社来。

这是一段奇特的中国历史,一段搅动了整个中国社会的历史,一段牵涉千千万万个家庭、改变着数千万人命运的历史。也是那时乡村生活一段不同寻常的背景。"文革"后中国文学出现一些现象,先是"伤痕文学",以卢新华的短篇小说《伤痕》为代表,把上山下乡的那段生活当作苦难人生来表达;后来又出现了"反思文学",扩大了思考背景;再后来是"文化小说",开始将那段乡村生活做一种诗意的重塑。这是那一群人的心路历程。更往后,有着那段经历的知青们,随着进入中年、老年,对自己曾经生活过的乡村,更是表现出深沉而又强烈的眷恋、怀想。

这样的事件绝不会再重复。

前不久,我在合肥又见了志林哥。

志林哥是在 1970 年 9 月招工回合肥的。

虽然知道有一批知青将要离开,似乎也知道志林哥就在其中,但并不知道确切的走的时间,志林哥似乎有意隐瞒了这一点。那天早晨,我与堂兄一起出去干活,刚来到大道边,就见到他与生产队队长从山冲里走来。与他来时一样,队长担着他不多的行李。不记得当时这不期而遇的告别的具体情景,大约只是说了几句简单的话，然后目送他远去。

后来就接到他的来信，寄自合肥汽车配件厂，他的工作单位。从此开始书信往来。1971年我去上了中学，志林哥给我寄来不少的礼物，运动鞋、笔、本子之类，说了很多鼓励的话。1978年考上大学，第一个寒假到来，我便迫不及待地迂道合肥，终于在分别八年后又见到了他，还有他那一大家子的人。志林哥自不用说是很高兴的，伯父母、兄弟们也都特别客气、热情。伯父母也都是工人，正直、朴素、有见识。住了好几天，志林哥便尽可能地抽空陪着我，看电影、逛街，还去看了他工作的车间。这也是我第一次看到城里的工厂是什么模样。1980年志林哥结婚，我没能去参加他的婚礼，便买了一幅芜湖的铁画寄去，是徐悲鸿的《奔马图》。这幅铁画至今还挂在他家的墙上。嫂子是一位上海的知青，在合肥五纺厂工作。第二年有了女儿。厂里分给他一间筒子楼，算是有了自己像模像样的小家了。再去的时候，嫂子就会做几个十分可口的菜，志林哥便温上一壶酒，边喝边聊。过去的事和现在的事，村子的乡亲和回城的知青。他们两口子上班后，我便领着小侄女去逛公园。每次走的时候，志林哥一定是要把我送到车上。这几十年，多则三两载，总是常见面的，只要去合肥，必告知志林哥。二十世纪八十年代中，我考研究生，他还特地去芜湖看我；2001年，他来北京出差，在我小营的家里住了几天。我家还没迁回怀宁时，他带着女儿回周冲，看望我的父母和村子的乡亲；也去过怀宁高河我父母亲现在的家。去年茶季，我俩一道去老家，开着车，从泥溪到棠林，中途在苏村、利安、木塔、石城、官港转了一大圈，很是惬意。在石城遇见两个老太太，带着孙子出门，招手拦车，以为是可载客的营运车。我们停住车，志林哥把她们扶上车，坐好。老太太摸着口袋掏钱，问要多少车钱。我们笑着说，我们是学雷锋小组，不要钱。老太太很是感谢，说难为你们了。这是我们回老家的一段趣事。今年春节期间老父亲去世，我告诉他，他把家里所有事情撂下，赶过来，陪了老人好几天，直到把他一直敬爱的老人送上山。他把我的父母亲当作自己的父母亲一样尊敬，不时给老人买上几件衣服、鞋帽、围巾什么的。我回家时老父亲总是说小谢如何如何，或者问我最近与小谢通过电话没有。

　　志林哥是一位极有定性的人。不抽烟，当年下放的知青，在那种环境下，几乎没有不抽烟的人，但是他不为所动。不似我，就是在那段辍学劳动的时候，染上了抽烟的坏习惯，至今依然故我。如今那些时髦的娱乐，没一样与他沾边。连打牌、钓鱼、摄影这样的爱好，他也懒得去培养。平时在家，晚上喝上一杯两杯的黄酒，就算是善待自己了。除此之外，只有看书。对所有的人都彬彬有礼，绝不会有剑拔弩张的事情发生。在工厂干了几十年，做过车间主任，分厂厂长，也是实至名归。让他做依附权贵的事情，怕是比登天还难。志林哥告诉我，前些年体检，有项内容让他和嫂子都吓了一大跳，确诊后问题没有想象的严重，经过一番治疗，终于雨过天晴。我想，幸亏没事，不然他是不会让我知道的。现在他和嫂子都已退休，孩子也早已独立，在上海工作，用不着太多地操心。以志林哥的心态，万物皆有所归，不即不离，若即若离，可以闲看花开花落、云卷云舒了。

我与志林哥相交数十年，真可谓君子之交淡如水，无关利害。近半个世纪过去，仍一如初见，无关年轮。及今，我也已站在退休的门槛上。倘若上苍厚顾，假以岁齿，想来与志林哥有更多惬意相处的时光。

2014 年 4 月 26 日

建根和他的上海女人

　　这次回老家,意外地见到苏建根、王勉莉夫妇。

　　从我老家周冲出来是林畈,林畈的村东首是寺前。今年的正月回老家路过寺前时,在路边遇到王勉莉,知道他们从上海回老家盖了一栋楼房。因为急着赶路,没多交谈。这一次让弟弟振学把车停在他家屋后,特地往访他们的新居。

　　还是王勉莉一个人在家。她说建根刚刚骑着电摩去周冲水库巡查去了。他与几位村民承包了小水库,放养了鱼,常常有一些不明身份的来偷钓。在等候建根回来之际,勉莉把回来建房的经过跟我们说了一个大概。弟弟说,建根一点儿也不见老,你几乎看不出他有多大变化。不一会儿,就听到门外传来他的声音,紧接着,人就进了屋。老友相见,自然少不了一番掩抑不住的亲热。我打量着他,果然显得十分年轻,头发乌黑,面无皱纹,身材板壮,完全是个精力充沛、身体健康的四五十岁的汉子。其实，他和我一般大，还比我大俩月，属马，周岁六十一了。当年互称"老庚"，后来堂侄拜他做干爹，所以偶尔又互称"亲家"。

我们俩有多少的年头未曾见面，都说不出一个具体的数来，总在二三十年的样子吧。当年我还在村里的时候，我是大队副支书，他是寺前队的生产队队长，而我又分管寺前队，这关系自然非同一般。为何竟然近三十年未见，这还要从他的妻子王勉莉说起。

四十三年前，一位年仅十七岁的上海小姑娘，随着知识青年上山下乡的大军，来到了皖南大山深处，和她的另外两位同伴一起，被分配到了寺前队。在靠近仓库边的高坡上，生产队为她们盖了两间土墙屋，就是她们的新家。这个大城市的小丫头就是王勉莉。

王勉莉就这样在乡村展开了她的青春岁月，远离父母，独自面对陌生的环境，学习截然不同的生活方式，开始日晒雨淋、自己生火做饭的人生。除了将她的清纯、最初的好奇、与生俱来的友善，坦然呈现给乡村社会，对于未知，却无半点忧愁与恐惧。扎着两个羊角辫，一笑两个小酒窝，明眸皓齿，笑声如歌，对没见过城里世面的乡民来说，说是仙女下凡也不为过。从此，小村庄多了一道活动的风景，荡漾着新鲜的喜悦。

上了年纪的人感到惊讶：村里的那些"野张飞"怎么一下子都变得乖起来了，头上的野鸡窝都顺溜起来了；原来斜披的衣服，也正经地穿在身上了，扣子也扣在扣眼里了；人前也装模作样地像个大人说话了。这群年轻人其实也不过是十七八岁的男孩，领头的才十八岁，这就是建根。

不久，姑娘们发现，土墙屋的墙角，不知是谁弄来不少柴火堆在那里；水缸总有人来挑得满满的；今天张三、明天李四，就会送来自家园子的蔬菜；上工的工具，头天晚上就准备好了送来。姑娘们以为是队里的安排，一打听，原来是领头的男孩苏建根指派的。

苏建根与王勉莉就这样好上了。农村人把一男一女黏糊了，不叫"谈恋爱"，就叫"好上了"。这过程，比如什么时候对上眼的，谁主动，直到结婚花费了多长厮磨时间，只有他们自己知道，我也没问过。只知道1976年我高中毕业回来做支书时，他们在一年前就做父母了，从相互看到的第一眼到做了父母，不过两年多时间。但可以肯定的是，城里的姑娘，乡村的小子，却都是初恋。情窦初开，即遇上了心上人，本隔着万水千山，鬼使神差地相遇了，成了眷属，这例子，的确稀罕。当年全国几千万知青下乡，城女乡男的这种结合，怕也是数得过来的。直至几十年后的今天，那段浪漫纯情的岁月，也始终是他们内心最珍贵的财富。就凭这，我的心中对他们始终怀着敬意，因为，那需要多么大的冲破世俗偏见的勇气！

建根的确是乡间十分出众的青年，正直，有头脑，有血性。虽然由于家境的缘故，没念几年书，但年纪轻轻，做人做事有板有眼。又有气力，生产队的那些农活没有他做不了的。生产队、大队有意培养，二十来岁就做了生产队队长。我们俩共事三年时光，相互信赖，成了心契的朋友。

其实，据王勉莉自己说，她也没读多少书。"文革"开始时小学还没读完，复课闹革命，上了两年，刚进初中，便被裹进上山下乡洪流。本还是在父母面前撒娇的年龄，便要扛起锄头，接受再教育，与贫下中农一起"修地球"。虽然个头娇小，却从不示弱，一点儿也看不出娇生惯养的习性。不出两年，妇女劳力能做的活，样样都拿得起。生产队读书人本来少，见她有文化，让她做队里的会计，她也不拒绝，一本账做得清清亮亮。大队的小学缺少教师，又把她请了去，先教三年级，后来又让她教四五年级。而她的班总是能在公社和区教学片的统考中拿到好名次，她也因此常受嘉奖。即使承担了会计和民办教师两份工作，清早和傍晚，以及周日，只要有时间，一样在队里出工。双抢季节，晚上拔秧，天不亮就去割稻，能挣一分工是一分工。孩子出生后，照样一样不耽误。女儿海霞才会地下跑，就被村子里大孩子带去玩，一玩一整天。傍晚夫妇俩收工回家，再去寻孩子，看看在谁家。如果吃饱了，睡着了，人家说，就让她睡这里吧，就赶紧回去忙自己的。有时甚至让邻村的孩子给领走了，打听准了，把孩子接回来。晚上的时间对王勉莉来说十分宝贵，要备课、批改作业，还要做账。建根就把做饭、带孩子、收拾屋子等家务尽可能揽过来，减轻妻子的负担。作为一队之长，他的活儿也庞杂得很。安排生产，处理矛盾，事无巨细，都要考虑周全，亲力亲为。生产队、大队还要经常开会，除了晚上睡觉，生产队队长很难有时间沾家。1977年他们有了第二个女儿海燕；1978年他们又做了人生第二件大事——盖房子。

除了上述那些生活头绪要理得清清楚楚，打理得有条不紊，建根夫妇还有一位身体不太硬朗的母亲和一个尚未谙世事的弟弟，也需要付出照顾的心事。殊难想象，一堆公事私事，这一对二十出头的年轻夫妻是怎样应付过来的。乐于担当，倾情竭力，更不可忽略的，还应该是爱情的神奇力量。对未来的美好热望，成了他们向前奔跑的发动机。乡亲们对他们无不赞许有加，拿来教育自家的孩子：你看看人家怎么做的！更加夸赞勉莉贤惠能干，建根哪辈子修来的福分，摊上了这么一位好媳妇。建根对我说，当年我一年才挣三千多个工分，她却能挣六千多个工分呢。我只有一份差事，就是下地干活，队长有点补贴，却很少；她却有三个来源，谁叫她比我有文化呢！

与王勉莉一起下放到寺前的另外两位女知青，1975年都招工离开了，只剩下王勉莉，因为她在农村已经有了自己的家庭。她没有因此感到失落，依然活得有滋有味，依然倾心操持着自己的小家，全力以赴做好自己的差事。到1978年，下乡知青基本上都已回城。1979年，公社为了给王勉莉落实政策，让她到公社供销社做会计。这样，她有了一份正式的工作，一份固定的工资收入。公社与寺前村相隔十四五里地，虽说不远，在交通还不发达的时代，两头跑起来也很不方便。不久，公社照顾他们，将建根也调到了公社农机厂，做了一名翻砂工。两人算是过上了按部就班、波澜不惊的平静安定的生活。这是否就是他们所想要的，我没问过，不得而知。过去几年在热望中度过，也是在辛劳中度过，而今可以放松下来，休养生息，安静地品味一下生活。更为可取的是，两个孩子很快就要到上学的年龄，公社所在地的小学、中学都有，教学质量也多些保证。

二十世纪九十年代初，关于知青，国家又有大政策下来：所有尚在农村的知青都可以回城，不仅是本人，全家都可以随迁。配偶和孩子是农村户口的，解决城市户口。听了这个消息，王勉莉想，自己虽然已经习惯了乡村生活，也完全融入了这个乡村世界，然而，为两个孩子着想，回去能让她们受到更多的教育，就业也有更多的机会。她对建根说："你先去吧，我手头的工作一下子完不了，要到明年才成。"1991年建根去了上海，在一家工厂当工人。第二年妻子带着孩子也回到了上海。夫妻俩的人生轨迹来了个对调：建根从自小长大的乡村来到了完全陌生的大都市。过去两人合力创下的家业如今全都抛在身后，又要从零开始打拼。生活就是这样充满戏剧性，让人哭笑不得。这又一个二十多年的光景，其间经历了多少酸甜苦辣，还没有来得及细说，只知道王勉莉也在工厂，做了一名仓库的仓储员直到退休。建根从工人做到车间主任、做到副厂长。他说，当年在村子里，领导们三番五次、苦口婆心地劝入党，就是不干。要是入了党，老厂长退休，一定是他接替做厂长。现在想来多少是有些懊悔。其实也没什么大不了的，只是本可以顺理成章地多跨一步的台阶没有跨成。在农村，勉莉是响当当的当家人；到了城里，反而角色转换，建根却成了家里的顶梁柱。乡村小河里的游泳好手，在大海里也一样游得自由畅快。这又与勉莉在乡村时何其相似！回到上海，两个女儿也都顺利地读书、就业，结婚、生子，尘埃落定。该是认真筹划今后退休生活的时候了。那遥远山村的呼唤不断在心头响起，越来越强烈。于是，回来在原来的老房基上盖了这栋楼房。比起早年盖的那栋，不知阔气、精致了多少倍！勉莉有些埋怨地说："什么都不肯将就，什么都要用上好的材料，费钱！"

　　这是一栋三层楼房，十分宽敞明亮。中间楼梯上去，两边或厅或房，又很通畅。两口子在设计上的确下了一番功夫。估摸着面积不下五百平方米，还不包括偌大的建有厨房、杂物间的后院。二位说，待到过年，老母亲、女儿、女婿、外孙一起回来，刚刚够住。两个女儿也都积极怂恿父母亲回山村盖房子，因为她们的根也在这里。几十年没见过，两个当年的小丫头不知现在是什么模样，是像她们城里的妈妈，还是农村的爸爸。

　　在上海这样的大都市生活了二十多年，建根还是原来的

建根和他的上海女人　　197

那个建根，乡音、举止、脸上的笑容，都是我熟悉的，这一点儿也不让我感到奇怪。让我感到些许诧异的是，二十多年重回故乡的生活，却没能将王勉莉再变回去，前二十年的乡村生活经历，已经完完全全地"改造"了她！在她身上，依然找不到上海女人常见的矜持；依然是乡亲们熟悉的那份优雅、和颜悦色，没有刻意与矫饰；依然在她的普通话中夹带着乡亲们熟悉的方言。我告诉他们，正打算将周冲的老房子翻修，以后也得常回来住住。在修好之前，只能住你们家了。勉莉毫不犹豫地说："那可好！我们住二楼，你也住二楼！"

如今的乡村已不是当年我们在时的乡村。青壮年大都常年在外打工，乡村由此少了许多人气，而多出了一些冷清。乡村似乎正在老去，我们也在老去。以一颗依然蓬勃的心陪伴自己的乡村，如勉莉、建根、我，以及如同我们的你们。

2015 年 10 月 16 日

冠卿与我

我的老家东至县有两个相邻的公社，利安公社和西湾公社。一条大河从东往西沿着南面的山脉流过利安，再折向西南。穿过南面山脉就到了西湾。折向西南时经过的地面是我家的棠林村；穿出山脉到达的村子是西湾的枫林口村。我的外婆家就在西湾的下田村，去下田是一定要经过枫林口的。1978年这两个公社分别有两个人考取大学，利安的便是我，西湾的那位就是枫林口村的，名叫叶冠卿。

因为是恢复高考才考上大学，考取的少之又少，自然地，在当地便有了些轰动效应。于是我们彼此知道了对方的存在。冠卿似乎在南京某理工大学，我则在芜湖的安徽师范大学。这样，上大学后由于乡缘，我们未曾谋面却开始通起信来，并互寄了小照。冠卿虽然学的是理工，信却写得十分文雅，连我这个学中文的也感到有些惭愧。从信中语言就知道他看过很多书，有很好的文学修养。照片上的他圆圆的脸庞，聪慧沉静，是那种典型的书生模样。通过两三次信的样子吧。毕业后他去了北方一个城市，我留在了芜湖，通信也中断了。

　　从读书到毕业后若干年，回老家便总要去西湾下田村看望外婆。外婆去世后，还有姨生活在那里，虽去得少了，但也是去的。二十世纪九十年代中，父母迁回怀宁，路途远了，也三年五载地去一次。经过枫林口，自然想到，冠卿这次春节回来没有。免不了向村民打听一下，或者去他家探望一下。可奇怪的是，竟然一次也没能遇上！要不他已经回校或回单位了，要不那年没有回来。三十几年，除了时断时续的信息，就是没有相见的机缘！

　　由于几十年常间断地去西湾看望外婆或姨，也就把常常与冠卿中断的联系再续接起来。九十年代中从他家人那里知道，他在河北的邯郸煤炭研究院工作。那时通信不如现在便捷，家人不知道他的电话。于是我回北京通过电话查询他的联系方式，竟然让我找到了他并通了电话！记忆中似乎这是我们第一次听见对方的声音。此后，虽然联络依然不多，但彼此知道对方大体的行迹。又过去很多年，他全家到上海定居下来。三年前我去西湾，经枫林口时恰巧冠卿的老父亲在家，我刚一做自我介绍，老父亲忙说："知道知道！见过你的，你是利安的，冠卿的朋友！"非常热情、客气。老人家八十七岁了，依然腰板挺直，说话的声音很洪亮。老人家告诉我，冠卿今年没有回来过春节,在上海。于是在他的家与他通了电话。

今年的春节我又回到安徽过年,没在怀宁的高河,也没在东至的利安,而是在安庆。大弟在安庆买了新房,父母、三兄弟全家都在大弟家过年。年三十晚有许多朋友发来贺年短信,其中就有冠卿。我询问今年是否回来了,他告诉我,因为票难买,只好买了除夕的票,当晚动身,与女儿一起,初一早到安庆,当天能赶到家。老父亲九十岁了,是一定要回来的。我赶忙告诉他,我就在安庆过年,初一能否一见。他很高兴,又觉得初一一清早让我出来不妥,我说:"那有什么关系!"于是约定9点在车站出口碰头,他说,一个小个子带着一个女孩就是。初一早,开门,放炮,一切如仪之后,我与大弟匆匆吃了早饭,就开车去火车站。赶到出口,一位穿着夹克的小个儿中年人带着个女孩,正准备打电话。我猜准是冠卿,急迎上去,果然没错!拥抱,打量,恍若梦中。冠卿说:"振科,你看,我头发都花白了,是个小老头了。"我说:"我不也一样!我比你还要大几岁呢!"三十三年过去了,多少岁月、物事从我们身边流走,而我们始终却缘悭一面直至今天!大弟和他的女儿为我们在车站留下了相见的影像。我邀请他去弟弟家吃早餐,冠卿说还是尽早赶过江去坐车,争取早点到家,免得老父亲着急。我想想也是,于是把他父女俩送到江边轮渡码头。冠卿说,当年我们都是从这个码头离开、回来。我拿了两瓶老酒让冠卿捎给老父亲,还有一帧我作的小画,送给冠卿。寒风中，我们再次拥抱，挥手告别。

  三十三年，多少人擦肩而过，不留一点儿痕迹；多少人仓促一见，再次消失在视野中。抹去的，淡忘的，人，事，难以尽数。三十三年相知却不相见，唯独那一点相互知晓，那一点乡情，心契，系念，若有若无，却挥之不去。没有有意等待，没有刻意强化，没有唏嘘，没有惆怅，没有悬念，只为三十三年前那一点相互知晓，那一点乡情，心契，系念，却成就人世间并不习见的一段漫长淡远的故事。

2012 年春节

到房山小曹家做客

小曹名叫曹智勇，是我的小老乡。这小，其一是年纪小，比我家儿子才大一岁，1985年生人。其二，他的老家也是东至县。东至县有座山叫云雾尖，海拔一千多米，这山上出产的茶就叫"云雾尖"，是东至的名茶。山的南面是我家所在的利安公社，山的北面是石城公社，就是小曹的家了。因为住得近的缘故，所以称为小老乡。我在官港中学读高中时，周末回家常常经过石城、长河、红星，再翻过大平岭到家。只有一次翻越云雾尖，因那山太高了，要多出不少的路程。山北下的村庄叫统向坞，恰就是小曹的村子，村子里有我的高中同学，叫汪世忠，那次过山，就在他家吃的饭。石城公社在小曹出生时已不叫公社而叫乡了。现在连利安、石城两个乡在东至县的地图上也被抹去了，石城并到了官港，而利安并到了木塔。

小曹在北京读大学，毕业后去了一家出版社。他嫌在体制内展不开拳脚,干脆出来自己做书的经营。有个合伙人——小鲁,东至大渡口镇的人,十七岁就到北京闯世界,现在才三十三四岁的年纪,已经做得像模像样了。在小曹起步的时候,给他一些资金的支持,就成了合伙人。但事情还得小曹自己做。于是就把父母亲接过来,一方面给自己管理仓库,另一方面在仓库周边赁下一些土地,让他们种种菜,不至于太寂寞,自己也少了思念双亲的苦。

同住京城,因为老乡的缘故,也就有了相识的机缘。由此得到他的盛情邀请,往访他在房山的家。清明后的周末,天气倒也还说得过去。从西五环拐向京港澳高速,小曹在出口处等候着,然后一起到他的家——严格说是他的仓库。上千平方米的仓库,辟出一块做成板房,简易,却也宽敞。他的父母亲就住在这里。智勇的妻子、小鲁一家今天也都来了,热热闹闹的两家人,仿佛不在京城,而是在老家的感觉。与他的父母亲见面后,小曹领着我和玉立参观了他的仓库和赁租的土地。一个年轻人,和我一样,来自江南山区的农村孩子,区区几年,在京城经营出一片自己的小天地,觉得真的是很不平常,应了"穷人的孩子早当家"那句老话。用心体会做人做事,有志向,却不好高骛远。乡村孩子的那些勤勉、踏实、坚毅、机敏的优点,他都有。加上这些年的磨砺,又有了少年老成的从容气度。

坐下来与小曹的父亲老曹攀谈。老曹属羊,比我小一岁,中等个儿,红脸膛,是我熟悉的乡村伙伴。老曹和我有相似的经历,只是比我更辛苦。幼时就失去了母亲,父亲又是那种肩不能挑手不能提的人,担不起一个家庭的责任。小小的年纪只能靠自己成人,盖房子,娶媳妇。没有他没做过的活,扛木头到江西,到山里独自烧了几年的木炭。山上的活,田间的活,无一不精。不光是靠自己盖了房,娶了媳妇,二十岁出头,竟然做了生产队队长!一干就是十几年,后来还是自己把它辞了。包产到户了,生产队队长也就没什么可干的了。2010年,儿子立志自己创业,央请父亲来帮他一把。自己的儿子,还有什么好说的。于是和老伴一起,到了没有风景,也没有鸡鸣犬吠的京城。这一待,就是五年过去了。老曹告诉我,没事时看我送给小曹的书《江南雨》,里面也是他熟悉的生活。他还是留恋他那个江南的家,几年没有打理,房子、土地都荒废得不成样子了,心里很是惦记、着急。跟儿子说,你的事也算是走上正轨了,我和你妈该回去了。儿子免不了要继续挽留,估摸还是要妥协。我对老曹说,退休了,我也要回去收拾家里的老房子,隔三岔五地回去住住,看看老风景,旧伙伴。老曹听了很高兴,说,那再到统向坞来玩!我说,现在农村生产方式都变了,过去的那些农具差不多都不再使用了,我们去把那些农具,还有各种手艺人的工具,收集起来,保存好,留一份往日的记忆,好不好?老曹也觉得是个好事,再过些年,那些农具怕是都找不到了。

说着说着,到了午饭的时候了。小曹的母亲和两位年轻的媳妇一起,做好了一顿丰盛的午餐。老曹说,这些蔬菜都是从老家带来的种子自己种的,比京城菜场买的好吃。的确,与城里菜馆的味道不一样,是那种很熟悉的滋味。

乡情在这京城的一角一次次地荡漾、弥漫。

2014 年 4 月 18 日

山友李朝新

从北五环香山出口出来，往香山方向，经植物园大门口，一直向前。不到香山公园，左侧是个停车场，它的斜对面有一条车道。上坡，再下去，左拐，顺着山沟往里走，再沿着山坡上行，最里端有个叫"香山后村"的村子，碧云寺就在村子的前面，隔着围墙。七八年前，有位朋友推荐了这个地方，不用买票，就可见到香山公园一样的风景，且游人稀少多了。来这里的人们，大都是为爬山锻炼而来，观风景则次之。所以，在季节相宜的时候，隔三岔五地来爬爬山，看看风景。有时从村后的山沟里一直爬上去，爬到垭口。夏天，沟里高大的槐树遮天蔽日，感觉氧气异常充足。有时从垭口攀登到香山的后背。懒得钻沟攀岩的时候，就顺着宽阔的防火道走走，东张西望，采几朵不知名的野花。最远的一次竟然爬到了香炉峰。这是香山北侧一座更高的山峰，路程很远，比到垭口的距离差不多要多出两倍，一上一下得花几个小时。站在半山腰，整个北京城就在眼皮子底下；空气好的时候，依稀能辨认出标志性建筑物。

说了半天，山友还没有出现。别急，必要的交代还是要有的。因为常来远足，渐渐有了一些发现。村子的最里面有一位养蜂老人，来时总要从他的门前经过。偶尔会与老人聊几句，然后买点蜂蜜带回去。一次，又打算买蜜，却见老人的柴扉挂了一把锁，意识到老人的儿女把他接到城里度周末去了。好在出村不远的果园道边还有一家蜂场。于是将车停在道旁。一片小开阔地放置着一些蜂箱，有一间平房是养蜂人的住所。我走了进去，一位中年妇女接待了我，给我灌了四瓶蜂蜜。正在我付完钱准备离去时，男主人回来了，见我来光顾他的蜂场，忙递给我一张名片——"玉皇顶养蜂场 李朝新"。这是一个红脸膛的汉子，朴实而又开朗的样子。这时他突然说："我送你一瓶！"我颇感诧异：已经买了四瓶，为何还要送我一瓶？便忙说："不必、不必！你们以此为生计，不该轻易拿来送人的。况且我们初次见面，没有理由送我啊！"他坚持着一定要送，并且说了一个没来由的理由："我看你像个文化人！"我笑着说："凭什么要送文化人啊？再说，我脸上又没写字，怎么就是文化人啊！"他固执地这么认为，我也不做任何解释。人家如此盛情，却之不恭，便收下了。后来去香山后村登山，下山便常到李朝新的蜂场小憩。有时懒得爬山，就到他那里坐坐，聊聊天，喝喝茶。

这片小天地并不大，树林中摆放着百来箱蜜蜂，三只犬、两只猫、数十只鸡鸭也是这个院子的成员。那三只犬似乎各有性格。藏獒一声不响地蜷在稍远的地方，冷峻地看着来人。只要你走近它，立马就有激烈的反应，让你避之唯恐不及。幸而有铁索拴着。一匹小黑犬拴在一根地桩上，一天到晚围着地桩打转，见有人来，便吠个不停，却也不耽误转圈。好像是在告诉主人：你看，我工作很卖力啊，给我一会儿自由吧！在它足迹所到之处，已是寸草不生。还有一只大白狗，却是温良恭俭让，主人没心思时，便关在木笼子里。对客人一概示好，温驯，善解人意。对主人更是曲意逢迎，不拘一格。由此也常常获得自由，到主人脚边磨蹭，得到些爱抚和意外的奖赏。两只家猫一白一黑，却都是一副见过大世面、处变不惊的模样。不知主人是否要用它们来寓意那句和它们有关的名言，一直没好意思问问李朝新。据说，都是厉害的角儿，轻易招惹不得。李朝新在下面的村子里有正经的住房。妻子在城里上班，周末才会有空过来帮帮他。儿子在上大学，快要毕业了。平日里就他一个人守在这里，习惯了倒也自在。倘若有事出去，没人照管，几小时也不会有什么事。

这个养蜂场是李朝新从父亲的手里接过来的，父亲走了，自然就交给了他。他舍不得放弃，也无意扩大经营规模。就这样，保持着原来的样子，最好。老父亲还健在时，有个意大利人想来拍摄他们养蜂的生活，老人家硬是婉拒了。过惯了波澜不惊的生活，不求闻达，不乐意被打搅。现在的李朝新不仅是继承了老父亲这一份家业，我想，更是继承了上辈人的那一种简单不争的生活方式与恬淡超然的人生态度吧。老李很健谈，告诉我不少关于养蜂和蜂蜜的知识，以及整个山沟里数十年的社会变迁，还有历史掌故。他的养蜂场之所以叫玉皇顶养蜂场，就是因为旁边的这座山叫玉皇顶，山腰曾有座建筑，就叫玉皇殿。后来特意从他的蜂场旁边的小道上去，果然还得见毁弃的遗址在，残垣断壁，荒草萋萋，倒显得分外静谧。三两游人在倒卧的石板上悠闲地歇息，阳光从树隙中射下来，是一幅很好的图画。不远山沟巨石缝中还藏着一汪山泉，石上写着一个大大的"泉"字。有经验的老牌游人不忘带上塑料壶之类的盛器，舀些带回去泡茶。老李说，如果想要泉水，不必到那里取，他村中的井水便是。不由得想起江南老家夏天清冽冬天冒热气的那口山泉。

我告诉老李，小的时候家中也接过一群寻找新家的蜜蜂。因为没有经验，待了两年便又走了。我对蜜的热爱大约与之有关。我开玩笑地说："要是那时认识你就好了，现在也是养蜂能手了。"李说："只要你愿意，你食用的蜂蜜、蜂王浆我来供应，你尽管放心，一定是真正的好蜜。"冬天的蜜蜂采不着花粉，便要给它们喂食白糖，所以冬天的蜜与白糖无异，是不会出售的。每年到了四五月间，新的蜂产品出来了，老李就会打来电话，问蜜还有没有，新的槐花蜜已经有了。尤其是蜂王浆，想要的话，就给我留着。因为蜂王浆的产量很小，脱货了，弄不好就得等到来年才有。于是赶紧去他那里，弄些新鲜的蜜和蜂王浆回来。有时恰好遇到也需要蜂蜜的朋友，也把他们领到老李这儿来。老李一样热情接待，让朋友们满意而归。每次买蜜，老李都要另送我，我只好与他订下规矩：第一，倘要再送我蜜，便只好到别的地方去买了；第二，不可优惠，别的顾客什么价钱给我也是什么价钱。老李妥协了，偶尔改送自家产的南瓜、自采的野菜之类。记得的时候，我也带点江南的茶叶之类送他。来而不往，非礼也。

一次，我带了两幅我写的字给他，一幅写着"甜蜜的事业"，另一幅写的是"云山知我"。一物质，一精神。他颇喜欢，说要裱起来挂着。再去，果然挂在新盖的平板房的墙上。他很快乐地对我说："儿子按你的落款在网上查着了，告诉我，判断没错，还真的是个文化人！"他为自己猜中了感到十分高兴。我说，不敢轻言自己是个文人，勉强算个读书人就很不错了。有时并不为要去爬山，也不为买蜜，只是去看看不同季节的山景。若不是游荡着像我这样的不速之客，这里的确安静得很。下望远处滚滚红尘，分明是两个不同世界。坐在李家院子里的矮凳上，眼前、耳畔环绕的是高云低树，绿叶红花，蜂飞蝶闹，鸡鸣犬吠。安详的山村与繁华的都市形成极大反差对照，怡然平和之气自然而然地充盈于胸中，尤其是在盛春与初夏季节，更是让人流连忘返。曾作过一首六言诗：

　　山村四月人家，
　　绿树青山桃花。
　　蜜蜂家犬鸡鸭，
　　山友相逢哈哈。

老李的院子里有一棵金银花，这花在江南很常见，香气馥郁。对我来说，金银花关联着童年、故乡的深切记忆。前些天，也是最近一次去那里，请老李压栽一根新枝给我，他爽快地答应了。但这次去，不见了那只沉默威严的藏獒。老李说这家伙太凶猛了，让客人惧怕，送给喜欢它的朋友了。多少年来，这院子几乎不见明显变化。每次去总是老样子，仿佛是昨天才来过似的。老李说，等到秋天，天气凉爽了，挑个日子，来这里住住，做几个家常菜，晚上对着月亮喝上两盅。我觉得是个好主意，不难做到，便满口答应了他。

2014 年 6 月 24 日

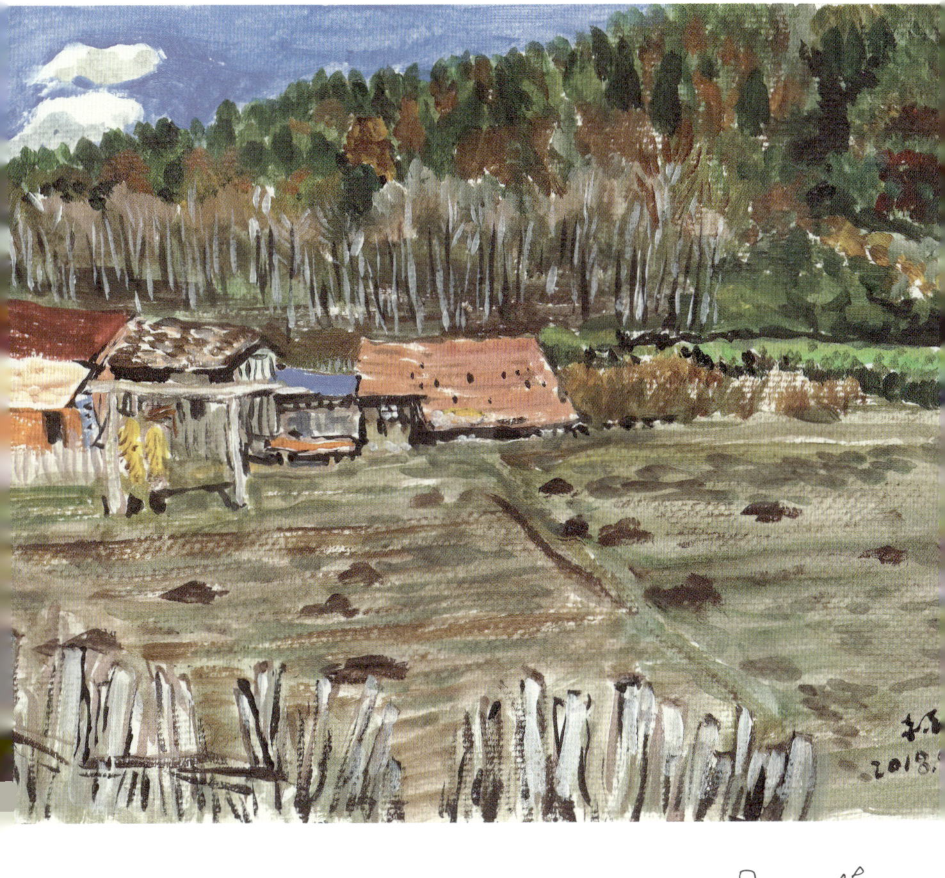

杭州女孩

三年前的初秋,我和两位同事自上海去杭州。天堂杭州的丹桂正在盛开的季节。

动车组确实快,转眼间就到了。可出站却一点儿也不快,人流在等候出租车的幽暗的甬道里,长长的,望不见头,不免让人有些焦躁。该给杭州市政提个醒,美美的一个杭州,别下车伊始就让人有小不快。正想着,就听见前面有小孩开始闹,分明是首先表达不满了。

循声望去,一个小女孩,不满周岁,十来个月的样子吧,漂亮,如同天使,这样描述她的美丽是最偷懒的办法——正在她奶奶(或许是姥姥)的怀里不安分地躁动着。嵌在墙上五彩缤纷的灯箱广告能够稍稍分散她的注意力,但持续不了多久,又开始叫嚷。这时才发现还有爷爷(或许是姥爷)和父亲一起同行,于是,小女孩在三位大人臂间不断交换。也许是趁着金秋丹桂飘香时作一次长途旅行,从上海到杭州来领略季节赋予人间的美丽,或许自上海归来?总之,她几乎没有经历过这样少了母亲、童车、玩具,不能自由自在玩耍,完全陌生的场合。

就在她安静的时候越来越少、几乎没有什么再能够让她关注、大人的安慰哄劝不再起效用的时候,我和她的目光相遇了。有那么两秒钟的停顿,骤然间那张小脸如同鲜艳、高贵的牡丹般盛开起来。令我诧异的是,最初的那一笑,竟然带着羞涩、不好意思,在那无声的笑后,又是轻轻地往奶奶怀里一躲!

我和她的距离大约三米的样子吧,处在右侧灯箱广告一边。自这最初一笑之后,那明澈的双眸间或离开我;而旋即,又找回来。却不再带着羞涩、不好意思,而是放心地、信任地对着我微笑;轻轻地,浅浅地,时而专注,时而略带调皮。那是纯粹的人性的光辉,没有一丁点儿杂质,透彻,如上帝之光。

这中间,她处在人群深处的年轻父亲把孩子接了过去。可是刚到父亲手中的她立即表示抗议,因为看不见我。父亲只得又将他交还到奶奶的手中。不用说,一下子又找到了我。慈祥的奶奶发现了这个小秘密,回过头冲我会心地笑笑。

在与孩子的目光交流中,自然,我一样报以微笑,时而扬扬手。在与她最短距离的时候,我朝她伸出手,她的小手也毫不犹豫地伸过来，握在一起。

等车的时间在不知不觉中过去，或许一刻钟，或许半小时，我已不觉时间存在，孩子不再烦躁不安。我们的目光从最初那一刻起，就再很少离开对方。

终于，孩子一家先于我们进入车场，孩子最后一个眼神、微笑，定格在我的脑海中。我意识到，从此，我不能再见到那一双眼睛，那无边的微笑，我的人生有了一个无法弥补的缺憾。在我与同事上了出租车后，她们告诉我，孩子和家人一直等在车旁，迟迟没有上车，为的是让孩子能再见到我。她们俩在我的前面，看到了这最后感人一幕。她们的描述、感叹，又倍增了我的缺憾。

没有什么词语能状描出我此时心中情感！我为孩子感动，也为她的家人感动。久久，我不能够完成这篇小文；三年多过去了，我依然不能够正确地写出我心中感受。

但我肯定，这一经历，无疑是我生命中发生的一次重大事件。至今，那时的情景在回想中始终盘桓不去。在纷乱繁杂的世间，独将那清澈的微笑、眼神惠顾于我，真的是上帝对我格外的垂怜！

那孩子，其实还只是婴儿，人世于她还只是一片混沌，没有一丁点儿关于善恶好坏的概念，在纷乱繁杂的世间，独将那清澈的微笑、眼神惠顾于我，当是上帝借她一双慧眼，警诫我，应永远做一个让婴儿都可信赖的人！

这一不习见的经历，我当常常记起，也应会常常记起。为那微笑，就是在世间生存最充足的理由。

人生若是初相见，自无烦恼悔恨生。

2012 年 3 月 18 日

四

乡村无边

我有时想,乡村是无边的大海,而城市只是海中的礁岛。其实,这个比喻并不怎么贴切。礁岛是从大海里孕育出来的,而城市也是村庄延展的结果,这两者却又是相似的。所以,城市应该铭记乡村的恩情。

由于历史的因变,乡村中那些年轻的生命如今越来越多地涌向都市,形成巨大的"候鸟"群落:春天,成群地迁向城市;到了年关,又结队飞回出生地。渐渐地,乡村有了些不同;又有了更多的不同。山水如昨,人事日非。这让有挥之不去的乡村情结的人们平添了些落寞,诸如像我这样总比时代节奏晚半拍的人,不关心变化只关心自我感受的人。因为你发现,原先那些熟悉的身影消失不见了,越来越多曾让你迷恋沉醉的物事、场景不再复现。让笔尖游走在过去的生活中,来补偿心中不会再来的期待。

因这样的祈念，这样的梦游，多少感到一些镇定。微风拂过草尖，风也轻轻，草也青青。那摇曳的姿态，经年如是。乡间的大道上，有形形色色的人走过。是熟悉的村邻，最先看到的，会有一声热情的招呼："他大婶，进来喝口茶！看天热的！"对方会应一声："不了，要赶路呢！你忙着！"面生的，便要讨论一番：像是周村某家的姑爷，听说他丈母娘最近身子不太安稳……

在乡村的道上，还奔走着这样一些行色匆忙的人，被称作手艺人的各色匠人。他们的外表与农人无异，却是乡村社会少不了的技术阶层。他们就像各种颜色的丝线，穿梭在远远近近、大大小小的村庄之间，编织着乡村生活，编织着乡村人的梦想。他们目光坚毅、沉着，有一种乡村式特有的优雅，被雇主尊称为"师傅"，以精湛的手艺，获取一份工钱，也领受一份恰如其分的敬重。他们说话从不高声，不无事生非，谨守本分。回到自己的家，放下工具，依然是普通的农民。他们有的以自个儿的家为中心，在周边的村庄揽活。早早地起来，赶到雇主家；收工后在雇主家吃完饭，打起电筒，走夜路回去，钻进自家女人温暖的被窝。有的则长年在外面的世界游走，带着他的工具和行囊，从一个村庄徙到另一个村庄。只有在农忙时才赶回去，帮助家里打理或者收获庄稼；抑或等到腊月，年关逼近，带上一年酬劳，从容不迫地返回。

江南的乡村有三大匠：木匠、桶匠、篾匠。

江南树多，由此木匠也比其他种类匠人多。江南人家的房子，除了外面青砖黛瓦，里面全是木头构建。平常人家房屋一般多是纵四列、每列五根共二十根柱子。中间两列构成堂屋，另外两列靠左右墙；第二、三根柱子中间是走廊。四个房间，前厢后主。后主房大，多加一根柱子。在屋后再接出四根柱子，是主屋的附属部分，用作厨房杂物间。虽是附属，却也与主屋浑然一体。木柱用粗大挺直的杉木，而木梁构件多为松木。木柱、木梁、木椽，地板、天花板、房间墙壁也全是木头。一栋房子建成，要费去数十立方的木材。可见做一栋房屋，是木工最大的活，而技术含量也最高。以柱子、横梁为主的构架完成后组接起来，就可以选择一个黄道吉日起屋。起屋也叫"架梁"。将房屋的主体部分矗立起来，架上中间的主梁，主体结构完成。架梁的时候似乎也讲究时辰。梁上去了，木匠师傅在上面呼喊，下面的人应答，大抵是一些祈愿的祝福语。还要从上面撒下一些糖、花生之类的吃食。过去的大户人家的房子还有天井，甚至有两进、三进的天井，围绕主屋的附属建筑也很复杂。其中，又以祠堂为最。这样的房子都是1949年以前的建筑。1949年以后，土地归集体，地基需要向大队申请。农民在生产队挣工分，没有谁家能有那么大的财力盖那种雕梁画栋、数进天井的大房子。相对来说，都比较简易。在我小的时候，一些大的村子还能见到这样的嵯峨宏构，到了二十世纪七十年代，祠堂早已拆除得差不多了，一些讲究的民居因破旧、坍塌而被拆掉。1968年我读了半年完小的苏村小学，就是一座很具规模的祠堂。因坐落在一片水田中间，没过几年，为扩大水田种植面积，拆了。乡村的男性，一生三件大事：娶妻、生子、做屋（盖房子）。一生能盖一栋自己的房子，是很体面的事情，不愧对先人和子孙。而能够独立完成一栋房子的全部木工活，也是乡村特别受人尊敬的木匠师傅。

据我所知，不是所有的木匠都能盖房子。乡村大量使用木制农具、家具，更多的木匠就有了用武之地。从农具来说，犁、耙、水车、秒、风车、箩卣；从家具来说，桌、椅、板凳、床、柜。简易的家庭用具，手巧的，自己做了，也不用十分讲究。大件，比如娶亲、嫁女满房的家具与木制嫁妆，还是要请师傅上门。一户人家，差不多每年都要请木匠师傅进门，少则一两天，多则十天半个月也出不了门。二十世纪八十年代前，一个木工一天工钱是一块两毛钱，包吃，一天一包烟，一般人家大约是"玉猫"、"春秋"或"光明"，殷实一点的，便是"胜利"或"东海"。晚饭有酒，师傅也舍不得多喝，给主人家省着点。局促的，最后一顿饭也还是要备点酒。这酒大抵是八毛二的红薯干酒。做完活就给工钱的很少，宽裕的能给一部分，剩下的，年终再来讨要。缺钱的有时要拖上好几年。木匠的工具有斧子，各种锯子若干，各种刨子若干，各种凿子若干，再加上墨斗、角尺、五尺。上你家来，分量很不轻的一个工具担子。

桶匠就要少得多，因为活少。虽然少，却是少不得的。家家户户都少不了圆形器具，大到粮桶、杀猪桶，小到脸盆、脚盆、马桶，还有澡盆、水桶、火桶。好的桶匠，做好器具，不用加箍，也不会漏水。笨拙的，加箍也会渗漏。桶匠少，所以活动的范围大。有一位桶匠师傅，姓詹，江西都昌人，方言很重，我几乎不知道他说的是什么。长年在安徽这边做活，由此做活也形成一定的线路，年年大体如此，张村后李村、王村，几乎每年都要到我们村来。詹师傅很友善，久而久之，与我们家成了朋友，只要在我们村，无论在谁家做活，住必在我家。詹师傅不带徒弟，总是独来独往。后来，带着自己的儿子跟他学。儿子叫爱国，笑眯眯的一个白面书生，与我同年。我们也成了朋友，每年都盼望他来。过了几年，我出去读书，再也没见过这父子俩。

与木材相关的还有一个工种，叫"gɑi"匠，将木头锯成大块的木板，就是"gɑi"匠的工作。盖房子巨大的房梁也需要"gɑi"匠把它们锯成矩形，再交给木匠加工。"gɑi"这个字字典里也似乎没有，民间造了这个字，偏旁"钅"，右边着个"解"。"gɑi"匠一个个膀大腰圆，力壮如牛，因为大料粗加工，是个累活，力气活。一把大锯，长约两米，宽约六厘米，平端着锯，很吃木。用不了一会儿，就汗流浃背。所以大都要赤膊上阵，一边锯，一边吆喝。

江南树多，竹子也多，篾器也就很常见。晒垫、晒筐（方

乡村无边

言发音"qiang"，没有这个汉字）、晒簁，用来晒粮食、干货。还有簸箕、烧箕、筛子、竹椅、竹凳、竹凉床。江南人家厨房有一用具，竹篾编成的圆锥体，不知道叫什么名字，细密，不透气，用来罩住大锅，也许就叫锅罩。江南喜用饭甑蒸饭，早饭后出去劳动，菜放在饭甑里，然后罩起来，中午回来饭菜还带着温热。晒垫是件大器物，十来米长，五六米宽，主要是晒稻子。竹椅、竹凉床都是夏天的佳物，晚上乘凉时坐着、躺着最舒服。篾匠的工具不多，篾刀用来破开竹子和分剖篾片，还有刮刀。为让篾片一般宽窄，将两个锋利的刀片八字形钉牢在木凳上，压住篾片拽过去，就得到统一规格的篾片了。剖好的篾也采取这种方式用单面刀片刮光滑。编制竹器的竹子一定用立春前砍伐的冬竹，冬竹做成的器物不会生虫。

　　手艺人因为有一技在身，生活也就多了一份保障。"荒年饿不死手艺人"，这大约是学手艺的最大动力。十五六岁的半大小子，跟师父学三年，再跟着师父做两年，就可以自撑门户开业了。学手艺不是任人都成，总要有几分聪明伶俐、悟性高才好。我见到的师父带徒弟，很少有手把手教你、不厌其烦给予指点。常常是，做得不像是那么回事，严厉训斥几句，算是教你了。三年学徒，依我看，主要是徒弟自己看师父怎么做，靠自己悟。相传师父总是要留一手的。徒弟出去自己立业后，遇到难题还会来请教师父。如果师父把所有本事、奥秘都教给了徒弟，日后对自己饭碗就是个威胁。徒弟不上工时就在师父家干活,过时过节要给师父送礼。学徒是很辛苦的,听我父亲说,吃不了三担臭狗屎,是学不出手艺的。三年徒弟是没有工钱的,主家支付徒弟那份工钱属于师父了;满师后跟师父做也不能拿全的工钱。有声望的师傅常常带三四个徒弟;与我们村一河之隔的梓桐村,有一位姓孙的木匠师傅,就带了很多徒弟,可以同时开工做两栋房子,手艺精湛,家长都愿意孩子跟他学,"名师出高徒",出来后容易打开局面。可以推测,这样的师傅,相较于纯粹的农民,收入应该是很可观的。

在传统社会,学手艺应该是最明智的就业选择。有眼光的家长,掂量自家孩子的聪明劲和性情,决定让他去学什么样的手艺。我的一位宗家长辈,三个儿子都学了手艺,老大叫荣生,学木匠,后来去当了几年兵,复员后仍操旧业;老二松柏,篾匠;老三荣春,做了裁缝。这三位宗兄,都是上乘的手艺人,对父母孝恭有加,日子过得怡然,波澜不惊。他们住在隔壁的泥溪乡,与我们家这边有宗亲关系,时常能见到这仨兄弟。还有一位胡姓篾匠,儿子和侄儿四五个全都跟着他做篾匠,很有点现在公司的样子。可以同时揽很多的活,由他再分派出去。遇到集体的大活、急活,则全部上阵,这样可确保按时完工。从胡篾匠和孙师傅那里,能窥见形成规模行业的一些端倪。

乡村因有了手艺人平添了格外的活力,比如铁匠。在较大的镇子上有铁匠铺;在散落的村庄,则有流动的铁匠人。这一月俩月在这个村子，活完了，又到下个村子。铁匠来了以后，"叮当、叮当"的打铁声就在村中响起，传得很远，在地里干活都能听见那清脆、悦耳、有力的声音。那仿佛是一种催人奋进的鼓励，又仿佛是村庄的心脏有节奏的跳动。无论大人孩子，没事时都喜欢到铁匠铺看师傅打铁。红红的铁块夹出来放到铁砧上，小锤点到哪，大锤迅疾追到哪。"叮当、叮当"，铁屑四溅，令人热血沸腾。许多铁器工具如刀、斧、大锄都要在刃口加进钢条，称"钢口"，淬火后，铲出刃面。淬火是铁匠活最关键部分，淬老了则易崩口，淬嫩了就易卷刃。铁匠走了，打铁声随之消失，常常令我们这些孩子惆怅失落一阵子。有时几年没有铁匠来，需要添置铁制用具，只好去镇子上。

榨油坊是乡村又一富于活力的细胞。油菜籽、芝麻、油茶籽、棉籽、桐籽都是榨油原料。菜籽油、芝麻油是乡村百姓常用食用油，茶籽主要卖给国家，留下做食用油有限。棉籽油不好吃，涩，是不是有副作用，不知道。因为很便宜，食用油捉襟见肘时，就拿它来替代。记得在我十二三岁时，父亲常令我去宋阳公社的油坊买棉籽油。背两个毛竹筒，一个毛竹筒能装五六斤油，走二三十里地，中间要翻过一个大岭，叫宪益口岭。岭上下没有人家，岭上却有一破庙。据说曾有人在岭头上吊。由此，经过时总要左顾右盼，希望能有路过的人。我们村的棠公队，也有一个榨油坊，没有棉籽来源，不榨棉籽油。

油坊都是集体产业，也有大师傅，还有一个打油佬。榨油的程序是，先将原料炒熟，再放进巨大圆形石碾槽里，让戴着眼罩的牛慢腾腾地拉着扁圆形石碾盘碾碎、碾细。碾好后的原料用铁箍加稻草做成一个个的大饼，放进旁边斜躺着的榨床内，压上一个个大木楦，木楦留隙置塞。一根六七米长的木槌掉在空中，与榨床垂直对着木塞。木槌与木塞接触部分由厚铁环包裹。打油佬赤着上身，稳稳握住木槌末端，缓缓朝后退几步，蓄力发一声吼："嘿！"木槌全力冲向木塞，一声低沉浑厚的声音传播开来，那声响似在"咚"与"当"之间。慢慢地，榨出的油顺着油槽流向下面的油缸。榨油时那声音缓慢、沉着，是乡村生活节奏最好的诠释。"佬"似有轻慢之意，但"打油佬"似乎又是这一行业的代名词。榨油季节，周围十里八乡的村民背着自家的收获来这里兑换食油回去。记得应是两斤半菜籽兑换一斤菜籽油，三斤三两芝麻兑换一斤芝麻油。也可互换，如三斤三两芝麻换一斤菜籽油。当地把菜籽油称作"香油"，芝麻油则称作"麻油"。兑换油叫"打油"。桐油是吃不得的，吃了要拉肚子。农村拿来给家具或屋内的木板壁上油。上过桐油的家具防水、耐用，还防虫蛀。

除开上面提到的手艺，我见到的，还有很多其他的行当。比如石匠、窑匠、漆匠、泥瓦匠、货郎、劁猪佬、剃头佬、弹棉花佬、烧炭佬、香菇佬、杀猪佬、做挂面的、吊酒的、补锅碗的、郎中、牙医、媒婆、接生婆、神婆、神汉、算命的、看相的、说书的、风水先生、私塾先生。还有的职业在我小时候就已消失了，如我的祖父，就是一个打砻子的。

石匠的活不多，谁家盖房子，讲究的，要石墩、石门框、门槛，那得请石匠来。还有刻石碑。最常见的，是给人家开磨齿。石磨使用了一段时间，齿平了，要请石匠来重开。梓桐村有个老石匠姓王，瘦高个，白胡子，很和蔼，他的孙子是我的中学同学。哪家要开磨，捎个口信，背一个装着锤子、凿子的袋子，就来了。"叮当""叮当"，锤击凿子与凿子凿石两个声音紧相跟随。只需个把时辰的工夫，一副磨就凿好了。

窑匠或也叫烧窑的，烧制砖瓦。工作由两部分组成：脱坯与烧。脱坯是又累又脏的活，而窑烧则技术要求很高，弄不好烧砸了，青红不一，没有硬度，成了次货。火候恰到好处的砖瓦，青棱棱的，敲起来是一种很清亮的声音。烧炭的有时也叫窑匠，在山上就地取材，建窑。用窑烧栎炭，关键也是在把握火候。火候不足的炭有烟；火候过了，炭炀了，产量大减。

山里有种树叫漆树，很多人都对漆树过敏，靠近了浑身上下起肿块，奇痒，几天才能消退。漆树的树液就是漆，相对于油漆（洋漆），叫本漆。以往乡村的漆匠使用的就是这种本漆，漆雕应该也是。漆匠先给家具打上泥子，砂纸磨平，上一层桐油，再上几遍本漆，最后上清漆。家中来了漆匠，对漆有恐怖记忆的，那些天是要躲出去的。

货郎应该早就没有了。我小的时候还常见到。村口货郎鼓"咚咚咚"一响起来，孩子们就飞也似的奔过去，把货郎担围个严严实实。女人们开始寻找鸡肫皮、牙膏皮、零钱,赶去换些针头线脑纽扣之类,顺便给馋嘴的孩子换几颗打蛔虫的宝塔糖。

劁猪佬只有一把锋利的小刀,放在一个特制的小袋子里,别在腰间。家里捉了小猪仔,赶紧请劁猪的来去势。公猪割掉睾丸,母猪在腰间割一小口,一拇指进去,勾出输卵管,快而且准。农村有时吓唬调皮且不晓事的孩子:"割卵子的来了!"一下子就老实了。

有一副剃头的对联是这样的:"磨砺以须,问天下头颅几许?及锋而试,看老夫手段如何。"小时候给我剃头的就是一位"老夫",姓冯,跟我母亲同姓,故呼其为舅。过了好些年,被一位年轻的剃头匠取代了。乡间一位剃头匠要覆盖好几个村子,几百号人。打小我就烦剃头。剃头的来了,就赶紧躲得远远的,最后还是被家长捉来,交给剃头师傅。记得那时头顶留一撮发,脑后还留一个小辫子。心中很不自在,却又没辙。直等到上学才被剃去。农村在理发这件事情上面倒是认真,挺规律。才十来天,不越半月,剃头的又来了。遇到上工的时候,就在田间地头操持。一个成年人的头一年一块两毛钱,小孩减半。讨厌剃头的根子在小时候种下,很难改过来。年轻时头发常常长到把耳朵盖住,才不情愿地去找剃头匠,现在亦然。

香菇佬就是种蘑菇的,又称香菇客。江南群山中杂木茂盛,是种香菇的好材料。当地人并不会种香菇,这些香菇客都

乡村无边　229

来自浙江。交给当地生产队一定费用后,在春季含水分充分的时候,选择背阴的高山坡,将枫树、栎树等杂木伐倒,斫成一截一截的,排列好;又用斧子斫出一行行整齐的口子,盖上树枝。第二年木头开始腐烂,在斫口就会有零星的香菇长出来。腐烂后要等到两年后才会进入香菇生长的高峰期。后来技术有了进步,采用菌种加速腐烂,加快了香菇生长的周期。这些步骤虽然能够说得出来,想成功种出香菇却难。香菇客可不会把真经交给当地人。这种香菇味道极为鲜美,尤其是鲜蘑。春节前到香菇棚买点回来,五毛钱一斤;再到竹林里挖些冬笋,过节待客最受欢迎。香菇客多少会些武功,为的是出门在外防身。也有定居下来的香菇客。我的中学同学张春明就是香菇客的后人。他的爷爷是个老香菇客,说话声若洪钟,据说武功很是了得。我的同学也会,有人欺负他也不还手,只是拽住对方,让他动不了手。我曾受邀到他家做客,住的还是草棚子,依然种香菇,也兼种茶。

酒是生活中最不可缺少的,买酒要钱,质量却不一定要好,民间酿酒师就可施展身手。江南出产稻谷,丰年时拿出点稻子制酒,过年招待客人,自己也享受享受。我的堂兄振清冬季常走村串户给人家吊酒。他告诉我,一担稻子能吊三十七八斤好酒。先将稻子连壳蒸熟,蒸好的稻子晾到一定的温度,再拌以酒曲,放入木桶发酵,再上灶蒸馏,就得到上好谷酒。稻子蒸到六到八成熟,出的酒质量最好,但出酒的量只能有三十五六斤；蒸烂了，出酒率高，能有三十八九斤，可酒品要差些。发酵也是决定酒品的环节，一般要一周左右，视天气情况而定。我虽不善酒，也能判别自制谷酒有一种出自田园的醇香，比供销社买的红薯干酒强多了。

现在我们吃的都是机制面，挂面在乡间恐怕也是绝迹了。乡村若干个村落中定有一个挂面坊，人工生产挂面。乡民拿上自家种的麦子，去挂面坊就可换挂面，一斤麦子换一斤挂面，再给一毛二的加工费。挂面与机制面最大区别是，挂面是咸的。去换挂面时，你可以看着面师是怎样拉挂面的。乡村人际交往，谁家孩子满月、探视病人、逢年过节看望丈母娘，等等，礼品中是少不得挂面的。

说书艺人在乡间尊称先生，有时两人，有时一人，行走于村庄间。说书先生几乎都是男性盲人，穿长衫，随身携带一把胡琴，一面小鼓以及快板，就是全部行头。冬季农闲，说书人开始出来讨生活。一般都是集体生产队来接待。说书人到了上一个村庄，邻近的下一个村庄有请的意愿便来约定。待到上一个书场说完，便派人来接走。一个书场两到四个晚上，说完一本也就完事。农村白天干活晚饭吃得晚，一家人都收拾停当去听书，差不多 8 点了。山区住得分散，待人大体都来了就更晚了。参差来了一些人，耐不住，着急要听书，便请求说书先生说几个"四言八句"。这"四言八句"就是调侃、讽喻、谐趣的民间故事，也有荤故事，逗听众哈哈大笑，气氛就有了。

因为常常用诗和对联作"卖点",故称为"四言八句"。如三个女婿去岳父母家拜年,大女婿有钱,二女婿有才,三女婿是个穷光蛋。岳父不喜欢穷女婿,就要他们在席上对对子,借此让穷女婿难堪。结果反被他机智地用大白话对子奚落了一番,解颐解恨。说了三两个这样的段子,人也齐了,开始说正书,"薛仁贵征东征西""茅山学法",等等。一本书要说三四个晚上,一晚上三四个钟头。唱时辅以胡琴,说则间以鼓与快板。除开看电影、看戏,听说书算是乡村有质量的文化生活了。

说书人是乡村意识形态的传播者,这和前面的手艺人完全不同。类似的还有神婆神汉、相面算命的、风水先生和私塾先生。我们可以说私塾先生是语言记载的人类文明正当传播者,而其他,则倾向于一个负面评价,是封建愚昧迷信的播撒者。当受教育程度普遍低下时,这些到底对乡民生活产生了怎样的影响和作用?其实并不那样的泾渭分明。当命运变得扑朔迷离,未来显示出极大不确定性,摆脱现实窘困与自己实际能力呈现出极大的不对称性时,对超自然力量的期待便成为减压、恢复生活信心的一种依凭。通过心理暗示,调整,转变成对命运的坦然面对、戒惧规避、拒恶趋善的选择。某些演绎的灵异事件,当事人言之凿凿,神乎其神,而第三者是难以介入确认的。比如驱鬼、驱魔、退煞、过阴等。相面其实是有很多经验成分在里面;算命大约以《易经》、五行理论作基础,而对人的命运的预测,更多是劝导人们要遵守人生常理。在传统社会，可视为乡村人世间的减压阀，而不会演变成对社会不公的讨伐。风水堪舆有神秘的一面，却也不乏科学成分。

我的老父亲也曾经是一个手艺人，秤匠。

1943年家里生活艰难，祖父把父亲送到县城一户查姓宗家那里当学徒，做蜡烛。过了两年，推荐给对面的秤匠铺做学徒。三年师满，又帮师父做了一年，算是谢师，感恩。时逢解放，父亲回到乡里，自立门户开业。1952年就能以钉秤所得为家里盖了一间不大的土墙瓦房，那时全山冲清一色都是茅草房，可见钉秤收入颇丰。不久，与伯父分家，瓦房给了伯父，他要了原来的旧茅草房，我便是在那里出生的。父亲说，那时秤资以稻谷计算，一杆能称一百斤的秤，得付一百二三十斤稻子；两百斤的秤，得付一百八十斤稻子。两百斤的秤，三天可完工；而那时一百斤稻谷国家定价是九块五。但好景不长，合作社、高级社被组织进了手工业厂，所得大减。后来又做基层工作，父亲只能是偶尔在雨天、晚上做做他的秤。所得还得有部分交生产队。钉秤是极精细的活。精确度一斤的分量误差不超过一钱，百斤误差不过一两。大秤如此，盘秤更不用说，而父亲竟可以做天平秤！其手艺之高超可见一斑。父亲是一个极聪明的人，悟性高，学徒时就深得师父的喜爱。曾读过两年私塾，因家穷，祖父没能让他继续念书。私塾先生甚至告诉祖父，不要你家学费，吃住也由他负担，只要同意让这孩子念书。有这样的优惠，父亲也未能如愿读书。

秤杆用的木材我见父亲使用的主要有三种：黄栎木、青冈栎木、红木。工序很多，第一道，制作秤杆。一根锯后透干的长木条，经过砍刨，变成头粗尾细的秤杆，手摸上去，几乎感觉不到有任何不平处，而且笔直。这样还不是所要达到的光滑程度，还要经过石头水磨。将杆置水盆上，左端稍架高，然后左手前后推杆，右手持石，蘸水在杆上做横向运动，左三右二；如此水磨后的秤杆变得无比光洁。秤上的金属附件，秤钩、骑卡、刀口等，也是在炉上自己打制的。秤钩与小刀口、大刀口与骑卡相接触部分是称重时受力部位，则要加入钢后才有较强硬度承受重量，确保精确。这部分的技术最不易掌握。在炉上打制附件既有铁质的、也有铜质的，铜质附件难度尤其高。然后给秤杆钉入秤星。先得用戳子在杆上等分好斤两的刻度，再用钻子车出一个个的小眼，植入铜线，捶打牢固，再一次水磨秤杆。经过数道工序的上色，再抛光，组装附件，校正，总共数十道工序，一杆秤才算完成。

在我高中毕业后，父亲十分不愿意我去做基层工作，而希望我跟他学钉秤。在我小学辍学的几年里，也常在雨天、晚上有一搭没一搭地看、学。一次，父亲出差数天，我竟然自个儿完成了一杆秤！只是附件不是我打制的，而是用了原坯材料。虽不想也做个秤匠，但还是有成就感的。1978年恢复高考，父亲曾表达过不赞成我参考的意思，还是期待我学钉秤。说，有了这门手艺，一生吃穿不愁。我最终还是违逆了父亲的意愿。后来在全国各地看到钉秤的，必要看看他们的手艺如何。老实说，还真的没有看到做得比我父亲更好的。我家老二压根儿对此不感兴趣，老三则在父亲敦促中认真学过，却依然没有真正进入其中，听说似乎比我强。老父亲一生除出师后短暂几年全身心做秤，职业生涯始终断断续续。他在七十多岁时仍然没有停止做秤，在我们一再劝说下，才不情愿地收起了自己的行当，可见对自己手艺的钟爱。现在父亲在自己的家里还挂着一杆红木秤，应是在二十世纪六十年代制作的，有时还用来称一称物什，依然精准。据说，手工制秤已成为国家非物质文化遗产，受到保护，且确定有传承人。我没告诉老父亲，怕他感到失落，生些惆怅来。有时家庭相聚时我们跟老父亲开玩笑说，我们成立一个钉秤公司，父亲出任董事长兼总工程师，老二做总经理，负责经营，我和老三做雇员，负责生产。父亲也就笑笑而已，知道当不得真。

  在长长的乡村手艺人队伍里，父亲是最杰出的一位，我深信。记得十几岁时曾跟随父亲到县城里拜见过他的师父，胖胖的，一口武汉话，威严，却不失慈祥。师爷的家人都说，父亲是他师父最喜欢也最得真传的徒弟；而在父亲角度，他是师父最虔诚、恭敬的儿子。我们兄弟姊妹几个都为有这样的父亲自豪，却又没有一个继承他的手艺。于他而言，是个大遗憾；于我们而言，亦常不免生出愧对老父的意念。但这一切已经如此，无以改变，无可奈何，亦无从评价。似乎我亦可忝列为半个手艺人，为此，我与乡村似亦多了一重联系，静夜中似亦多了一份温慰。

乡村已悄然生出变化，更多千篇一律的钢筋混凝土楼房矗立了起来。汽车、摩托车在村中公路飞驰而过，惊起路边觅食的鸡群。打算成家的年轻人正从城里家具店里用卡车拉回新婚家具，空调，以及冰箱。开发商们已义无反顾地将锐利的目光投向这里。春节回老家时，你已吃不上当年的年糕，喝不到纯正的谷酒。一切似乎理所当然地应该发生、出现，不可逆转。但，影影绰绰地，好像又少了一些什么。是什么？待寻去却又杳然。需要调整的，除了我以及类似我的人们，还有社会学家们，今天应如何界定乡村社会和乡村生活。

2012 年 6 月 25 日草毕

壬辰新正回乡记

正月初三，与妻子及弟弟振学一家三口，回到老家东至县。先去洋湖镇，看望一位婶母。午饭后去我小时生活的周冲，看望依然还在那里生活的伯母。老家原名棠林村，与梓桐村合并了，现在叫梓桐村，村委会所在地却在原来的棠林。在老房子门前，不意遇见中学同学苏玉先和他的公子善良。玉先小于我，中学时形影不离，甚是相得。在大队工作时，大队部就在他的村子，我没少在他家蹭饭。玉先成家早，所以得子甚早。善良公子小时十分可爱，一直很喜欢。长成大人后外出发展，就再很少见到。而现在看到，三十多岁，俨然是个成熟的汉子了。相见自然少不了谈及昔念。

晚上赶到利安，宿永明家。永明是弟妹淑芳的大哥，我与永明的相得不仅是因为有层亲戚关系。利安原是乡名，二十世纪三四十年代前称黎痕，抗战后易名黎安，取黎民安康之意。当年这里是皖赣根据地的腹地，山峦曲折深致，利于游击、藏兵。粟裕回忆录里就有关于黎痕的记述。五六十年代，图书写方便，写成利安。而今连利安也不复存在了，利安乡并入了木塔乡，利安乡原址所在地改称荣兴村。

在永明家遇见了四位"80后"年轻人。永明的公子王钜，郑村郑米田的公子郑亮和他的夫人，我中学同学程从林的大公子程哲。郑夫人是位东北姑娘，几位小伙子属于发小，自称"铁三角"，工作地分别在苏州、扬州和南京。春节回老家过年，少不了又要聚在一起厮磨。王钜现在已是南京一家研究所的所长了，郑亮则是阿里巴巴的高级主管，他的夫人也是一家银行的部门主管。程哲在扬州，负责大型设备的质检。程哲的名字是我取的，1981年他出生的时候，从林来信让我给他儿子取名。晚餐前把从林也从他美人畈家里接来了。从林中学时学习极好，博闻强识。当年恢复高考时，因为是过继子，养父母坚决不让他参考，怕的是考走后无人养老。这成了从林一生一个不能弥补的遗憾。所幸他的两个儿子都考取了大学，程哲还读了研究生。晚上觥筹交错，几位年轻人因为兴奋喝得慷慨豪爽。看到他们都已能独立撑起一片天地，心中很是高兴、欣慰。他们都是地地道道的农民后代，除了自身的才华和努力，没有背景之类的任何其他资源。他们告诉我，他们有越来越多的对于传统的认同，对社会、人生有自己理性而成熟的看法。从他们身上，我感到，当社会完全交付到他们这一代人手中，一定会做得比他们上辈出色得多。王、程尚未成家，家人免不了有些着急的意思。

利安乡政府的办公楼是我当年任大队支书时经常进出的地方，两年前并乡后这里成为木塔乡的养老院。早晨出来，与弟弟振学一起，走进这名分已经改变的院子。从前的几十间办公室，每一间都住着一位老人，有专人为他们做饭，看病、穿衣等所有费用都由政府承担，尚有劳动能力的老人还主动帮助院里做些事情。办公楼后面已建起了几排新公寓，据说可容纳两百人左右。合并后的木塔乡大约一万五千人口，目前的容量应是能满足全乡孤寡老人的需要。新建公寓每间都有独立的卫生间，免了老人们起夜的不便。养老院背山，坐北朝南，环境很宜人。听说开始时老人们不习惯，常常回家，现在慢慢有了新朋友，一起打打牌，看看电视，不寂寞，又衣食无忧，也就把这里看作新家。村里有乡亲来，都会去看看他们。

弟弟说，院里有一位女老人是我们棠林来的，提议去看看。我俩走进她的小房间，靠椅上坐着一位小老太，一边烤火，一边在吃东西。看见我们来，不说话，微笑地看着我们。老太太是我们村一家苏姓的女儿。1958年我家迁到林畈，与他们家做邻居。那时她十六七岁的样子，现在应在七十岁左右。老太太自小身体单弱，很少参加劳动，也很少与人交往。弟弟问他："认识我吗？"她点点头，说："你是周冲的。"弟弟又指指我，问："认识他吗？"老人摇摇头。弟弟说了我的小名。这时，老人颤巍巍地站起来，轻轻地抱住我良久。然后，找出一包香烟，抽出两根，递给我们。她不知道，那个小名的我那么久没有见到去了哪里，在干什么。但是三四十年过去了，她竟然还记得那个小名！这莫名的感动是最简单也是最纯粹的。离开时，我也抱了抱老人，放一点钱在她手里，她把我们送到她小小房间的门口，目送我们走远。

初三与回家过年的乡谊郑国生君通话。国生也在京工作，他是一个乡情特别浓郁的人，在京彼此走动甚勤。他说初四与我一起去看望我中学时的校长郑又新老师。郑校长与其父乃挚友，他已在初二去拜过年，这次是为了陪我。郑君的家在本乡的郑家畈，离木塔乡政府所在地仅一里之遥。当时他在县城尧渡，原本周四中午有宴，因我之故而改期，返回木塔。当我到达郑家畈时，他已从县城赶回在村口候我。到得他家，大门的一副春联让我凝望了许久。"光前裕后常念家乡山水，报本尊亲永怀父母恩情。"国生自己所书，虽双亲已仙逝，而其怀想之情犹新，对家乡山川草木亦留恋如故。虽慈亲不在，一年仍多次回乡，每年都回家过年。他家房子正是那种典型的江南民居，白墙黛瓦，内皆木构，并涂以桐油，现在由他的兄弟居住。

稍后，我们便驱车去看望郑又新校长。

如今，家乡过去那种石板大道已由水泥车道取代。郑校长家在郑村，距郑家畈十几里，不刻即到。国生领着从一户人家穿过,告诉我这是郑校长的一个儿子的家,从后门登上一个高坡,便是郑校长的家。鞭炮声通知了我们的到来。江南拜年风俗,去谁家拜年,在门口点燃一挂鞭炮,家中便知有客人来了。郑老师和师母对我们的到来显得十分高兴。作为他的学生,我还是第一次登门。两年前老师和师母去北京看他们在京打工的小儿子,我去看望他们,送过一幅我写的"鹤"字。我看见正挂在厅堂里。中午,师母为我们准备了一桌丰盛的家乡菜。郑老师则忙着到村中请乡亲来陪客,这也是我们那里的风俗,家中有稀客来,须是有一些人陪客,主要是让客人喝好。我因为开车,只敬了老师和师母很少的酒。因有国生相陪,老师高兴,应是喝了不少。临走,师母给了我不少各种各样的干菜,都是昔日在家时爱吃的,还有从竹林里挖的冬笋。

国生是一位乡情极重的人,为使自己这份情感有所寄托,他在另一个叫作白梅的较为偏远的村子购买了一片茶园和山场,建一座茶场。他一定要我去看看。我担心回安庆时间有些紧,有点犹豫。妻子却很有兴致,于是决定前往。利安与木塔之间有个富丰村,进去约莫二十里地,越往里走,田畴渐渐消失,只见山峦、溪流,以及蜿蜒其中的道路。途经一个小村子,道路从村中穿过。正欲通过,却见前面道中摆着一溜烟花,还有绵延颇长的鞭炮,有几个人正同时在点燃,只得停下来。随着震耳欲聋的声响,有一个小个儿老人正向车走来,似曾相识,却不知是谁。国生这时下车也向他走去,并与之打招呼。我也下得车来,这才猛然醒悟过来,来人正是我的初中语文老师方佐天老师!老师和我都分明感到一份意外的欢喜。四十余年过去,当年的学生两鬓霜染,而那时二十岁出头的老师已是六十多岁的老人。这中间,我们通过信,通过电话,去年还给老师寄过我给他写的几幅字和几幅照片,方老师也寄过他的书法给我。方老师把我们领进他在村子中间的小屋,递烟,倒茶。一连说,师母没在家,没法招待我们。我看到门上书写的春联:"书为至宝一生用,德是良田万世耕。"而厅堂也悬挂着他自己的书法和画。方老师书法造诣相当深厚,记得当年读书时就已致力书艺。而我看到的画,似乎应在书法之上。虽未从师,却深得心源,可见他在书画上的天分。经老师介绍,这个村名叫畲狮。我听说过,却从未来过。

因为道路狭窄,车停道中,阻挡了其他车辆的通行,已有车在不停鸣笛。不得已与方老师道别。方老师反复叮嘱,以后有机会一定再来。我应承着,想着定会再来的。

继续前行,很快到了国生的茶场。在一片茶园中间,一座楼宇正在建设中。山峦静默,溪流淙淙。国生尽情描绘着他的蓝图,可以感受到他心中那万丈豪情。他要把醇美的家乡茶让更多的世人领略,并赋予她一个美丽的名字——"白梅云茶"。他构想中的世界又岂止是茶,还有更多。他深情地说,这就是他的精神家园。虽然是在冬季,山岭上树木因少砍伐依然蓊郁苍翠。可以想见,春天里当是怎样一番模样。从这建设中的茶场往里走，仿佛已是路的尽头，群山环绕中坐落着一个很小的村庄。鸡鸣犬吠，宁静而安详，犹若与世隔绝，身在桃源。此情此景，出世之思悄然而至。怪不得国生选中了这样一个地方。

告别国生，告别家乡，踏上归途，我的心却仿佛还在那里。

草毕于 2012 年 2 月 3 日
完稿于 2015 年 10 月 7 日

江南四月家乡

人间四月天，我又回到了江南。车在曲曲折折的山间道路中行驶。道路平缓，山风习习，仿佛是在女人的怀抱。现在正是杜鹃花盛开时节，大红，浅红，粉红，淡紫，连簇，单簇，相互呼应着，沿着山途一路开过去。山坡上山谷里都是，远远近近地点缀着。也有很多别的花，只是都不及杜鹃醒目。其实山间树叶的色彩更是万种风姿。鹅黄，淡绿，青翠，暗红，深紫，一片一片地相互嵌入，不肯留出一点儿空隙。嫩阳照在叶片上，反射着亮光；春风总是不甘寂寞，轻轻掠过山峦，掠过树梢，这时叶们便争先恐后把自己略白的另一面也展示给你。

回到深山中的旧庐，洒扫完毕，搬一把椅子，沏一盏山茶，静静打量着眼前熟悉的山水。这一坡砍走了一些成木，显得有些稀疏，而另一片则繁茂稠密。我知道，山还是儿时那山，而树木经过若干代际更替，高龄的树应是不多了。已修到家门口的水泥车道，偶尔有一两个人经过，隔着溪水微笑相视，或简单一两句寒暄。住在这山村的村民一年比一年少，春节前走了两位，一男一女，一九十，一七十。再过十年这山里会如何？没人知道。住在我屋后的堂弟，长年在外打工，最近儿子在安庆为他们买了房子，现在正忙着装修。可以想见，今后也是安庆的常住居民，老房子只会偶尔回来打理一下，最终荒废是可以想见的。在城里住腻了的，对城市已无野心，向往着乡间的后山前水，鸟鸣虫唧，有闲情，有财富自由，可是没有房基，不是土生土长。而在乡间的人们，在外打工攒了钱，首选是在城里买房，永远离开生养之地。子女有出息，城里买了房，上年纪的大都追随子女，先是去带孙辈，或者帮助晚辈做点生意上的事，比如看守仓库、发货什么的，久而久之也就待下去了。中国的养老，尤其是农村，基本上是依靠子女，这显然不是合乎逻辑的方式。这个问题说来话长，不说也罢。

　　蝉声在山谷间响起来。春知了的叫声与夏蝉不同，只发两个音节，"你呀你呀"地叫，弱弱的，有点不好意思似的。春天的草尖上常见一种青蝉，指甲盖那般大小，叫声是连续的："你……"不知是不是长大了就飞到树上，嗓音也变了，像变声期的少年。夏蝉则可以发出多音节的叫声："去去乏哩、去去乏哩……"声音也洪亮。山风让树叶发出声音，总是让人找不出合适的拟声词来形容，却是对耳膜、心脏一种十分体贴的抚摸。春天有雨的时候是一种好,烟雨江南已固定为一种审美,但晴岚分明也是变幻多姿的明丽。鸟鸣最是没有章法,一会儿是山雀,一会儿画眉加进来;一会儿近,一会儿远;一会儿热闹了,一会儿全不知飞到哪里去了。蝉声,舞动的树叶,自吟的溪水,缓缓向山顶移动的斜阳,一切都刚刚好。其实,在山中,五官是不够用的。有时,是可以忽略五官的作用,让心灵去内视,或者撤去感觉的藩篱,直接把自己归于自然,忘了自己,也忘了自然。

泥溪镇主事的徐宏伟先生来访,说能不能给镇上中学的孩子们讲讲。我没有犹豫,说行。地方官对教育偏爱让人感动。泥溪在二十世纪五十年代与我们这里还属于同一个行政区划,是距我家最近的大镇子,大部分生活需求都能在这里满足,也是东至县由北向南的要冲。当年未离乡时,没少来这里,路过或者办事。尤其是隐东村水库坡上的泥溪中学,每次经过总是让我生出羡慕乃至自抑之情。隔天去了泥溪中学,没想到报告厅大屏幕上已滚动着不少从网上下载的我的资讯。我对孩子们说:"什么是少年中国?就是正走向青春的你们。看到你们阳光般的笑脸,我确信这块土地的未来是属于你们的。我只有中等智商,在小学、中学时代所获得的学习条件远远不及现在的你们,但是我对书本有发自本心的热爱。所以,如果你们对学习怀有不竭的热情,我能肯定,你们的人生之路一定会走得更远。学习的目标是培养高尚心性、训练科学思维以及建立以专业为基础的知识系统。除了老师、家长帮助之外，要学会自我塑造，把健全的人格、强健的体魄、科学的思维同时兼顾起来，持久地塑造自己。"不光是泥溪中学，附近西湾中学的学生也来了不少。我是真的愿意对孩子们产生有益的影响，其实，我就是他们中的一员。徐宏伟先生让我为学校题写了校名与校训。我对校长说，我的老宅子有不少的书，可以让孩子无偿使用。因为要写字，去了元潘村，那里有宣纸与笔墨。前年的秋天曾经往访元潘村。村里有个袁家山学馆，县里的李明月先生对我说："学馆几个字是电脑字库里的字，你给重写一下吧。"就去了那里。看到满垄的黄菊，知道土地流转、规模经济、特色经济正在这里成长。也知道这个学馆曾是周馥、许世英童年读书的地方，回去后写了一首《咏袁家山学馆》，寄给了村事务管理者王建康先生：

袁家山学馆，
属地在元潘。
村后群峦秀，
门前眼界宽。
千年民俗古，
百代众生安。
周馥来求学，
世英欲领冠。

圣贤书在案，
稚子貌趋端。
满垄生黄菊，
陶风引世观。

今年重来自然又见到了他，仍然壮实，仍然春风满面。

住在山里也少不了送往迎来。老友新朋，在一颦一笑、一呼一应中，庭院便溢满人间趣味。客人来了，把车停在桥头的栎树下，下了车，一边过桥，一边笑着高声寒暄。进门也不坐下来，便开始把房子里里外外、上上下下下打量起来，说着称赞的话。然后在院子里随意找一坐处，面对青山开始神侃。这就与在城里做派全然不同。所来者容不得一一介绍，但有一支人马却是不能不说。之所以说是一支人马，是因为总共有十三位。也许有人会猜，可能是昔日同学、同事或附近乡邻。其实都不是。父亲年轻时在县城尧渡学习钉秤，今天来访的正是他师父周明山老秤师的十一位孙辈与两位曾孙。我告诉孙辈中老大周寿炎兄，准备在老房子楼上辟出一块空间作为钉秤作坊展览室，以便长久纪念父亲和他的师父。今天他带着众兄弟姊妹怀着极大的热情前来考察将作为展室的空间，以便完成一个共同心愿。我代表已故的父亲向周家赠送一块牌匾，以表达对周家的感激与尊敬之情。寿炎兄说，二十世纪四十年代后期直到五十年代初，父亲还在周家那段时期，总是驮着他到处玩。师爷对父亲非常之好，视之若子，不打不骂，把技艺悉尽教给他。父亲亦将师父尊之若父，出师后先是在师父跟前孝敬了两年，出师门后所挣的钱首先是打了一个金戒指送给师父。若不是1951年祖父一定要父亲回家，他会在县城定居下来，我的关于故乡的记忆可能是县城。还有一位久违的老友范洛森兄，一早从合肥开车过来，只为在山中一晤。吃过午饭，沿着山冲的曲径，走着，聊着。话语如道畔的溪声，又如吹过叶尖的风。范兄是一位文化理想主义者，没有激愤，只有理性的光焰。数小时后，绝尘而返。

我家原来所属的利安乡的地理环境是，自东向西是长长的小平川，环绕平川的山峦中则隐藏着几个深邃的山冲，东面是荣胜，南面是茶溪、梓桐，北面是荣复、中元。每个冲都有十几里或二十几里长，里面又有数个子冲。大冲都是一个村级行政单位，中元原来是两个大队。我们村在平川末端，只有两个小山冲，包坑坞和周冲，都只有几里长。包坑坞已无人居住，周冲则是我的家。还没离开乡村时，几个大冲都曾深入冲的最深处，唯独茶溪只进到冲口二三里的地方，所以这次回家打算把茶溪走到底。

建根、小王夫妇驾车欣然一同前往，还有我的老母。返乡那些天，只要是外出，老母都一直在身边，怕老人家一人在家会有什么不测。建根是我年轻时的好伙伴，看过《建根和他的上海女人》就知道关于他们的故事。由西而东，迎着初升的太阳，故乡的春天和煦如初。花期已过的油菜地，是密密麻麻细长而饱满的果荚。灌浆期的淡青色，告诉播种者，今年会有更好的回报。沿途可见到的竹林，春笋正向新竹过渡的成长中，不时听到箨衣落下时清脆而有力的声响。水田还没有翻耕，铺满开着小红花的红花草，也是在花谢籽长的时候。明年，不用撒上草籽，依然有红花草织就的田毯。这种天然肥料当是远胜工业化肥。村子里可以看到上了年纪的老人、拖着鼻涕的孩子，以及不修边幅的女人。过几年再来到这里，那老人或许再也不见，田埂上奔跑着捉泥鳅的少年。而女人，则腆着大肚子，正采摘屋角菜地的豆角。一切似乎没有变化，山花依然开放，水雾依然从河床上升起。然而一切早已变化，也正在变化。若干年前，经过邻村，见到一位七十岁左右的老相识，倚着门，见到我，热情招呼。我问他："你哥呢？"他笑着答道："他呀，看山去了！"更早些年头，春节回家，还是这个村，正月里，看到在村道边空地上摆着一张桌子，几个小青年正在打扑克，还有些碎钱放在桌上。我笑着说："赌钱啊？当心公安局来抓你们。"这几个小子乜斜着眼看着我："你是谁？多管闲事！"旁边一位同龄人说："他呀，要是没走，正管你们咧！"真的，我没离开前，他们正是一帮顽皮的鼻涕虫。

　　快到茶溪冲口，我给冲里桥头村的刘林桥打电话，他是我中学同学，后来做了中学老师，业已退休，回归田园。昨夜从另一同学那里找到他的电话。我说："我马上到你家门口，在家吗?"接到我的电话,他很意外,毕竟四十多年未见。他忙说:"在、在!我在村口等你!"见着面,执手端详,方知时光何其迅也!他指着旁边白色瓦房,说那是他家。连门尚未进,我掏出事先准备好的一条幅送给他,说是我的字,也是我的诗:

东山耸耸尽余晖,
宛曲羊肠怯怯微。
老道修行端坐坐,
新雏振翅效飞飞。
迟迟木叶落还起,
耿耿星河望却违。
青影映氘光跳荡,
持杯举箸蟹肥肥。

他家的大门正面对东山。我说原来冥冥中就是为你准备的啊,你就是那端坐修行的老道啊!林桥很是高兴,以新茶招待我们。随后一起且行且停地向冲底走去。山溪淡淡,山木葱茏,鸟鸣山脊,白云渡涧。茶溪冲在深处开了叉,分成两道,人在山深处,不知山外事,真有今世何世,今年何年之感。林桥指着南面高山说,翻过这座山,就是江西的莲花山了。历朝历代啸聚山林的山大王们,都喜欢在这样的地方做黄粱大梦。

返回时经过乐村,建根说,我们去看看苏家祠堂吧。我说好。祠堂坐落在一个高坡上，离大道不远，很巍峨，只是尚未全部完工。我们这乡苏姓的村子很多，苏村与梓桐两个行政村的绝大部分自然村都是，其他行政村也有不少。据建根介绍，是苏东坡其中一个儿子迁居于此，繁衍至今，还有一些分支从这里迁出。知道这里苏姓是坡翁后人，于我还是近几年的事，以前压根儿没听说过。这里的苏姓朋友包括建根都希望我写一写这里的苏姓，我想在我掌握够多资料后应该是可以写的。

该北归了。老母亲说："这房子是大家的房子，大家的家。我走后，你们兄弟姊妹都退休了，就回到这里一起住。"我说："好，会的。"

注：此次返乡，所晤乡友甚多，因叙述逻辑制约，未能尽入文中，然友情未因之减，敢望见谅。

草成于 2021 年 4 月 20 日

江南老家的秋

江南的秋一点也没有落寞的意思。

如果是一个明朗的日子,山色也是明明的。眼前的整个世界,仿佛劳累了一天,刚洗了个舒服的澡,不骄也不躁,显得很放松。青山一重一重地,把你目光拉到最远的山顶。稍稍仰一下头,那天蓝得无可挑剔,一点商量的余地也没有,风把白云忘记了,就让它那么无心地停留在山顶。突然发现,这是一个发呆、听任乡愁弥漫的好时光。就像今天这样。

从地里收上来的庄稼,现在正懒洋洋地躺在晒场上,似乎很享受。没有成熟的秋玉米、秋芝麻,还是绿绿的,在地里等待,也不见有着急的样子。红薯藤下面的地表全是裂开的缝,用不着猜,地底下的红薯,个儿一定是一个赛一个得大。记得当年在家的时候,红薯要等到霜降前后才挖。挖出来的红薯,一簇一簇的。大簇的,三个五个不等。挑拣那些长得顺溜、个头大小差不多的，绞在一起，挂在房梁上，等到数九寒天，火炉生起来了，塞进小炭火里煨着吃。城里的烤红薯与它比起来，味道真的是差得太远。更多的是放进地窖，是冬季和开春的粮食。春节前还要拿些出来熬红薯糖，过节时好招待客人。

这次回到老家，看到老房子已经让野草杂树包围了，后墙也倒塌了一块。三十多年前父母亲手盖起的房子，如今完全荒废了。三兄弟商量，还是应该恢复起来，不然，真的是愧对去年逝去的老父亲。老房子的后身还有很多果树，板栗、柿子、橘子和枇杷。枇杷已经过季了，其他则正值成熟的时节。柿子正处由黄转红的当口，还有不少的叶子在枝头陪伴着；橘子一年四季叶子都是密密的、绿绿的，而果实似黄还绿，摘下来便吃，正好。板栗则是到了尾声，树上尚余未下落的残果，树底下还能捡拾到些许未被小动物们搬走的栗子。许多年了，家里的这些果树，一直是任其生长，任其成熟，间或有人来了，碰巧赶上成熟的时节，随意摘拾些去吃，其余都留给鸟儿和地跑的家族作了过冬的粮草。八十多岁的伯母告诉我们，前不久看见左侧的山坡上，一只猴子从柏树跃到旁边的栗树上，给她吓了一跳。我很惊奇，咱们家这片山区，现在竟然有山猴活动。自小到离开家，既没看见也没听说有猴。与几天前得到的消息一比对，觉得这事件八九不离十可以坐实。我回来前，跟两位中学同学胡学东、汪进义说，请他们给我弄点山上的阳桃（野生猕猴桃），因为小时候最爱吃它们。学东在马坑，进义在石城，去年他俩都给我弄了不少。这下子把乡愁给吃起来了，今年便觍着脸再要。学东倒是弄来不少，进义则颗粒全无。告诉我，今年的山猴太猖獗了，全被它们吃光了，实在抱歉。石城距我家几十里地，中间只隔着云雾尖一座大山。那边猴丁兴旺，可不是要往我们这边迁移嘛！

"潦水尽而寒潭清"，王勃对秋水也是十分钟情。进到山冲口时，透过密密匝匝的树丛，可以窥见小水库波平如镜，静影沉璧。从门前流过的小溪在这里找到了它的归宿。秋天的溪水已是格外的清浅，从溪石上无声地拂过，不疾不徐地走走停停，在拐弯处形成一泓清潭，让树枝掩隐着，留给小鱼儿作它们的小小宫殿。春夏时节，这溪不似这般宁静，时而淙淙，时而叮咚，甚至也会轰鸣，那是山洪下来的时候，每年总有那么几次。有时洪水也会漫过山路，把架在溪上的木桥冲走。儿时有许多时光消磨在这小溪里，被溪水带走了。忽然想起屋后的那口泉井，走近一看，早被山洪带下来的沙石填得严严实实。我知道，泉还在下面。淘尽沙石，就会露出它清澈的容颜。

回到原先乡政府所在地利安住下，夜间墙角的虫声、头顶的星空与秋凉混合成一个真实的秋夜。在这样的夜，乡间的人们总爱聚在一处，传述着远远近近村庄发生的故事，或者独坐家中，默算着今年的收成。而今夜，我应承了几位利安村民请求，为他们草拟了一封关于保护红色遗址的信。这里，八十多年前曾经上演过惊心动魄的传奇故事。

　　早晨起来,天却换了一副脸色,阴沉起来。让人的情绪也略生倦怠。下午,返回江北的途中,小雨开始在山岭田原间不紧不慢地飘洒。渐近深秋的江南显出几分暧昧,几分惆怅,又似乎是在为冬天的即将到来调试自己的情绪。雨大了起来,应该是大雨了。这时,车窗外的景致无意间发生了变化,近岭与远山,一层一层地,由浓转淡,到几近于无。柔和的过渡,模糊的轮廓,天地间披上了一件神秘的面纱,而田间尚未收割的稻子,给这个画面又抹上一块随意的迷蒙的黄。中国画的水墨趣味,蓦然间让我置身于其中。

　　江南,我的老家。

2015 年 10 月 7 日

花季花海的江南

江南花季,并不特指某一个季节。春有春蕊,夏有夏蕾,秋有秋英,冬亦有瓣。说江南一年都是花季也不为过,只是冬季稍显寂寞。

所有的植物都会开花,但不是所有的花都受到青睐,人们只记得那些惹眼、芬芳迷人的花。

江南的花以春、夏两季花期最盛。

春天的花以立春为冬春的分野,梅花从冬开到春,人们以蜡梅、寒梅名之,所以只算是冬花。然而春天到底是何种花打头阵?被问到的人大体都是一脸的茫然。我颇有几分自鸣得意,"芦豆花先开"这句谚句怕是很少人知道。但也遗憾得很,我却从未见过芦豆花。可是我吃过它的果实。很小的时候在山沿边发现过,时间大约在清明节前后,找到时是橙黄的,摘一颗尝尝,酸得不行,再过几天去,便红了,垂在枝头下,一溜椭圆，很玲珑，像是一排小灯笼。这时味道酸甜兼备，好吃。芦豆树属小灌木，像它的花与它的果实一样，玲珑，低调，不显山露水。

惊蛰过后，万类从春雷中醒来，开始萌动。春风摇曳之中，报春花还不待新叶长出，就把雪一样的洁白贡献给春天，那满树的繁花仿佛是密密的催春鼓点。紧接着，桃花、杏花、梨花、海棠、樱花、杜鹃、兰花、金银花争先恐后地登上春的舞台。层峦叠翠，姹紫嫣红开遍，水光潋滟，花团锦簇倒映。晴霭中，香风十里；细雨里，红瘦绿肥。蓦然醒悟，那些内心柔软的诗人们早就告诉我们如何赏花。"人面桃花相映红"，欣赏桃花应有美人在桃花树下才好。"杏花春雨江南"，绵绵春雨中的杏花应是最美；及见红杏一枝出墙，似应有佳人嬉笑之声传于墙外。"梨花一枝春带雨"，雨后的梨花当是倍觉娇羞。幽人在深谷，赏兰可携茗独坐涧石之上，于溪水淙淙之中，闻其远芳幽韵，醉而忘返，无须刻意要亲睹芳姿。如果真想见到，最宜是簪在美人的发间。春花随着流水远行，花谢之后，果实生长，把绽放交给了夏。初夏，百合花始开，东山三五株，西坡七八蕊，如善财童子，许你远观却难亲近。而凤仙花虽矜持却任你亵玩。及至盛夏，"小荷才露尖尖角，早有蜻蜓立上头"，赏荷不能没有飞动的蜻蜓；而"荷塘月色"却又在提醒你，千万别疏忽了月色下的荷花之美。牵牛花，栀子花，茉莉花，木芙蓉，红石榴，美人蕉，月季，端阳锦，等等，于碧溪小桥之畔，东篱西苑之侧，时或伴以鸡鸣犬吠，时或融入院静庭深，花自开放水自流。许多的花从夏开到秋，然而真正属秋的花无疑是桂与菊。桂花开时须有清风，将似有似无的芳香送到远处；亦须有明月，如幽独的处子剪出倩影。寻芳者茕影树下，洗一场淋漓花雨，内外俱澈。而菊，则宜于无言对坐，花我两忘。

江南的花季持久而品类繁多，除了上面备受眷顾的名花之外，更多的花儿寂寞地开，寂寞地谢。杂树生花，在人类眼中，杂花、野花只是做了名花的陪衬。还有庄稼的花，玉米、芝麻、荞麦的花；还有蔬菜的花，茄子、辣椒、南瓜的花，人们关心它们的实而忽略了卉。然而，它们花的元素、花的精神，一点儿也不少。

江南还有三次花海。

第一次花海便是油菜花海。欣赏油菜花海似乎是近一二十年的事，一想到油菜花便朝婺源奔去。这大概是宣传产生的效果。其实，在广袤的江南，处处是油菜花海，是连成一片的金色海。江南的丘陵让油菜花海有了许多起伏与变化，仿佛是无数湖泊、池塘、河流、小溪连缀而成，高低错落，似断还续。看着在山脚处，已是边缘，随梯地一线油菜花转过山坳，却又是一片灿烂。油菜花景之美不止于花的自身，一定得有蜂飞蝶舞，一定得有马头墙的徽派村落，如此，油菜花海才有飞动之姿、立体之美，才有诗意的人间情怀。

油菜花海正待谢幕，杜鹃花悄然登场。开始仿佛是不经意地，从路边的坡上垂下一枝红艳。待你用眼巡视，原来对面的山岗上也有几点若隐若现的猩红。没两日，发现家门前翠绿鹅黄的春叶中也有了它的身影。一场熙熙的春雨，几番穿云破雾的嫩阳，原来的星星点点便成了燎原之势，烧遍岗峦山谷，越过眼前的山岭、河流，一路高歌，烧向远方。那是一种奔放，一种肆无忌惮。欣赏杜鹃的热烈，一定得有莺啼燕啭的和鸣，还应该有穿山越岭的想象。

你是否猜出江南第三次的花海该是什么？

是水稻扬花时的花海。

水稻种植与油菜种植的土地略有重叠，部分水田会种油菜，但山地是不能种水稻的，所以水稻是一片片相连的平畴和极少的垄田。往昔，所有水田几无例外地要插水稻的。水稻经过育种、育秧，再移栽到大田生长。然后分蘖，抽穗，开始扬花。从略浅于稻叶绿色的稻穗上开出纤巧的白花，密密匝匝。草绿色的穗与白色的花在视觉上中和后，远远望去是一片轻黄，或者叫草绿。微风过后，稻浪起伏，送来阵阵稻花的清香。稻花的海是骄阳、纤云碧天下的海，与它构成风景的是田埂上戴着草帽的荷锄农夫，日间没完没了的夏蝉的"咿呀"声与星光下此起彼伏的蛙声。

不知你是否有意识地欣赏过稻花的海？

江南的花，花季，花海，让人欢喜、缱绻，也让人忧伤，甚至泪落。有枝头的热闹，便有落红流水的无奈。由花残而伤春是一种悲感，也是一种生命的觉悟。正从这里开始，中国文人固执地将江南作为诗意田园的理想之地。

2018 年 3 月 30 日

徽南村记

长江自西向东从安徽经过,将皖省一分为二,江之南称为皖南,惯称为江南。皖南的最西端与江西接壤的地方叫东至县,历史上又叫建德、兰溪、秋浦、至德,这里山川秀美,民风淳厚,是古往今来文人士大夫徜徉、吟哦的佳处。

江边有个东流镇,顾名思义,扬子江从她的面前滔滔东流。镇有一祠,名陶公祠,当年陶渊明老先生曾在此逗留,消磨他的隐士时光,他在这里待了多久,已无从考察,只余此祠以供后来者遥想。李太白也循迹来到这里,惊叹她的美,竟一口气写下十七首《秋浦歌》:

秋浦田舍翁,
采鱼水中宿。
妻子张白鹇,

结置映深竹。

诗意田园风光无疑让这位诗仙陶醉了。宋朝的大诗人梅尧臣在这里做过县令,梅县令走后,百姓称县城为梅城,又建梅公堂、梅公祠,以怀想这位爱民的芝麻官。如今的县城即以梅城与尧渡发展融合而成。明朝开国皇帝朱元璋与陈友谅争天下,也要"日战鄱阳,夜宿兰溪"。他建的祠庙如今还在那青山绿水中。还有一个葛公乡,是当年葛洪炼丹的所在。往前,有一支匈奴人来到这方土地,竟被这里的山水俘获,不肯再走,世代在此繁衍生息,有"南溪古寨"做证。这里还留下了尧、舜二帝的圣迹。县城所在地名尧渡镇,一条大河依山从城东流过,向北入长江。当年尧帝自此渡河,往北边几十里地的历山,寻访在那里躬耕田亩的舜,于是那条河就一直叫尧渡河,依河聚居而发展起来的镇子就叫尧渡镇。现在这条河改道,从城西贴着山走了。

如果你曾经踏上过那片土地,一定也为那步步诗、处处景所震颤。转过山坳,流水小桥人家就乍现在你的眼前,鸡鸣犬吠之声骤然而至。春天,满山的杜鹃会告诉你什么叫灿烂;兰花会告诉你她的幽香能传播到多远。我曾写过几首以《忆江南》为名的词:

春归也!

阡陌画图成。
雾里牛哞唤布谷,
村中雨歇听蛙鸣。
忙煞我农人。

江南忆,
独自莫凭栏!
无限江山春暮雨,
有情芍药泪初含。
远去是行船。

不用说,我就是出自这里。

徽南村主人正闰先生,自然也是生于斯长于斯的江南人。旅居京城二十多载,心中的江南依然如故。故乡赋予他那绵绵不尽的生存鼓励,那一份温暖如初的慰藉,时时充溢在他的心胸。为了安顿他那颗江南的心,于是便有了这个你见到的坐落在京城顺义的徽南村。

是为记。

2012 年 12 月 22 日

山村一夜

在北京动身的时候,宗弟正闰就说:"今晚住我家,明天送你去江苏。"我说好。飞机到了安庆机场,已是傍晚了。便坐上来接站的余得水的车子去张溪。他俩是表兄弟,又是生意上的合伙人,住在同一个村子里。

车驶上安庆长江大桥。回望古老的安庆城,振风塔静立于江边。斜阳将城市楼群镀上一层金色,渲染出纯正的初夏格调与南方城市的气度。江对岸就是东至县大渡口镇,我的弟弟振学就在镇上工作。

车过胜利乡,离开国道拐向东南方向的乡村大道。行驶不多久,眼前展现出一片浩渺的水域。忙问正闰,可是升金湖。正闰答是。升金湖是长江中游的一个著名的湖泊,物产丰饶,故有升金之誉。我虽为东至人,自幼闻其名,却是从未一睹真颜,迟至今日方有身临其境的机遇,事先却又毫无精神准备，着实让我兴奋。忙唤得水停车拍照。夕阳轻抚湖面，流光溢彩，这时才真切感受到有水江南的诗性与开阔吞吐的胸襟。

过了升金湖，是平原向山区过渡的丘陵地带。沿途村庄炊烟正在袅袅升起，收工的拖拉机们在乡道上"突突突"地响着，劳作了一整天，风尘仆仆。道路两旁的土地上，三月还是油菜花黄，一片璀璨，现在只剩下收割后的茬茬，还没来得及翻耕。因为忙于栽插水稻，顾不上将这些旱地种上新的庄稼。与还满是稚气的稻田相比，早玉米却有半人多高，一副青春蓬勃的样子。在写这篇文章的时候，刚和了一位友人的诗，写的就是这个季节的江南：

　　满畈新禾点点茵，
　　村姑鞋袜也沾青。
　　天边山雨来还去，
　　巧笑春闺语却轻。

在张溪镇与从县城赶来相聚的县三中校长查小宝会合后，继续赶路。经过一个水库，便是真正进山了。青山叠叠，翠竹幽幽，世界仿佛一下子安静下来，只有单纯的自然。一条平整的水泥道顺着河岸、山脚蜿蜒，向大山深处延伸。正闻说，从这里到他的家尚有十来里地。从前没有这样的道路，只是一条崎岖的山路，很不好走。到了水库这里，又得改乘小木船，才得以出山。二十世纪九十年代中，他联络在外面做事的乡亲，集资修了一条简易的公路。修好后又向政府申请了一笔款项，给这条路铺上了水泥。自此，进山、出山，也可以开车、骑摩托，不用全靠步行和肩挑手提了。我说："正闰，你们为家乡做了一件大好事，乡亲们定是常常在家叨念你们的。"果然发现道边立有一块碑，上面记述着修路的事迹。只是十几年过去了，字迹有些模糊。夕阳尚在东山的山顶流连，耳畔是鸟儿呼唤同伴归巢的鸣叫声。摇下车窗，一股清新的风直扑车中。山区晚上的气温与山外相差三五度。当年在家的时候，三伏天的夜里也是要盖些被子的。

转过一个小山坳，眼前豁然开朗。虽不似《桃花源记》中的"土地平旷""阡陌交通"，但也是"屋舍俨然""鸡犬相闻"。小河两岸的山脚，错落地散布着一些现代风格的三层或四层的楼宇，很醒目。村口的桥头，有一棵十来米高的银杏树。正闰说，这是他若干年前从山东买回来，栽在这里的。原来这个位置有棵数百年树龄的古树，"大集体"时伐了。没有了树的村口，总觉得缺了点什么，所以补栽了这棵。现在看来，它已经适应了这南方的土性和气候，生长得枝繁叶茂。

站在桥头望去，整个山形仿佛是一个葫芦，环抱的山峦显得异常高耸。林木茂密，山势愈见敦厚而无峻峭之感。自山腰处渐渐平缓下来，形成一个宜居住、宜耕种的偌大空间。我情不自禁地赞美道："真的是一个难得的好地方！"从正闰脸上荡漾着的满意的神情可以看出他对故乡的深深的眷爱之情。他指着桥与河岸，对我说，这桥、这垒起的石坝，以及河中的水泥堰，都是他出资修建的。我注意到道边的警示牌，上写着："严禁乱抛垃圾；严禁电击捕鱼。"我笑着说："你把城里的那一套管理方式也搬来了！"他说，刚开始时，乡亲们颇不习惯，就买了一些垃圾桶放在村子里。慢慢地，都自觉将生活废弃物放在桶内，山外的垃圾处理站也定期来把它们运走。仔细瞧瞧，河道里、道路边、村子里，的确十分干净，看得出，为保护家乡环境，正闰还真是花费了一番心思。

过了小桥，一路彩旗一直插到了他的家门口。正闰说："老父亲知道了你今天要来，特意插上的。"及到门前，竟然还铺上了红地毯！忙与二老见面，表达谢意。我颇受用地说："正闰，这可是我平生第一次享受这样的待遇啊！"正闰兄弟仨都在北京发展，两位老人也就跟随儿子们到了京城。正闰把父母安顿在顺义的小农庄里，我多次去"徽南村"，总能见到老人忙这忙那，但寡言少语，看得出虽然也有地可种，却依然不自在。正闰发现他们身在京城心却在乡下那片山水，心中不忍，于是，两年前回老家，将破旧的老房子拆了，在原来的地基上盖了这栋新房，让老人在自己一辈子生活的环境里颐养天年。从老人爽朗的笑声中可以感到他们的自在、舒心。

这是一栋两层小楼，从外面看，既不显山露水，也不像旁边的邻居们那样现代。凹字形结构，凹进的部分是内院，属于休闲区，铺着小方块的青石板，显得很精致；放置有桌椅、遮阳伞，是闲坐、品茗、聊天的好地方。隔着低低的围栏的外院，应该是生产区了。宜于做工或堆放晾晒些什么。人字形屋顶，有几个楼窗凸出来。整个建筑低调、不张扬，置身其中却让人感到十分宽敞而又舒适。我与正闰、三中校长，以及正闰的乡村亲友坐在庭院中，面对满目青山，闲话山川形胜，显藏吐纳。从养生角度论，唐宫汉阙也难抵这大山深处的洞天福地。我对一直在不停忙活着的老爷子说："您老在这里做神仙了！"薄暮冥冥，初九的上弦月正挂在西边的天上。今天正好是"芒种"的节令，道上尚有扛着农具回家的人影。此情此景正是唐诗所描绘的：

暮从碧山下，
山月随人归。
却顾所来径，
苍苍横翠微。

厨房里烹饪的香气在院子里缭绕，检验着鼻子的敏感，考验着味蕾的承受力。似乎又在吻合着唐诗"故人具鸡黍，邀我至田家。绿树村边合，青山郭外斜"的意境。家宴开始了！满满一桌子的菜，还不断有菜端上来。主客频频举杯互祝，真的是"开轩面场圃，把酒话桑麻"！没有一样菜肴不是直接取自自然。知道我们要来，正闰老父亲赶忙下河，捕来了新鲜的小鱼小虾，还有田里的泥鳅。蔬菜、肉类无一不是自家的产物。我与正闰说，这桌饭菜，城里是无论如何也吃不上的啊！在今天，这样一桌纯然的绿色食品弥足珍贵。还有一个月我将退休，多少年来，一直思谋、向往着退休后回到乡间生活。老家周冲尚有两幢房屋，但久无人住，需要花费一番力气妥加修缮才行。正闰说："住我这儿就成。"我说，那自然是好。正闰老父亲立即发出热情邀请。我说，明年油菜花开的季节，我来住上俩月！我话音刚落，老人一下子从座位上站起，伸出小拇指，说："咱俩拉钩，说话算数！"我赶忙也站起来，一边与他拉钩，一边一连声地应承："算数，算数！一言为定！"敬了他一盅酒，算是板上钉钉了。大家都欢笑起来，齐声说好、好！

　　餐后稍叙，查小宝校长即返县城。作为一校之长，高考在即，还有很多工作等待他回去安排布置，遂告别。虽是匆匆初见，他的干练、豪爽却已让我印象深刻。三中没有一中、二中历史长，且设立高中部时间更短。而现在三中却在高考之战中屡拔头筹，可见他付出了巨大的努力。

　　正闰提议到户外走走，我觉得这想法恰逢其时，立即表示赞同。山区初夏的夜晚有一种特别清凉的感觉，深深吸一口气，透彻肺腑。上弦月已沉入西山后面，天上只见朗朗稀星在闪耀。静默的大山将天空勾勒出一个不规则的轮廓，耳畔是阵阵蛙鸣与唧唧虫声。廓大而静默的宇宙与眼前具体而微的存在，如此奇妙地和谐统一，刹那间在你的心胸产生出一种无比巨大的力量，奇异而没有来由，真实而又虚幻。顺着门前坡道走到河边，正闰指着河岸一小片空地，说要在这里安建些健身锻炼的器材，让山里的乡亲们也能闲暇的时候健健身，活动活动因常年劳作日渐僵硬的筋骨。也许像警示牌、垃圾桶等事物一样，开始并不习惯，慢慢地便会去使用它们。沿着河堰上的水泥墩，我们涉到河的对岸那条乡村公路上。正闰指着掩隐河道的灌木丛中点点闪烁的亮光说："大哥，你看！萤火虫！"仔细一看，真的是萤火虫！不是在特定的季节，即便在乡下，也很难遇到它们。有月光和星星、大山的轮廓，还得有蛙鸣虫唧与萤火虫，才能是真正的乡村，真正的乡村格调！这几十年生活在都市，见到萤火虫的机会少之又少，小的时候萤火虫与自己一起度过了许许多多愉快的夏夜。把这些小生灵捉来，放进蚊帐中或者装进小玻璃瓶里，可以近前察看那一闪一闪的荧光；白天则又将它们放出去。虽然弄不明白荧光的道理，它携带的神秘气息却让童年多了无尽的遐想，制造出许多无忧的快乐时光。想起这些，不由得对这些小生灵生出一份温存的感激。

　　沿着公路踱步，正闰畅述着他心中更多的计划。门前和河边他还要栽上更多的树。在他的记忆中村里有许多古木，绿荫如盖。再过一百年、几百年他栽下的树就会恢复到原先的模样。这里是三县交界地。往东南是青阳，往东北则是石台。他要修通通向这两个县的公路，那样，这里的人们出行就更加方便了。他憧憬着，终有一天他也要回到这里终老，在小河里捕鱼捉虾，在自己的园子里种上自己爱吃的果蔬，闲时邀三五好友或对坐或远足；或者什么也不做，就坐在院子里，看日升月落，兽走虫飞；任松吟溪淙，鸟鸣蛙噪。白云悠悠，心也悠悠。

夜已是很深、很静。

2014 年 6 月 27 日草毕

消失的草垛

不知是从什么时候起,回到乡下看不到草垛了。没有意识到时,没了也就没了。待意识到了,再回乡下时,便总是想起;想起时便有了缺了的遗憾。

有稻谷就有稻草。以前种双季稻,由于产量低,总是尽可能地扩大种植面积。因而,不管年成丰歉,稻草不见少。稻谷收割脱粒后,稻草扎成一个个的草窠,晾站在收割后的田里和田埂上,像是一列列的士兵,散发着新稻的余香。余香混合着泥土的芬芳与青草味,在乡间田野飘荡,让人心生出莫名的欢喜。夏天的骄阳持久而酷烈,用不了几天,草窠便干透了,金黄。妇女、儿童拿着长竹竿,把草棵一个个戳起来,挑到村旁的牛屋边上,草垛通常堆在这里。

男人们在空地竖起一根直木,埋进土里,夯实,然后环绕着高木桩堆垒草棵。堆草垛很有讲究,草梢朝内,草桩朝外。圆心处稍低,边沿稍高。底座内收,渐渐外展。至一人高处,再收成向上的锥形。下雨时雨水顺着锥形面流下来,而草垛中间依然干燥。一个村庄会有大小三五个草垛不等,几天工夫,在牛屋与谷场之间,就起了一个颇为宏伟的"建筑群"。有经验的老农,凭草垛的规模,能估摸出这个村子今年栽插了多少亩水稻。

猛然想起,与草垛同时消失的,还有乡间令人尊敬的生灵——牛。去年回老家,流连数天,才在一个村庄发现了一头。那是一头怎样孤独而寂寞的牛!它的家族再也回不到乡下,在田头吃草,在雾中低哞,在池塘里洗澡。听着布谷催春,开始一年的辛劳。就这样,没有任何告别仪式,便沉入了历史深处。几千年中国农业的功臣,不见一座丰碑。

稻草始终谦卑地回报着辛劳的牛。冬天,户外没太多可吃的草,稻草就成了牛的主粮。早晨牛倌放牛,会携上几把稻草。牛不想溜达时,便卧在河洲上,享受冬日阳光,悠闲地咀嚼着牛倌带来的草,任山雀在背上跳来跳去。晚上回到牛栏,牛倌又从草垛扯下更多的稻草扔进去。这时稻草既是晚餐又是过夜的被子。牛的粪便与稻草掺和,成了牛粪,是庄稼的上等肥料,回馈给土地,回馈给新一轮生长的期待。

人类不断丰富着与稻草的故事。

几千年乡民习惯用稻草铺床。入秋,人们从草垛挑选上好的稻草,拿回家,晒上一两天的好太阳,再把去年有些板结的旧草换下来。铺了新草的床，散发着幽幽草香，睡上去十分松软，还有窸窸窣窣的声音。稻草灰还是熬粥的添加剂。农家常吃稀饭，也就是粥。有时想讲究一下，换换口味，便去草垛拽几把草回来，烧成灰，再将草灰用水过滤，用沉淀后的清水熬粥，不仅味道香，色浅绿，而且特别黏稠。入冬，家家户户都是要做豆腐乳的。将稻草洗净，切成一尺多长，把小块豆腐码在上面，再放一层草，再码一层豆腐。待生出霉菌，一块块捡下来，撒上盐、辣椒粉，豆腐乳就成了。吃的时候，常能发现豆腐乳上留下的草梗痕迹。稻草人在庄稼地里更是随时可见。将草棵绑上横竖两根棍子，穿一件破衣服，戴一顶破草帽，往地头一插，吓唬前来觅食的鸟雀。开始时倒是起点作用，渐渐地，鸟雀们便明白过来了。这时只好让稻草人举面旗子或者挂个铃铛。鸟雀没有被吓到，倒是夜间把路过的人冷不丁地吓了一跳。

对稻草的利用还有很多。

乡村的儿童们长大后，对草垛都有温馨美好的记忆。那里是他们对垒的战场，分享秘密的会所，躲猫猫的藏身地。有时，在外觅食的老母鸡，嫌回家生蛋路途太远，偷懒便把蛋下在了草垛里。女主人见家中该有蛋的母鸡没下蛋，心中疑惑，第二天跟踪来到草垛，把鸡蛋捡回。倘若不及时，必被疯玩的小子们捡去做野餐的品种了。

草垛还是流浪汉的家。看看夕阳快要落山，便走进就近的村子，讨点饭菜，填饱肚子后，便钻到草垛深处，做一场黄粱梦。第二天日上三竿，揉揉惺忪的眼睛，抄起打狗棍，继续没有尽头的流浪人生。也许，某一个冬天，睡在草垛中的他在梦中再没有醒来，最后收留庇护他的还是草垛。

草垛记录着流浪汉忧伤的人生故事，也让年轻的生命在这里恣意。当月上树梢头，幽会的少男少女便隐在垛影里嚅嚅叽叽，摸摸索索。许久许久以来，多少乡村爱情在草垛间升华，将生米做成熟饭。

草垛，消失的草垛！

2018 年 3 月 27 日

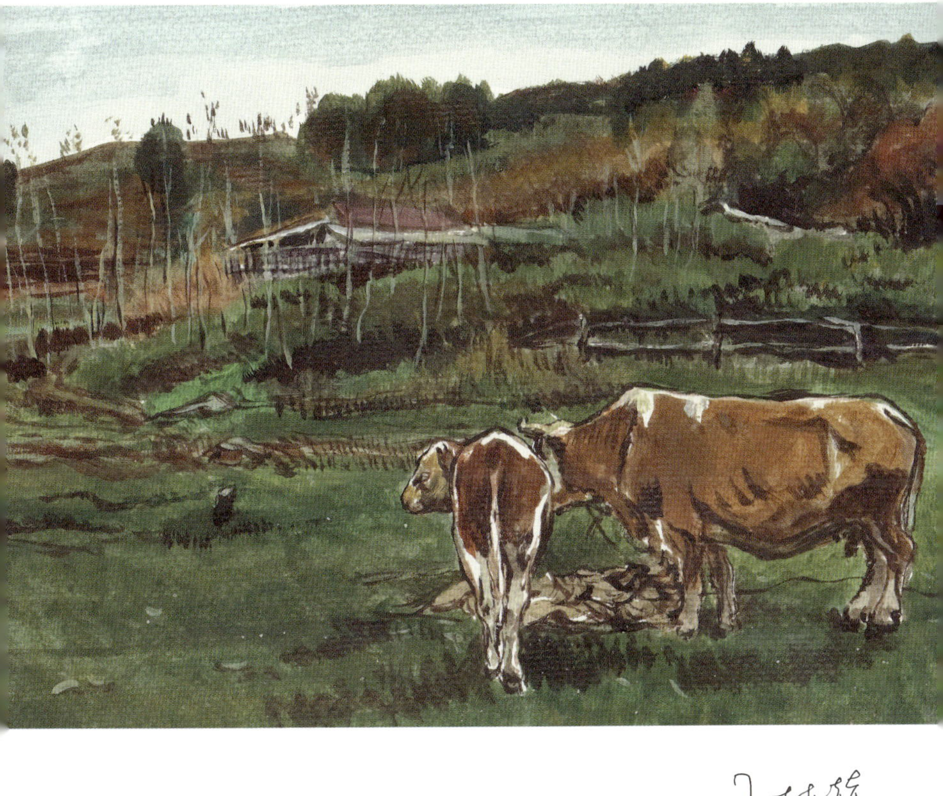

你好，南国海以及你的陆地

　　涛哥夫妇多次盛邀来他们的鼓浪屿雅居小住。数年前我曾来过，只是玉立那时尚在国外，今日两人终于一起来了。

　　涛哥就是袁涛，我的大学同班同学。下午袁涛去机场接我们，回来的路上说，汪健、汪芸姐妹俩来住了几天，今天上午刚把她们送上飞机。汪健也是同班同学，她妹妹同届不同班。我听了，就拨了汪健电话，说："你得知我今天来，赶紧逃了，什么意思啊，怕成这样？"回答说："还不是急着给你挪地方啊，害得我都没玩够！"我说："下一站我就到黄山了，可别跑了。"汪健说："那我等着，就怕有人说了不算。"打趣了一番。到了轮渡码头，望着海湾对面缓缓起伏的鼓浪屿，绿树低楼依旧安静，郑成功依旧在岬角仗剑远眺。我对涛哥说，似乎没有增加新的建筑物，让人感到亲切。涛哥说，应该还是几年前老模样，没变。这让我想起近些年重履过的一些老地方，面目全非，旧迹难觅，兴致遽然间无所依凭。在这一方海隅，海中斑驳的礁石依旧在那里兀然而立；海边立在水中的水泥建筑物，依旧是堆积着累累的贝壳；鼻息里充满的也是千年不变的咸腥味。涛哥说，在这旅游的旺季，每天都有五六万人上岛。一万多岛民，在这两平方公里的绿树红花丛中，与悠悠白云为伍，与海风涛声为伴，若无外人打搅，自是怡然自得。厦门是一个大岛，鼓浪屿是它的小弟弟，只能叫屿。像鼓浪屿这样的地方，宜于在春秋的季节，来这里观海听涛，或者常住。就风景而言，并无特别叫人震撼之处。

第二天，涛哥领着我们游岛。窄窄的巷子，摩肩接踵，熙熙攘攘，热闹倒是热闹，却难产生欣赏的情致。倒是用不着提心吊胆地惦记着避让车辆。在闷热的夏季，真的是很不适宜游玩。那些楼宇庭院，原先建造它们的主人们早已不知去向，任花草藤蔓爬满老墙。一对对的年轻人在老巷中、旧宅前拍婚纱照，让人分明意识到时光在前进。日光岩还在老地方，似乎也用不着去登临，远远地瞧瞧，其实也挺好。一直站在岬角的郑成功大人，远远地瞻望，也似乎显得更加心事重重。钢琴博物馆的门口人群穿梭不停，打消你想要进去看看的动念。最让我心仪的是眼前随时可见到的凤凰树，细密的绿叶像是一把撑开的大伞，站在它的下面，领受它的荫庇。还有树冠上绽放的红花，羞涩着，像是少女轻吟着的梦。鼓浪屿又叫鹭岛，顾名思义，当是鹭鸶的家园，涛哥就送过我鹭鸟飞翔和捕鱼的摄影作品，而我置身其中却未能见到它们。涛哥说，鹭倒是有的，只是游人多了，便躲到少有打搅的地方去了，或是到海面觅食去了。涛哥添置了一叶小船，放在岬湾里。在那些无风的日子，便摇着小船到远远的海面上去，顶着草帽，架起"长炮"，捕捉海上精灵们自由飞翔的姿态。或者，像一个老练的渔人，远远地甩出鱼饵，眯着眼，任波浪轻摇，待鱼儿上钩。涛哥告诉我，除了在海上逍遥，便把侍弄庭院的花草当作日常的功课；或者作书，或者将冥思中那些似隐似现的句子觅捉出来，连缀成诗的形式。有时也邀三五个在厦门和屿上生活的朋友，品茗谈天，且任月落日升。我思量，不敢奢望拥有涛哥这份优雅品质的生活，或许可以有足够从容的时间来这里小住，像在海边拾贝那样，寻觅些藏匿在姿态各具的庭院罅隙里已经忘却时间的故事。

中午涛哥在鼓浪屿次高处（日光岩当是最高）的海上花园酒店请我们吃海鲜大餐，大厨是涛哥的朋友，手艺极佳，是常常被请去掌勺的上等师傅。当是享了一次口福。两天后，大厨自己又在这里请了我们一次。

晚上，袁涛与葛新的干女儿彤彤抵达。小女孩才十七岁，很沉静的样子。今年刚刚考上大学，在开学之前，来这里小住些日子。他们有这么一个女儿，是一个让人唏嘘的故事。

彤彤的母亲是袁涛三十多年前在六安师范任教时的学生。五六年前，彤彤的母亲不幸身罹绝症。袁涛夫妇得知，赶去看望爱徒。彤彤母亲自知不久于人世，便于榻前将孩子泣托于老师与师母，当作自己的女儿，代她承担抚育成长的责任。于威戚中夫妇二人一口应承，将孩子视若己出，善加呵护，令其心安。自此之后，彤彤虽跟随父亲生活，但袁涛夫妇却自是多了一份责任，少不了对孩子体恤照拂。经济上的接济、平时电话询问关照，便成了常态，而在节假时总要让孩子来与他们一起生活，弥补些失去的母爱。在孩子即将进入大学学习之前，让孩子过来，我想夫妇俩一定是要给予一些特别的嘱咐。

生活就是这样，既有无奈与缺憾，又流淌着温馨与慰安。

我们决定去看看福建的土楼。葛新为我们联系了一个旅游团，于是，我们带上刚刚到来的彤彤，又去游历了一番南靖的土楼，算是鼓浪屿之行的"变奏"。出了厦门市区，长途大巴便很快进入了山区。一路上，道路两旁看到的全是香蕉林。据说闽南的香蕉名气很大。山顶盘桓着缥缈的山气，绿从山峦铺向平洼，浓得密不透风，像是绿色的水瀑。中途休息的时候，导游将我们"驱赶"进一家以卖当地出产的咖啡为主产品的土特产超市。大概"逆反心理"起了作用，我们基本上没有购物，但其他旅客还是大包小包的买了不少，放在车上。车行差不多五个小时才到达目的地，已是下午一点多了。匆匆吃过中餐，便去参观和贵楼、怀远楼。玉立大叫："这儿不是'四菜一碟'啊！""四菜一碟"是另一条线路上的景点，她把那儿当作理想旅游目的地了。土楼的确很有特点，墙足足有一米多厚,高达五六层,既有防火的设计,又有抵御强梁的功能,这在冷兵器时代,算是固若金汤了。楼内有水井,有公共空间祠堂,估计也可以兼做学堂用。在那缺少安分、安定的年代,是既聪明又无奈的选择。毕竟,数百人拥挤在逼仄的空间里,虽然私密性谈不上无关紧要,但空气流动性差,却是不争的事实。何况闽南多雨,空气潮湿,室内霉腐之气难以排除,风湿关节之类的疾病恐怕是很常见的。

沿着河边踯躅,才是一个艳阳的天,转眼间乌云拥上来,吧嗒吧嗒的,暴雨就到了跟前。只好赶紧躲到大榕树底下搭起的茶棚,一边喝茶,一边被迫着欣赏雨景。渐渐地,河水浑浊起来;渐渐地,有了奔腾的姿势。几只小鸭也觉得这雨确实有些大,爬上河岸,一歪一歪地往村里走。可又不急着回家,只顾在游人的脚边流连。

雨住了,河边的石板路让雨水冲洗得十分干净。大榕树愈显得青翠欲滴。这时才注意到,一路走过去,竟然有那么多巨大的榕树!这些高大、威严、沉静的巨人,是村庄的卫士,也是这条奔腾的河流的守护者。超凡高古,阅世无言。因为它们的存在,这个村庄平添了许多安详的气氛。南方雨水充沛,草木生长非常快,但即便如此,长到这样十几人合抱粗细,怕也是要一两百年的吧。在村口的树下,立着一块一人多高的石头,上书"云水谣"三个大字。这是电影《云水谣》在这里拍摄留下的标记。这个本名叫"官洋"的镇子,从此声名鹊起,来访者络绎不绝，旅游产业也因之红火起来。由是参观者只知"云水谣"而少有去了解本名叫什么，倘若寻访从这里归去的人们，十之七八怕是只知"云水谣"而不知"官洋"。从河梁渡到对岸，有一老者在树下摆设了一个小摊，专门为游人的名字作诗，写到纸扇上。我一见，有些技痒，便对老者说："老先生，我也爱写字，咱俩同好，给您写一个扇面，如何？"老先生倒是爽快，微笑着即拿出一把新扇让我来写。我提笔写了一首《忆江南》在上面，奉与老先生："快意涂鸦，见笑见笑！"老先生连称："好、好！"于是，满意揖别而去。

因为有些许疲劳，便没有跟随旅游团回厦门，留在镇子里，住进了一家农家旅馆。晚上在主人的小餐馆吃饭，有河里的小鱼和山中的竹笋佐餐，乡味飘溢。时馆中来一年轻汉子，挺拔矫健，举止优雅，谈吐不俗，询之，乃知是和贵楼之后，家风之被泽可见。遂与之合影。

次日，漫步于村中，越往里走，全然没有了游人麇集处的喧腾，呈现于眼前的是一派宁静祥和。从简单的交谈中能窥知，这里的人们还保持着朴厚之风。我甚至走进一家人家，主人热情让座倒茶，朴素地与我交谈，仿佛故人。走到村外，隔着菜地就是山脚的茶园，秋茶长得十分茂盛。一位茶农扛着"电剪子"给茶树"推平头"。我问他："就这样剪掉不是可惜吗？"他告诉说，这时的茶卖不上价，还费工夫，不要了。剪齐了，来年好采摘。

在土楼买了两只老母鸡，给葛新做鸡汤。下午4点随着旅游大巴返回鼓浪屿。雨后山色空蒙，彩虹在青山顶目送着归人。

休整一天之后，渡过鹭港到厦门，与来这里打工的堂妹新菊夫妇相见。来鼓浪屿前告诉他们要来，堂妹夫妇俩很是高兴，便约了相见的日期。堂妹新菊姓黄，她的丈夫也姓黄。堂妹为什么姓黄而不是姓查，因为我的三叔很小时过继给了江西黄家，说得好听点叫过继，其实是卖。缘由我在《三父》这篇散文里交代了，那时家里实在太穷了，爷爷奶奶养不活不到周岁的羸弱生命。堂妹是三叔的大女儿，比我整整小一属。1966年她出生的时候，我跟着伯父走了很远很远的路，去送"月子礼"。因为这个缘故，我对新菊在感情上如同亲妹妹一样。现在，她还不到五十岁，竟然早就做起了奶奶。两下里在这离家一两千里的厦门见面了，都是格外高兴。我在家大排行老二，妹妹喊我"二哥"。见了面，妹妹便不停地跟她嫂子说这说那，不知道该怎样高兴才好。妹夫是个朴实的庄稼人，执意要找一家像样的餐馆款待二哥二嫂。吃饭时，我说："我的钱比你们多，哥哥付账。"两口子硬是不依，只得由着他们。吃完饭，兴犹未尽，妹妹提议："我们一起找个地方去玩玩，我们俩来厦门两三年，还没有玩过什么地方呢！"于是坐公交到了南普陀，接着又到海边。这两口子竟然说，这是他们第一次看到大海。我说，真有你们的，在海边待了几年，居然说没见过海！两口子兴奋地与我们拍照留念，又让我再一次感到讶异的是，这两人都不会手机拍照！玉立赶忙教他，终于学会了，说要将照片发回去给家里的几位弟弟看。直到傍晚，两口子才依依不舍地把我们送上回鼓浪屿的公交车。

  这次相见，妹妹给我讲了一件三十年前的事情，让我惊异不已。

  就在伯父去世的那年那天的深夜，新菊已经睡下，朦胧中发现大伯站在她的床前，告诉她，他已经死去，让她明天去烧香，并且说，农忙时节，家中事多，叫她的爸爸别去了，她一个人去就行了。新菊惊醒过来，不知害怕，却感到十分奇怪。早晨一起床，就把这个奇怪的梦告诉了我的三叔。其实大伯那年虚六十二岁。三叔说："你这孩子，做这样奇怪的梦！他老人家能吃能睡，说话声音像是打雷，怎么可能会死！"话音刚落，大伯家的妹婿四伢就来报丧，说岳父已于昨夜走了。结果真的是新菊代表全家赶去参加葬礼，三叔果然没能去成。听了新菊的叙述，我确信她说的的确是她的亲历，由当时她向父亲复述的情节足以证明所梦真实发生过。且记于此，算是人间不可知事件之一例吧。

  从 8 月 11 日到 17 日，不知不觉在鼓浪屿流连了一周，该去广州了。袁涛送我们去火车站，中间留出时间，往访一下鹭江出版社。十年前，玉立与我的共同译作《从大海到大海》在这家出版社出版。笪社长在他的办公室热情接待了我们。交谈中得知,他毕业于厦大哲学系,77级,毕业后一直在出版界,除短暂在福州、广州一段时间外,几乎没有离开过厦门。我说:"这么说来,您还是学兄啊!厦门真的是个能留人的地方,让您一辈子不愿离她远去。"我给笪社长留下电话,告诉他倘若要再版的话,直接联系我们。临别时,他叫人找来一本《从大海到大海》,送给了我们。

再见了,涛哥!再见了,鼓浪屿的蓝天、白云,大海以及你的波涛!

2015年9月15日

汤显祖故园行

大约二十年前,台湾白先勇先生在苏州昆剧院排演青春版《牡丹亭》,得以前去观赏彩排,随即又受邀到台北大剧院观看《牡丹亭》首演,并参加"汤显祖与牡丹亭"学术研讨会。虽然在大学课堂上汤显祖与他的剧作也是老师必讲的内容,但时间的流沙使得曾有的了解渐渐模糊,而这次与《牡丹亭》的邂逅让我对汤显祖文化形象的认识又变得清晰起来。白先勇先生的青春版昆曲《牡丹亭》在国际巡回演出,轰动效应此起彼伏,让这位十六世纪思想解放的先驱、中国的莎士比亚为国际社会所广泛知晓。嗣后江西师范大学把《牡丹亭》搬上舞台,让我有幸在南昌又以赣剧形式领略《牡丹亭》的艺术魅力。前后若干次履迹江右,却一直未得便往谒汤显祖的故里。因为过去的工作经历与戏剧有关联,这次"诗旅江西"采风活动受邀去了抚州,使我得以一偿夙愿。

人间四月，甫入中旬，始在庐山西海与修水流连。忽而雾笼青山，细雨湿衣。但闻微风送馨，山鸟鸣桑。忽而嫩阳高照，飞絮亲鬓。宁州老街游人摩肩接踵，陈宝箴故里桐花映日。13日与张德义先生一起，自南昌乘车赴抚州。暮色中抚州街灯灼灼，楼静人熙。用餐后市文旅局谭玉音局长即引领我们前往文昌里观看大型实景演出《牡丹亭》。灯光迷离，人影幢幢，但见杜丽娘与柳梦梅声情并茂，舞于高台水榭。谭局长相告，汤显祖故里汤家山就在文昌里对面。又云数百年变迁，其故居已不存。虽然遗憾，世事沧海桑田，也是情理之中。而其美文佳构已长留世间，代有追慕诵读者络绎不绝，又是何等幸事！抚州文旅局赠我一套《临川四梦》，夜于客栈中摩挲再三，展读良久，一如与汤翁对晤。

我仿佛觉得汤翁是一个现代人，穿越数百年时空，来到传统与现代交替的五四分水岭，向着世人大声呐喊个性解放。在数千年传统宗法社会中，女性始终在男权的压制之下，只能是男性的附属品，没有真正的人身自由，没有个性独立，尤其是对自己的婚姻，完全没有发言权，"父母之命，媒妁之言"，中国女性就这样一代又一代度过了漫漫长夜。汤显祖把觉醒的意识、主宰自我的行动赋予了他心爱的人物杜丽娘。《牡丹亭》刊印之后，多少女性爱不释手，泪洒卷帙，渴望能像杜丽娘那样，争取个人的自由与幸福，甚至有的女性为之肝肠寸断，郁积而终，这部剧作蕴含的巨大感人的艺术力量由此可见一斑。

汤显祖无疑是一位真正的诗人，一个诗性的生命。他那对人类、人性的深情关注，那磅礴充沛的情感力量，那奇幻、出人意表摄人心魂的想象，那华美精致的语言江河，非鸿篇巨制不能尽其意。他以人物命运为诗，以故事顿挫起伏为诗，在语言华服之下，是他那一颗炽热的悲悯之心。他写剧，同时也写诗，他有诗数卷存世。

汤显祖更是一个思想家。一个优秀诗人、剧作家、小说家，必然有对宇宙、社会、人生、人性深长而独到的思考。《邯郸记》《南柯记》同样是借梦境来隐喻真实世界尔虞我诈，得失枯荣。无论是瓷枕中的世界还是大槐安国，演绎的都是人间美丑、人性善恶，而又以梦醒来暗示功名利禄的虚妄。

14日，座驾载我们向西南的乐安县湖溪镇而去，那里有个久负盛名的古村落流坑。在村落周围高耸的巨樟就已经告诉我们它的历史悠久。这种古村落是中国传统宗法社会聚族而居的典型缩影，房屋的结构与徽派大同小异，只是外墙是窑砖的本色。如果时光返回到一百多年前的农耕时代，在广袤的土地上，远远近近分布着都是这样的村庄。也完全可以想象，当年的少年汤显祖们在巷道中奔跑追逐，赶往村中私塾去上学的情景。下午回到抚州，参观完市博物馆后，在落日的余晖中登上雄伟壮观的拟岘台。这座建于北宋又经过多次重建的楼台，与幽州台、鹳雀楼、郁孤台并称天下四大名台。无数的文人墨客在这里留下了诗、留下了故事,供后人凭吊、遥想。曾巩、晏殊、王安石、朱熹、陆游、陆九渊、文天祥、八大山人、曾国藩等均来此登临。作为家乡名台,汤显祖也留下了诗篇。不用说,在他生活在家乡的漫长岁月里,每年甚至都不止一次来到拟岘台。或夏日晴空,远山岚烟轻笼,眼前抚河岸阔波平。或逢风雨如晦,江山一片茫茫,愁肠百结,思接千载。只是其所属之时,正逢古台圮坼未修。睹此境况,当尤生兴废之感慨。

15日,参观王安石纪念馆及游览文昌里诸景点。王安石家乡属抚州西北的东乡县,出生地为江宁。王安石与汤显祖是抚州两位最具影响力的文化名人。王安石志高行洁,为官刚正不阿,诗文皆可彪炳千古。唯其熙宁改革历史上饱受争议。我对这段历史无所深入,然窃揣其均输、青苗、免役、市易、均税诸法,意皆似为民松绑。对这位家乡前贤,汤显祖应是崇敬有加。继而游览了万寿宫,此为一处道教建筑,位于文昌里。文昌里老街如今修缮一新,保留了老建筑的旧有特点,而新建亦与之协调。这里还有一座天主教堂,据说建于清光绪年间。汤显祖家乡已无遗迹可寻,但其上建筑墙面斑驳,年代亦久,也颇有岁月沧桑之感。路过也顺便瞻仰正觉寺及正觉寺塔,未及进。王安石回故乡时来游是寺并作诗,汤显祖来寺也曾作一诗:"人生苦短千万虑,放下不如喝茶去。涤得内心空世间,清香一口入禅意。"谢灵运纪念馆展现了谢灵运生平,他对山水诗的贡献,他与临川的关联。

终于来到汤显祖纪念馆。大门内主道中央立着汤显祖塑像，长衫飘飘，背手似行，目含悲悯，垂视世间。楝树正在开花的季节，淡淡的花香在空气中弥漫。入得馆中，有关于他的学校与家庭教育、阅历行藏介绍，以及他的诗文创作与临川四梦介绍。最让人过目难忘的几个细节：一是《牡丹亭》刊印后一位女子日日诵读，情难自禁，竟至殒命。还有一位女子执意要嫁与汤显祖为妾，被汤显祖坚拒。二是他所立人生戒律《四香戒》："不乱财，手香；不淫色，体香；不诳讼，口香；不嫉害，心香。"三是他在临终前作绝世诗七首，题目分别是：祈免哭，祈免僧度，祈免牲，祈免冥钱，祈免奠章，祈免崖木，祈免久露。不用更多诠释，其所主张的价值、思想，不能不在人们的心头产生轰鸣的回响。

汤显祖所处的是一个思想相对活跃的时代，与他同时代的江西人罗汝芳提出"赤子之心"之说，福建人李贽提出"童心说"，应该说都是强调个性回归，而这也正是汤显祖在他的《牡丹亭》创作中所主张的，也直接成为明末黄宗羲、顾炎武、王夫之思想启蒙的先行者。明朝中后期发生的思想解放的潮汐，是中华文明在先秦之后、在两宋之后再一次扬起向着更高文明迈进的思想风帆。汤显祖既是环境所造就，亦是造就环境者，是潮汐中的一朵浪花。顺应着人类文明发展的自然规律，中华文化与世界大体可以齐头并进，做出自己的贡献。不幸的是，被元、清生生地打断了。

作为思想解放的先声，文明进步的先驱，除了时代的惠顾，汤显祖自身亦是天赋异禀。少年时就能作诗属对。加上本为书香门第，又延有名师教导，为后来的戏剧创作夯实了文化、文学基础。美丽的江南山水，深厚的文化沉淀，自然会孕育出生生不息的优美的灵魂。《滕王阁序》所盛赞的美景岂止是豫章所独有，抚州，乃至整个江南西道，随处皆是诗意图画。一个人的文学想象力、创造力，离不开他对大自然的感受与记忆。"临川四梦"无疑也包含着自然山水对他的馈赠。人说抚州是一个人才之乡、文化之邦，自是有列举不尽的证据。众多先贤的故事、著作、功业启发了他，滋养了他，成为他跻身贤者行列的动力与信心。

汤显祖的成就与他的文学天赋有关，同样也与他刚健正直的性格有关。他宁愿不取功名，也不委屈自己的人格与权贵合作。他痛恨人间的不平，自知任何与不公妥协都是对自己良知的出卖，都是与奸佞合谋戕杀正义。所以他虽有满腹经纶，治世良策，而仕途却尽是坎坷，甚至被贬。最终促使他辞官归里，潜心创作。他的作品闪耀着人性的圣洁的光辉，也是与他高尚人格相表里。

汤显祖二十多岁即寄居南京，求学，为官，只有短暂的被贬外放，直到辞官归里。这段人生阅历举足轻重。一是江左作为文化最发达地区与全国副中心，其视界与开放程度也是非江右可比，这就使得他同时兼有江右江左文化眼光。二是宦海沉浮使他更是深切体会世态炎凉，世风浇薄，而能以冷静理性态度剖析人性，理解人心。

在汤显祖生活的年代里，抚州是一个多元文化并存的地区，佛教正觉寺、道教万寿宫都有很大影响力。儒家、道家思想自不必说。十三岁时就听过罗汝芳的讲学，也从此接受了这一派的思想。四十多岁时游历岭南，在肇庆接触了天主教传教士。在火车还没有到来的时代，赣江是南北交通的大动脉，连接着长江与珠江水系。临川虽非紧傍赣江的城市，但外面世界的资讯也会很快传到这里。所以，即使是晚年长期居住在乡里，依然能够了解到外面世界的动态，而不至于保守自固。这些因素对于研究汤显祖及其创作都不应被忽略。

离开了汤显祖纪念馆，离开了抚州，离开了江西，汤显祖这个名字一直在我的脑海里回荡，促使我以深深的敬意写下上面的文字，且以小诗作结：

  明人汤显祖，
  郡望抚州府。
  五岁擅属对，
  少时营诗圃。
  文章千古事，
  经纶满胸腑。
  功名当有节，

岂可有价贾。
慨然挥袖去,
羞与权贵伍。
治世献良策,
犀辞斥朽腐。
毅然挂冠去,
回乡侍田亩。
笔下成四梦,
风标高独举。

2024 年 5 月 12 日

流浪狗记

今天单位一天的活动。上午观看录像,中午在食堂自助之后,到下午开会还有一个多小时的空当,便寻思出去走走,打发掉这一小段时光。

出门右拐,沿着人行道漫无目的地往北走。路边一块小草坪的边沿上坐着一位年轻人,正在聚精会神地看他的手机。一条灰毛犬走过来嗅了嗅他的后背,不远处还有一条拴狗绳。我笑着问他:"你的狗?"他看了看我,站起来,转过身,看到了狗,笑着对我说:"我哪会把它养成这个样子。"又说:"我现在的条件也不允许养啊。"这时,我俩仔细地端详起这条狗来。已经是很瘦很瘦,也谈不上干净了,身上还有些伤疤,似乎是母狗,也似乎岁数不小了,大约是中老年的样子吧。见我们在关注它,便用脑袋去拱那条绳带有笼头的那一头,似乎想自己把它戴上。见我们没有反应,便又放了下来。年轻人说:

"我养不起,你把它领回去吧!"说着,便弯腰去拾起绳带的另一头,打算交到我的手里。我忙说:"不、不!我没养过狗,我做不了这个!"年轻人听我这样一说,只好失望地放下绳带。就在年轻人拿起绳带的那一刻,狗立即叼起那头的笼头。见年轻人放下,它也放下了。我俩突然意识到,这条犬十分聪明。第一次见我们关注它,想自己戴上笼头,其实想给我们一个暗示:"我可以跟你们走,让你们做我的主人。"第二次叼起笼头时,它以为,它的愿望可以实现了。可是,它的希望还是无情地落空了。我俩站在那里,久久打量着它,它也打量着我们,目光相遇。它无聊得有时在草坪上走走,有时躺下来,躺在那条黄色的一指宽的绳带上。这分明是一条被主人遗弃的宠物犬。从它现在的境遇来判断,主人弃它而去已经很久,也许有好几个月了吧。也许在别的什么地方,也许就在这里,主人趁它不注意的时候,悄悄地走了,再也没有回来,接它回到那个温暖的家。为什么?是因为它老了,不再是一条顽皮、可爱、充满活力的宠物?城里的高楼太相似了,它实在找不到回家的路。如果它能够,或许主人动了愧疚恻隐之心,它可以再次成为那个家庭的成员,和小主人一起玩耍。然而,让我们感到十分惊异的是,它的身旁始终保留着那条带着主人的气息、带着往日美好生活回忆的狗带,真是不可思议!保留一件自己心爱之物,人可以轻易做到。可它只是一条狗啊!这条狗带是它与人类、与它主人亲密联系的见证,它不知道它的主人为什么把它留在一个陌生的地方，一个找不到回家的路的地方。但是，凭着它忠诚主人的天性，守候着这条绳带，是它对昔日主人不变的忠诚的另一种表达。只要它在，它的希望就在，尽管渺茫得几近于无，也不能够放弃。

它的境遇已经十分糟糕，毛发稀疏得不能再稀疏了，况且冬天已经到了，也不记得吃饱肚子的日子有多遥远了，但是它依然找不到怨恨主人的理由。它的基因里没有这样的密码。然而，严峻的现实生活让它懂得，应该学会通变。倘若有好心人愿意收留它，它会做出改变，跟随他去开始新的生活，因为眼前的情形实在太不容乐观了。虽然选择的这块草坪躺着也感觉有些柔软，甚至有下午阳光的抚慰，但越来越寒冷、漫长的夜晚是它以前从未经历过的。之所以选择这样一个地方，是因为倘若主人再回到这里，它第一眼就能发现。或许曾找到过更好的地方，比如旁边罗马花园、千鹤花园某个更温暖的角落，但是它又担心：那样的话，会错过与主人相逢的机会。虽然做好了两种打算，回到过去的家，或是走进一个陌生的新家。可两种打算没有哪一样看得出希望更大，就像眼前站着的两个人类，让它燃起希望的火焰，可瞬间就熄灭了下去。好在它已经习惯了失望。它已经很疲惫，不敢走远，怕走远了找不回现在这个熟悉的，或许正是主人扔下它的地方。也许主人并不是有意丢下它不管，而是不小心与自己的爱犬走散了。但现在它孤苦伶仃，却是赫然摆在这里。它走走停停，不时要躺下来歇一歇，躺在那条绳带上，像以往躺在主人身边那样，眯着眼，享受冬日这不可多得的阳光。

它躺在那里，那瘪下去的肚子可以推知，它的确很饥饿。年轻人看了我一眼，说我去给它买点吃的来。我点点头，似乎下意识地共同确认这个想法的必要性。他往南走，向大宅门方向去；我向西走去，罗马花园的北路似乎有很多店铺。走进一个茶室，问有没有面包之类，店员说，再往西有一个小超市。找到那里，买下两根香肠和两个面包。出来正好碰到年轻人。他说南边没有小店，找到这里，恰好我买到了。他说狗一直跟在他后面，刚才还在这里，一转身却又不见了。于是两人又分头寻找，待到又碰见时还是没有找到。我说我去罗马花园里面找，你再往南找，没有就回到它的落脚点。我先回到那里，果然见它又躺在那根绳带上。年轻人也很快回来了。我将食品包装撕开，将面包、香肠放到它面前。可是，它没有像我推测的那样，马上狼吞虎咽，而是有些惊恐地跳起来，躲开。大概是本能地想起主人教导过的，在外面不要接受嗟来之食吧。或者，多少感到有些意外。年轻人很细心地蹲下身来，把面包、香肠掰碎，友好地放在它面前。它也只是嗅了嗅，没有打算用餐的意思。它的理智和警惕性再一次让我们惊异不已。

就这样等了一会，见它一副无动于衷的样子，年轻人指着旁边的培训学校说，我要进去开会了。我也跟着离开，往单位走去。一看时间离开会还有半个多小时，又鬼使神差地返回。见它依然还躺在那里,没有表现出要进食的样子。我只得往前走。待返回时,终于见它开始用餐。很优雅,一点也不饕餮。它的素质以及尊严感令我肃然起敬。见它接受了我们的好意,心中漾起了一些喜悦,有些轻松地回到单位。散会后我特意又经过那里,见它还是睡在那根绳带上,微微抬起头,眯着眼,好像在享受今天最后的阳光。正如年轻人所说,我们能做的只有这点了,明天它会怎样,实在是不愿去多想了。

2014 年 11 月 22 日草记

芜湖一夜

出了芜湖长途汽车站,坐上出租车,便对司机说,替我找一家离镜湖近的旅馆,不必太好,说得过去就行。司机说,没问题。一下子把我载到了月季宾馆。果然,价格不算贵,195元,房间也宽敞整洁,电视、电脑、烧水壶等都有。

稍稍休息一下,思谋着怎样度过这在芜湖的一夜。3月与袁涛夫妇来芜湖,与朋友们匆匆吃了顿晚餐又赶回了合肥,原打算见一见妻的侄女阿翀,因为时间的缘故,没有见成。于是决定今晚去她家看看,或者一起吃顿饭。给阿翀打电话,阿翀自然是很高兴、热情,可是正在带着孩子学乒乓,要到7点左右才结束。吃饭的事不可行了,只能改为晚饭后再去。本来不打算骚扰芜湖的朋友们,这时便只得改了主意。钟超成、凤文学是我的同班同学,又一直很相得,还是"骚扰"他们俩一下吧,其他朋友就免告了。人众,必是要喝得之乎者也方了。

超成与我大学时总坐在一起，两人上课便是嘀嘀咕咕说话，小动作不断。他因工作常到北京，总是要通知我的；我来芜湖也必告知他，见面自然是不少，说话也照样不少。文学与我同时留校，他在学报，我在中文系，同事了七八年，差不多每周都有聚，喝酒、吃饭、下棋、聊天。这两位老兄弟，原不打算通告，心中已有所歉疚，现在改变主意，正好弥补。于是给两位打了电话。超成说，一会儿就开车过来接你，我们去皖南医学院对面一家餐馆小酌，让文学在师大西门等候。

在等候超成的当口，便想给手机充充电，却发现找不着充电器。昨晚住在浦东堂弟振富家，必是落在了他家。又发现iPad开不了机，本来是要在旅途中作为电脑和照相机使用的。下楼到二街上找家店铺买一个充电器，竟然没找到一家手机店！只好拎着这两个小淘气在酒店门口沮丧地等着超成来。上车将懊恼说与超成。超成说，北京路上军分区附近有个冰冻街，那里有家华为手机维修店（俩小淘气都是华为品牌），明天上午去那，保证这俩问题都能顺利解决！超成的司机小季自告奋勇地说："充电器我可以找一个来！"接了文学，到了小餐馆，老板安排了一个包间。看得出超成与老板私交甚好。几个菜很快端了上来，还有一瓶五粮液。文学听说iPad不好使了，拿过去捣鼓，竟然让他弄好了！过了一会儿，小季又把充电器送来，两个问题提前顺利解决。于是心情大好，嚼着美味的油炸刀鱼，恣意地高谈阔论，大吹大擂。幸而经常奚落我是个大忽悠的老婆不在现场,反正吹牛不花钱,不犯罪。

小酌兴未尽,超成有电话进来。因我的突然出现,便将要办的事丢在了脑后,于是赶着去处理。文学问阿翀住在哪里,我告诉他河南的新区。他说他也住在那里,正好一起。到了小区楼下,文学说先上我家看看,我说你不说我也要去。一边说着话就到了门口。文学的夫人小陈赶紧开门,说:"听到你说话的声音了,女儿凤鸣也到门口迎接。"转过身小陈埋怨起文学来:"也不提前来个电话,看家里乱成这样,多不好意思!"我赶紧说:"是我突然提出要来的,不怪他。"又说,家里收拾得像宾馆一样,反倒让人不自在,有点乱,那才叫家。当年还在师大的时候,几位好兄弟想上谁家,说着就去了,很少打招呼。与小陈母女俩至少有十年没见了,小陈看不出有什么变化,还是那样文静,微笑着听男人们说话。小凤鸣变化不小。小的时候像她妈妈,很文静,不大讲话。在这之前见时,还是个中学生,现在研究生都毕业了,而且已经工作了,说话明显比母亲多多了。她很大方地告诉我今年结婚,请查伯伯来参加婚礼。我说只要有可能一定来。正说着话,阿翀过来了,相对的两个楼,很近。阿翀当年读少儿师范,就是小陈的工作单位。虽说没教过她,却也是正经的老师。阿翀说,当年陈老师还帮她找过舞蹈老师呢。后来自考本科,又读了研究生,做了师大外语学院的老师。于是与小陈、凤鸣母女告辞,与文学一起去阿翀家。小高正陪着儿子乐乐做功课,阿翀似乎有说不完的话，要我今晚住在这里。看看已经是10点了，便说你们明天都要上班上课，不打扰你们了。一个人住在宾馆，倒也自在。在楼下告别时给她照了张相，说回去给你姨瞧瞧。

回到宾馆，呷几口茶解渴，遂决定独自夜游镜湖。我在芜湖学习工作前后长达十一年，到1992年离开，去武汉大学读书。1996年芜湖日报记者得知我在芜湖学习工作的经历，便来约稿。于是写了一篇《有关芜湖的城市断想》，登在周末的副刊上。自然，文中少不了写到镜湖。出旅馆，右拐，再右拐，是原先相连的和平剧院和百花电影院南侧长长的甬道，甬道一边是店铺，一边则是各式各样芜湖小吃的摊位，虽然已是夜间10点多了，许多摊位依然在营业。小笼包子、腰子饼、臭豆腐，以及一些新名目小吃。前些时，央视还播放了芜湖吃食的专题片，手机也收到关于芜湖小吃的长篇微信文章。今晚吃得有些饱，仍不见有饿的意思，也就打消了尝尝的念头。当年常来百花、和平看电影，少不得吃点什么，然后心满意足地沿着镜湖走回师大。如今，作为影剧院的百花、和平早已不见踪影，虽然建筑物还在，却不知在做什么用途。出了甬道便是沿湖大道，镜湖西岸和南岸的拐角。从旅馆到这里，不过百十米的距离。

站在湖岸向湖中望去，便可见离岸不过十余米的小岛，那是芜湖书画院的所在地。高大浓密的树拥抱着不多的建筑，在夜间是黑黢黢的一片。把书画院放在这样一个如诗似画的地方,足见当时主事者眼光不俗。离它不远的左前方还有一个小岛,过去是一家湖中餐馆,现在不知还是不是,也是树影婆娑的。大道下面临水的地方,隐蔽着一条人行道,是这十余年镜湖改造扩建后才有的,因为有树的遮掩,显得颇为隐秘。顺着南岸人行道往东,不远,就是游船的停泊处。现在尚属初夏,倘若是在炎热的仲夏,这些密匝匝的船只恐怕全都会在湖中徜徉,去摇碎湖中红红绿绿的倒影,而眼下只是在等候那个浪漫的时节。紧邻着码头的是柳春园。楼阁、回廊将湖与闹市拉开距离,辟出一个幽静的角落。高高低低的树簇拥着楼台,月光从上面照下来,把斑驳的影子投在地面。在这样几近子夜的时分,让这里显得过于神秘、幽独,令人失去向更深处走去的勇气。除了楼阁正面廊座上有一对恋人,忘记了归家的时间,还在浅语低笑,以及我这个寻觅旧梦的旅人,再不见其他踯躅的身影。

出了这个袖珍小园的园门,却见门旁有一个卖旧书的地摊,小贩正在把那些破旧的书和杂志收拾着放回纸盒。已是夜深人静,少有人光顾,却一直坚持到现在,大概是他自立的一个规矩,即使没有生意,也不能改变。我蹲下来扫视着,以为会有点什么不意的发现,但都是近十年来的出版物,民国以前的人物传记之类,且不知是不是盗版。本没抱大希望,也就无所谓悻悻,只看作这夜间不经意的小景而已。由是推知,小贩一夜的收获应是微微,久而久之,成了他消磨夜间时光的一种方式，一如垂钓、打太极拳。这或许只是我这个闲人不关痛痒的想法，真实的情况可能是，他是一个拾荒者，将垃圾中书刊之类挑出来，夜里到这繁华地段，兴许能卖出几册，有个十块八块的收益。隔着马路，是芜湖第八中学，三十年前，我与它有一片段的因缘。那年我报考研究生，考场就在八中。因为考试时间在年关，学生放了寒假，所以用它作考场。走近紧锁的大门向里面张望，想努力忆起当年我的考场是哪座楼哪间教室，终究无迹可寻。

紧挨八中的是少年宫。依稀记得就在它们附近有个芜湖历史名人的纪念物，而现在什么也没有发现。或许，我的记忆在历经数十年岁月荡漾之后，发生了位置漂移吧，当是有机会予以订正的。湖岸线在这里折向北，有两位垂钓的老者还在那里守着钓竿。在这深夜里，在这月光中，与静静的湖水签订了一个契约，仿佛要将自己做成一尊雕塑。眼前是一座不知当年走过多少遍的石拱桥，与桥两端的开阔地带一起，将镜湖分隔成东西两个部分，游船通过拱桥，可以在东西两个半湖自由往来。站在拱桥之上，任由环视镜湖全景。西岸建筑物上，标示自己身份的霓虹灯箱倒映在水中，任凭水波轻摇，今夜依然要做一个红红绿绿的梦。东岸似乎要冷清得多，除了三三两两的汽车闪着灯，从树丛中穿过，再没有什么可以勾起更多的遐想。然而，在东湖的东北角，却也有一个小岛，成为最有趣味的点缀。岛上的建筑叫藏书阁，记得无须门票即可上岛。当年还是学生时，周末或者无课的下午，常常与三两好友一起，夹上几本书，在藏书阁某个角落消磨自由的时光。桥两端的开阔带，高大的树木搭起巨大的凉棚。白天，这里是镜湖最为热闹的地方，充盈着世俗的欢乐。手扶着拱桥的石栏，一股清凉的感觉即刻传遍全身，意识也变得异常清晰起来。抬头望天，满月一会儿躲进层云想心思，一会儿又钻出来，换一个开朗的心情。

桥北开阔地中央，有一尊塑像，当年却是没有，应是近些年新立。待走近一看，知是南宋著名词人张孝祥。塑像半坐半躺，布衣打扮，眉宇间能分明感觉到一股浓烈的忧愤之气。张孝祥，字安国，别号于湖居士，芜湖人，1154年中状元，官历礼部员外郎、建康留守、荆南湖北路安抚使，被秦桧构陷，遣回老家，1169年于祭祖时遽然而逝，时年三十八岁。镜湖为张孝祥捐献自家田亩开挖而成，初名为陶塘，后更为镜湖。张孝祥是南宋豪放派词人的代表，他的词风与他的政治理想有密切关系。我尤喜"万象为宾客"那首，把一个洞庭月夜写得如此空灵博大，可见其胸中乾坤无半点纤尘。虽天不假寿，亦足可千古。

再向北，是鸠兹广场。巨大的弧形廊柱颇具宏伟的气势，面对着环形露天乐池；池中央是一高大碑塔，顶端的雕塑，似为太阳鸟，不甚真切，只是一个轮廓猜想。四周尚有雕像点缀，亦不知其所以。鸠兹广场原为市政府及工人文化宫所在地，能易为大众休闲之地，当是惠民之举。

自西岸返回，拐入步行街（即原来的北京路），尚有三三两两的行人，以及街头巷尾还在等待食客的小吃摊。归旅馆，写下《芜湖一夜》，以录涓滴。

2014年5月

五

故乡

每个人都有自己的故乡。当你走向成年，面对大千世界，社会之门"吱呀"一声为你开启之时，这意味着：你即将迈出故乡的门槛。

也许，迈出故乡门槛之际，你会回望，深情打量这个你童年编织梦想的地方。翻一翻你陈旧的课本和小人书，摸一摸心爱的自制小木枪，小心翼翼地把它们锁进柜子，然后告别双亲的慈爱和鼓励，还有几分担忧的目光，很潇洒地扬一扬手："再见，故乡。"

此时，你心灵的风帆正被跃跃欲试、展翅云天的兴奋与激动鼓荡着，故乡之恋很快被冲淡，甚至没了踪影。你的脚步有些踉跄，可你却不肯回过头去，祈求双亲的搀扶。你的心有些落寞，却不再回到故乡的院子树下去寻找慰藉。于是，你有了自己崭新的天地，有了许许多多的朋友、许许多多的故事，与故乡没有什么瓜葛的故事。你走过青年、走过壮年、走向老年……在你的履历上，一页页地写着友谊、爱情和事业；写着恣意或者彷徨，欢乐或者痛苦，激进或者消沉；写着曲折的人生、潇洒的人生、成熟的人生、诗意的人生……

然而，亲爱的朋友，你可曾想起过你的故乡吗？你在什么时候开始想起你的故乡的呢？当你隔着岁月的河流频频回首时，故乡对你意味着什么？

故乡对有的人来说，意味着村落、田野、门前的小河和老榆树，缭绕的炊烟和母亲的呼唤；有的人心中的故乡则是古老的小镇，窄窄长长的青石板路，敲饴糖老人的吆喝和除夕夜噼噼啪啪响成一片的鞭炮声；或者是都市深处的四合院、院中的老井、童年剪贴的窗花和隔着小巷传来的大街上呜呜的汽车声。

当你一次次梦游故乡时，你发现，在你告别故乡之后，故乡并未远离，它还在你的心中，像一条无声的地下河默默流淌，从来没有干涸过。

凭着你的全部人生经验，你还发现，故乡不只是指自己的出生地，不只是山村、青石板路和老井，故乡的内涵原来是那样的丰厚与博大——

童年是成年的故乡，父母是自己的故乡，祖先是今人的故乡，古代是现代的故乡，过去是现在的故乡，历史是现实的故乡，乡村是城市的故乡，大自然是所有生命的故乡……

这不是自由任意的联想。不，不是。

故乡就是历史，你个人的历史，家族的历史，民族的历史，人类的历史。故乡意识、故乡情感，就是对于你个人经验乃至全部人类经验的历史感。这历史感不是书写史志或传记的那种历史眼光，它是一种悠长的袅袅不绝的感受，这种感受不断地在你的生活中弥漫开来，成为你精神的无边依托。你不断地走近历史，你自己的历史，人类生活的历史；历史也在走近你，你的现实行动，你的内心世界。你与历史之间由你的故乡意识——历史感而有了一种无言而永久的承诺。你所做的仿佛只是对童年的梦幻、双亲的期望、以往贤哲的诫诫的印证。

想起故乡时，你不会忘记现代生活带来的某些让你不快的感受。或者说，正是这种感受让你想起故乡。在立交桥与摩天大楼构建的城堡中，大地似乎变得陌生。住在装有空调和席梦思的居室中，却常感到无家可归。在霓虹灯变幻的色彩中，茫茫不知故乡在何处。你想"家"了，涌起了绵绵不尽的乡愁。故乡意识是对现代人生活一种意味深长的规劝。故乡在现代生活制造出的大片大片的人际沙漠中植进一方绿洲，在人们沉迷欲望与享乐的大海中划进一叶可供小憩的小舟，为成群结队的精神流浪儿和漂泊者营造一个修复创伤的栖息地。

故乡就是关怀。故乡意识就是对关怀的领受。故乡是无私的，它让我们每个现代人都能从那里领受一份关怀。那是对价值和意义的关怀，从自己的生命深处、从文化历史的深处汲取的关怀。人类作为现实生存鼓励的理想，关于价值与意义、崇高与正义、良知与善行，关于自由与秩序、责任与激情、和谐与亲睦……正是从人类的全部经验中，从童年、父母、祖先，从古代、过去、历史，从乡村、大自然……这广大而宽厚、悠远而深沉的故乡汩汩流出，源源不绝地流向今天，流向未来。

亲爱的朋友，让我们都不要淡忘、疏远心中的故乡，无论在得意或失意、忘乎所以或若有所思之时，都能听到故乡深情的呼唤，怀着敬畏与虔诚、渴望依恋与庇佑之情，来应答故乡的呼唤！

清风徐来

在我们的生命中，有那些大开大合、大喜大悲的日子，有那些激情奔涌、紧张兴奋的时刻，这些给我们的生活涂抹着常常是浓烈的颜色，让我们快意淋漓或者痛不欲生。在人生旅途中，不管我们是否愿意，总会遭遇到生老病死、生离死别的情境，还有诸如失恋、失败、失意之类的挫折；有像洞房花烛夜、金榜题名时、他乡遇故知一类的快事——你说是不？

但是这些并不是每天都会来到我们的面前。实际上，无论是成功或者失败，极乐或者至哀，我们并不期待每天都有这样的事情发生，事实也的确不是这样。

充满我们生命角角落落的，更多是平平常常的日子，甚至感到几分慵懒、几分倦怠的一天接着一天的日子。

但是，我们生活的湖面随时还有清风徐来！

"清风徐来"，使我们多得难以打发的平平常常的日子、千篇一律的日子有了柔和的色彩，少了几分枯燥、几分无奈，让我们拥有了许许多多微甜、微温、微喜、微醉的感觉。

很多年以前，我和村里的大叔们一起，在烈日底下翻地、割稻、挣工分、休息的时候，往村口的大槐树底下一躺，打个呼哨，霎时，便有一阵清凉的风拂过面颊，拂起被汗水浸湿的短衫，那感觉惬意极了。这时如果有谁摸出一副老K来，甩几把争上游，所有的疲劳便都扔到爪哇国去了。

很多年了，我一直珍重地保存着那清风徐来的感觉。有时我收到一封家信，信中老父亲说，他和母亲身体都挺好，今年的雨水足，收成看来不错；弟弟打算在秋收后成家。这时仿佛有清风从心头吹过。有一次，我无意在街头发现有人在卖猕猴桃（那是我童年最熟悉的野果了，可是我不知道它的学名叫猕猴桃，家乡人都叫它"阳桃"），它使我猛然想起我的"小猕猴桃"岁月，如清风轻轻吹起我感情的涟漪。

如今我也俨然舞文弄墨起来，每当我搜肠刮肚完成被称作"文章"的东西的时候，便有那种"清风徐来"的感觉出现。

这种感觉你一定也有过很多很多。

在晨光熹微中看东方涌起的红云，有几声清脆的鸟鸣；坐在湖边，看波光粼粼、帆影点点，你胸中晴空如洗；你忽然发现，楼前缠绕篱笆的野蔷薇，一夜间开得那么灿烂……

月光下，你和她走过整片树林，脚下树叶沙沙；你摘下一片草叶，学鸣禽的啁啾，她粲然一笑；迷蒙的雨中你和她并肩穿过小巷，你念了一首昨夜为她写的小诗……

类似的感觉，你一定还有很多、很多。唐人的"开轩面场圃，把酒话桑麻""与君一席话，胜读十年书""万人丛中一握手，使我衣袖三年香"，未必与你无缘。

"清风徐来"是一种人生感受、人生体验。你热爱生活、属意人生，它便"得来全不费功夫"；你若忽视它、淡漠它，便稍纵即逝，与你无涉。"清风徐来"的人生感受、人生体味，岂不也正是人生之一种境界？于瞬息之间、有无之中，享受人生，领悟自然，此中有真趣，欲辩已忘言。人生有百味，而这微甜、微温、微喜、微醉的感觉，却是生活惠赐我们的奖赏。虽微，亦可荡涤襟怀，驱逐愁烦；虽微，亦可消青春之块垒，慰人生之寂寞。

"清风"正"徐来"，诵人生明月之诗，歌生命窈窕之章。你请，朋友！

小院春回

经历了长冬之后，春天又回到这里。

最让人感动的是春天对冬天没有丝毫的怨意。残雪还在草丛上、枝丫间东一鳞西一爪地静卧，让最后融水一点点渗到树和草的根部。冬天均匀地让所有生命在它的怀抱里思考。思考春天到来时自己该有的姿态。

冬天其实也是一种奉献。

最先显露出春天消息的是小草。仿佛是不经意地，露出那一点怯怯的绿，试探似的。

白玉兰的花蕾从嶙峋的枝丫上突突地冒出来，最初是灰灰的颜色，然后是一树的绽放。待花儿们离开枝头，铺满一地时，鲜艳的绿芽接过了接力棒，向仲春迅跑。

白杨正宣布春天到来的毋庸置疑。从新芽到湛然的宽绿，一往无前。

石榴与木芙蓉一样，不让须眉。

槐树上了年纪，换了庭院，似乎还在做着冬天的梦。

小竹林春笋更是姗姗来迟。

只有那数株雪松不露声色。一如既往的绿。

六月，石榴花开。

七月，木芙蓉花开，还有月季。

那时已是盛夏，而我便离开这个院子，选择一种存在方式——退休。

在夏天退休，是一个好时间。

明年，春天依旧，四季依旧。我将在所有的地方感受所有的季节。

释放与收敛，温和与峻峭，小院是四季的一个盆景。

注：小院指中国艺术研究院所在地，惠新北里甲一号。

2014 年 4 月 20 日

我不属于十字街头

十字街头是炫目的，充满诱惑的色彩与声响，股票交易所、超级市场、娱乐城、五星宾馆……现代化立交桥把它们连接起来构成巨大的物化立体。在这个立体中，活动着新派绅士的高级领带、摩登士女的血红唇膏、大款们的花衬衫和他的狮毛狗、霓虹灯。茶色玻璃下烫金招牌闪闪发亮，巨幅广告从摩天楼顶直挂下来，雄伟的广告牌底下，经理们交换着饱嗝。

应该欢呼的、为之剪彩的，还有擦皮鞋业复活和乞丐专业户的诞生。

十字街头，欲望在这里通宵达旦狂欢，在餍足的幸福的狂欢中，城市在成长。

也许这里不再需要交通警察了，立交桥疏通着一切：领带和红唇膏，花衬衫和饱嗝。

我又将毕业，完成又一个从社会到学校的周期循环之后，一切又重新开始。不是重新开始循环，我已经再没有这样的机会了，没有再拥有新的老师新的同学的机会了，学校最后一次将我送出，我意识到，我已经在十字街头。

也许我应该加入绅士的行列，有一条簇新的领带，用我这支正在写着的笔，制造各式各样的报告文本，让大大小小的头头们在上面留下大大小小的红圈圈；夹着公文包出入一个又一个会场，小心翼翼神情严峻地登上一级级台阶，那能带来谄媚和贿赂、带来颐指气使和满面红光的台阶？也许我应该走进经理办公室，那里有高级写字台和椭圆形会议桌，有巧笑倩兮的女秘书和喷着法国香水前来公关的小姐；出席一个又一个剪彩仪式，于是也习惯于矜持地打打饱嗝？或许我应该去做一个红唇膏推销商，让女人们永远有一个性感的嘴唇，从此青春不老，让男人顾盼流连，而我口袋便总是很饱满？于是，我开始出入夜总会、桑拿浴、多星级宾馆，坐宝马、奔驰或什么拉克，挽着娇艳的女郎到郊外兜风；于是，我高言天下，气宇轩昂，享受尊敬，消费潇洒；于是，我成为高尔夫球协会会员，南国度假村的居民，高级考察团培训出来的环球旅行家；于是，我渐渐成长为颇有艺术敏感的美食家，对川菜、粤菜、徽菜和满汉全席有不同凡响的见解，对中席和西餐各具情调有鞭辟入里的分析，我欣赏茅台醇厚的古典趣味无异于唐诗，而人头马的浪漫情调一如法国女郎尤令我赞叹不已。我认为猴脑令力比多涌动如潮而穿山甲则有助于益寿延年，燕窝鱼翅过于传统而蚂蚁蟑螂则太后现代。我因知识渊博、见解独到而被聘为酒文化和食文化丛书的特约顾问与编委，并接受一笔可观的稿费。我对人体文化亦有研究，尤其擅长于女性的线条、肤色、弹性、比例、五官及其他部位的细腻剖析……

从十字街头的遐想最后挣脱出来，我仿佛听见一个无声的训诫：十字街头只是欲望的交易所而不是生命的归宿之地。我热爱生命、乐于创造的热烈和渴念和谐的宁静，而无法承受十字街头生命在尘土飞扬、空气混浊和杂乱无章中喧嚣。我将穿过十字街头，走进一片蓝天底下，像一个农人精心挑选种子，在适当的季节播种，顶着烈日耕耘，疲惫时到树荫下小憩，听鸟儿啁啾，想春天的故事、夏天的传奇、秋天的寓言和冬天的童话。

作于1994年

小记：十五年前我又面临从学校重返社会。这篇小文，是对未来生活的一个预期，给自己一些必要的提醒。十五年过去了，所历颇多，回望时，我感谢这篇小文让我保持足够的清醒。

有关芜湖的城市断想

一个乡下孩子的梦想就是城市。我的城市梦想是从芜湖开始的，我感谢芜湖。在我一次次离开芜湖远行之后，又一次次萌动着返回芜湖的冲动。从自己的深层意识来说，或许就是一种眷恋梦想启动之地的心理渴求吧。

记得十几年前，负着简单的行囊、旧木箱和褥子，我从一个偏远的皖南山村来到芜湖，第一次见识了大学的模样。从师大的南门走进，沿着南边围墙走过去，那么多的篮球架，那么大的运动操场委实令我惊异不已。乡间的那个篮球场，是我和乡亲们一起，平去一个小土坡建起的。地面凹凸不平，球筐是请一位铁匠师傅按照大致的尺寸打制的。这所大学有上百万册的图书，我的村子里只有个小小的图书室，才千余册书，这数量少得可怜的书，"文革"初便荡然无存了，后来我重建的那个，规模还要小得多。大学属于城市，是城市的心脏，我这么以为。

　　我学习城市，孕育我的城市梦想，就在这里，在这个有大学，还有倒映霓裳的镜湖与仰望星光的赭山的芜湖。

　　镜湖以湖水与垂柳、拱桥与亭阁的姿态让我学习了城市公园的概念。公园呈现出有别于乡村的风景与柔情。即便是镜湖的风，不同的季节里也是风情万端。春天从湖面掠过吹在脸上，是少女湿润而敏感的手；在冬季，也一点不觉出是严重的警告；夏天由于贪恋才有些腻，但不久便给你爽朗与清醒。公园将它的风情转换成现世人生，是林荫下的对弈者和设摊的小贩、徜徉的老者与相偎的恋人共同拥有的感觉世界。公园阐释了城市：在各自的沉醉中共享世俗欢乐。

　　芜湖拥有城市应有的一切，成群结队的少男少女，鳞次栉比的楼群，等等，同时也有一个俯瞰自身的制高点——赭山。从这里眺望，才会懂得，在沉醉之外城市还需要俯瞰。生活热烘烘地蒸腾，告诉我城市的不安分，不知疲倦。苍茫的远处，是乡村与都市模糊的边界，藏匿着关于历史的不确定的隐喻。扬子江从北边流过，滋润着城市繁华，也制约了城市欲望。历史的深沉滞重，幻化为日光下粼粼波光。学习城市就得学习俯瞰。

　　芜湖之于我，是关于梦想，关于城市观念。从这个江南小城出发，我开始了我的都市流浪生涯。十几年来，我从一个城市迁徙到又一个城市，那些城市风景以及我现在生活的城市的风景与芜湖各异其趣，然而对于城市风景的观念，仍然是芜湖启示于我的延展。在都市间迁徙流浪，我体验着城市宽容，允许我一个乡下小子笨拙地叙述自己的故事；也体验着城市严肃，迫使我学习诸如十字路口的信号指示、情书写作以及领带打法等城市规则和城市习俗。我仍将继续在城市流浪，被宽容或者接受，我明白，流浪是一种生命的追逐行为。城市不赞成占有，流浪便是合乎逻辑的选择。

在我的城市观念里面，芜湖是不可摆脱的情结，因为镜湖与赭山作为都市沉醉与俯瞰的象征已深嵌于我生命之中。返回芜湖意味着重温梦想，检讨在流浪中我遗失或拾取了什么，消钝或磨锐了什么，而再重新踏上流浪之旅。

1996 年

城市的云

这个午后的云,气度非凡。

浊气下沉的秋天,天青没有打折,而云亦知在这最佳时节亦应有最佳出镜。气定神闲不用说,而那规模、高度、色调、分布,都是一等一的恰到好处。

先说规模。从头顶上方,向任何一个方向,一视同仁而又错落有致地铺陈开来,直抵邈远的城市尽头。在天际之外,目力不及的所在,尽可想象,依然如同所见地,延伸到新的天际,或山川与天幕、或原野与天幕、或海水与天幕交汇处。它的广大,无言地拓展了人心的旷远。

再说它的高度。

蓝天透碧时,天空无限高远。而这午后城市的云,在大地与天空之间选择了一个合适的高度,仿佛在天与地的正中间。如果有几截云梯,就可以攀登到那里,小坐一会,环视一下周遭风景。因有这云层，蓝天似不再遥不可及，而是一个实际可触摸的存在，只是隔着层云之上那一半的空间。

色调也是极舒服的。这个午后的云，一望无垠的银，单纯，却又是单纯的丰富。那耀眼的白色，是直面阳光的坦荡；而在云朵的底部或侧面，是深灰，浅灰，若有若无的灰，雕塑着云的立体。还有远离云阵的片云，薄如蝉翼，透明如轻绢，是天女丢落下的裙裾。

分布不见章法，细究却具诸多义项。远与近，厚与薄，群与单，大与小，明与暗，疏与密，空无与实有。而又在不经意间，疏于觉察时转换，改变，不着痕迹。

站在十字路口，向任何一个方向望去，都是云的长廊，云的天路。把纵深留给城市街道，只告诉你它辽阔。而天边的云，高高隆起，绵连，宛然是城市的屏障。城市的云是人世间的云，有了它，建筑与树冠才有了最佳的背景衬托。它的变幻总会轻轻掀动人的情绪，惊异于它的美，感叹于它的易逝。然而，云就是云，高高在上，不是大地世间的什么。物理学家说，那不过是水蒸气而已；民间诗人说，那是棉垛或者擦汗的汗巾。无论你说他什么，闲云也罢，流云也罢，人间只能仰望。

有时从你窗前经过，不是为让你对它有青睐的一瞥。若是留意，它常演绎有与无、聚与散、徐与疾的故事。一块云彩，飘着飘着，没有了痕迹；或者，偌大的一块，转瞬间，已分为若干，各走各的路；有时，停驻在楼顶、树梢，仰头半天，才慢腾腾地移挪了一星半点。有时疾如奔马，势如壮士出征。

这午后城市的云，是一个不可效法的艺者，随意涂抹，浩气横空。甚至是一个旷古的哲师，用姿态昭告箴言。或许还是一个虔敬的圣徒，以幻化显示神迹。

在这样的云下面，城市应该知晓自由与安详的真义。当黑云压城，自是涤荡罪孽的时候。

2019 年 8 月 31 日

乡下的云

有朋友看了《城市的云》说，该有一个姊妹篇——《乡下的云》。我说，乡下的云是山的契友，不离不弃。他说，主题有了，写吧。我觉得这个提议不错，不妨试试。

城里人与乡下人区别可以列出不少。可是，云也有城乡之别吗？一想，还真有。乡下有土生土长的云，而城市全是外来云。

土生土长的云？乍一听，城里人怕是要心生纳闷。明白地说，就是雾。

春夏两季的清晨，河面上，池塘里，常常飘浮一层乳白色的水蒸气，充盈在岸边的树丛间。伴随村庄的人声与鸡鸣犬吠，与炊烟相映，成了平和安宁生活的诗意装饰。年轻时总是天刚亮就上山做活。站在山顶放眼望去，远远近近的山峦间全是翻腾的雾，只有若干山尖露出来。待到日上三竿，全都消散不见了,其实是上天作了云彩。在多雨的时节,山雾从沟壑山腹中升起,漫向山脊,缠裹住山顶,与雨云连接在一起。云雾合体,那雨不是想停就停得下来。云雾的山景,此时正是秀色可餐。"云山雾罩"被用来形容某人说话不靠谱,真是辱没了这景。

其实,天上的云城市与乡间没什么两样。只是云下的人间有喧哗与宁静之别。城市喧哗,不理会云来云去。乡间宁静,偏关心云少云多。云下的世间因城乡之别而有不同干系。城里人对云彩的态度大多数时候是事不关己的麻木,偶尔抬天望天,赞一句,今天的云不错!仅此而已。为云多愁善感者毕竟少。乡下人经年累月在云底下劳作,便养成琢磨天上云彩脾性的习惯。瞧着云彩往东跑,便放心下地干活。云彩压得很低,出门还是带上雨具保险。收工时看到西边的云像着了火般通红,回家赶紧把场上粮垛盖好,免得半夜下雨来不及。"天上鱼鳞斑,晒谷不用翻。""天上扫帚云,三日雨淋淋。"这类谚语,有经验的老农都能说出一大套来,而且准得八九不离十。"抬头看天,低头做事。"农耕社会的人们凭着对云的识见,预测老天爷喜怒哀乐,可以少吃不少苦头。云彩有时也会跟在田里做事的人们开个玩笑,东边的田里骄阳如火,而田埂西边却吧嗒吧嗒掉着豆大的雨滴,砸得肌肤生疼。待你要去树下躲避,它却没了。有时头顶啥也没有,冷不丁一大块黑黑的雨云就着骤起的风,带着雨剑不由分说地压过来,劈头盖脸地一通猛揍，气喘吁吁地奔到屋檐下，已经是不折不扣的落汤鸡了。

小的时候，呆坐在门前，山景看厌了，就仰头看云，看云慢腾腾地飘过山头，云也不舍，我也不舍。有明月的夜晚，一定要有云，稀疏的白云。看月在云里奔跑，或者悠悠地闲逛。没云的月亮一点也不耐看。

乡下的云是名副其实的人间的云。

2019 年 9 月 3 日

你说要来

你说要来，我在山口等你。

山口有座小水库。山道修在半山，正好俯瞰清波。春水涨满的时候，绿树与红杜鹃的影子都映在里面，还有慵懒的白云。鸭子只肯沿着水边不远游弋，大概是因为雏鸭的缘故。倘若正赶上茶季，有一杯上好新茶安慰你涉途劳顿。

你说要来，我在桥头等你。

小溪从北向南流过我的门前。桥是我与兄弟建的，因为山洪时常阻断涉溪的河梁。桥头一左一右是两棵楮树，几十年的树龄，树荫严严地覆住溪桥。从桥头到山口水库，两里地；往里到山深处，足足五里。夏时的清晨与傍晚，最宜漫步，适远适近，亦行亦止。初阳西山，夕阳东山。乏了的时候，可以坐在溪石上，看无心机的游鱼，动，或者不动。

你说要来，我在庭院等你。

院墙外，一南一北两棵金桂正好盛开。你还没见到她们时，应已远远地神交了她们的雅韵。庭院内也有一棵，略小。树下是一方石桌，等待你来对弈，品赏秋茗。任飞去飞来的画眉，将桂瓣摇落在你的杯中。圆月当空的夜晚，石桌旁的灵璧石下，蟋蟀叫个不停，助你吟诗。

你说要来，我在梅花树下等你。

梅树也在桥头，是楮树的邻居。寒冬腊月那一枝独秀，是年味最不可缺少的点缀。梅瓣如雨，翅蜂嗡飞。手持一梅，听松风阵阵，看层岭披雪。炉炭正红，家酿方温。魏晋既无，何论秦汉。

或许你我暌隔了一个世纪，不管时间，该有一场旷世之恋。你玲珑如月，我山歌清亮。或许已相约千年，澄潭树下，棋局方设。月升一子，月落一子。拊掌大笑，惊飞翩鸿。

你来，我在这里等你。

2022 年 7 月 25 日（生日后一日）

南天云

透过窗户向外看,是南天和行走的云。

我常在窗前,看云的优雅与放任。

夏天,北方的云是南风送来的。来自何处?黄河之南,长江之南,抑或海上?

我宁愿相信是长江之南,因为那里是我的家乡。

记得春夏的时候,清晨,江南的崇山峻岭大河小溪总是涌动着乳一样的雾。太阳升起,渐渐,消散的雾便是天上的云。

云越过长江,变幻着形状,向北方移动,飘浮在广阔的原野上空,一直来到我窗前的南天。

我看着窗外的云,有时便有意把它们看作江南的云。它们紧赶慢赶,分分合合,为了来看一眼久违的游子。

我如此自作多情,的确是思乡的情绪作祟。其实,所看到南天的云十之八九不是江南的云。

而这又有何干？你认定是便是。你觉得它们停驻在你窗前，就是为了与你相对，作一番无言的交流。这时，那云顷刻间就成了有情有义的云。

北方的炎热是出了名的，地表跃动着火苗一样的热浪，生命低下高贵的头，云翳也起不了缓解的作用。而北方的人也最不耐热，呼哧呼哧地，仿佛一直在生气。隔三岔五地总要诅咒几句。

或许应该祈祷。

望有南来的飓风，送来怒云，挟裹着雷电，掀翻这令人窒息的闷炉，熄灭这肆虐的地狱般的火，让世界清凉起来。

还要煎熬多久，才有清凉到来？立秋在即，暑还要作一番挣扎。

南来的云应该不会辜负。

2022 年 7 月 28 日

湖上风

湖上的风与湖里的水是一对深情恋人,不离不弃。

湖水总是保持风一样的节奏,湖水的样子便是风的情态。

湖水荡起细细的波纹,那一定是风抚摸湖的脸颊。

当湖面波平如镜,便是水与风相拥而眠。

清晨与傍晚,而当湖面扬起轻浪、微浪,那应是它们的舞蹈。

而巨浪奔涌,热烈拍击着湖岸,或许是它们灵肉相嵌的至境?

湖上的帆影是它们共同的事业,风鼓起帆,湖水开辟航道。

日光照在湖面,风把日光揉碎,湖水一脸灿烂。

而夜晚,湖水揽月自照,而风调皮地摇晃着月镜。

它们相互爱慕、属于，又拥有各自的空间与自由。

它们的故事演绎了千年、万年，亘古如斯。

2022 年 7 月 27 日

京城柳

京城的树木最常见的有松、柏、白杨、槐树等，黄栌、楝树、白蜡树也不少，但最显眼的还是柳。有个词叫宫墙柳，怕是没有第二种树有这样命名的待遇了。宫墙里的柏树庄严，似不近人情，也没听说有"宫墙柏"之说。而宫墙柳则倚着高高的红墙，矜持里总还是少不了妩媚。宫墙柳是见过皇帝和妃子们的，也见过文武百官上朝以及盛大典礼的，确实有矜持的本钱。

还有护城河的柳。与宫墙柳比较起来，少了那一份矜持，而在妩媚中却多了几分恣意。这是我这个看柳的人的拟人想象，不用当真。北京的护城河除了环绕紫禁城的流水外，还有二环的护城河。这是一条真正的护城河，今天二环所圈起来的才是老北京城。二环外就叫城外了。扒掉了又高又厚的城墙，原来的河柳便少了压抑。我这倒不是要肯定城墙拆毁得对，只是仅仅从河柳的角度而言的。没有了城墙，加上拓宽的人行道，由柳的浓荫覆盖着，这河柳就不仅仅是耐看而且招人。今年春去潭西胜境游了一趟，感觉真的是好。葱郁高大的柳树让你在树下有被庇佑的感觉。与之相类的还有北土城的河柳。北土城即是元大都的城墙，这河自然也就是护城河。而河边的柳因北土城与河的长而变成连绵十多公里逶迤而去的柳林了。现在的北土城作了城市紧急情况疏散地带，因此，除了沿河的柳，簇拥着柳林的还有两边拓展的开阔林带，比如海棠花溪就是紧挨着柳林的海棠林，中间还夹杂着白杨、松树之类。

如果以为看到护城河的柳就算是领略了京城河柳的风采，便有些肤浅了。京城的河流很多，也远比上面几条护城河开阔绵长，而河柳也更是百态千姿。在京城生活了二十五年，平时所历不过那几条护城河。而今年仿佛是发了大财一般，将京城的主要河流蹚过了不少。大运河、永定河、潮白河、凉水河、妫河、沙河、清河，以前只是在文字里知道它们的存在。这些河流的柳或妩媚、或妖娆、或坚持、或沉着，因着季节的不同、年轮的不同、天气的不同而转换着。这些倚着静静流淌的河的柳，因水的滋润而丰饶，在风和日丽的初夏最宜观赏。天上飘着来来去去的白云，熏风和煦，夏蝉欢歌，柳枝轻轻摇动，听着风的号令，把摇曳的姿态一棵接一棵传递到很远很远的柳树那里。河边柳是少不得有芦苇相伴的。岸上的柳与水中的芦苇呼应着，才把一条河装饰得无可挑剔。有时还会见到一叶小舟泊在柳荫下的津渡，钓夫可在这里消磨掉一整天的时光。

河边柳的家族很大，在京城，只要有河便有浩荡的柳。但湖畔柳的家族也很繁盛。最让人浩叹的是颐和园昆明湖的柳。昔日皇家已无可寻，而那皇家的气度却让缀满湖岸的柳给留住了。在初春的时节观赏柳烟的浩渺，没有比昆明湖更好的地方了。那刚刚开始的绿意如烟似梦，让人迷离沉醉，不知该怎样去拥抱它或者把自己融化到绿雾中。开阔的湖面，高高的万寿山，许多地方都能将环湖的柳景尽收眼底。在盛夏，湖柳仿佛要与漫湖的芙蕖斗绿，这时的柳已然是一年中生命的高光时刻了。湖柳必须有青莲相配合，你抬举了我的风姿，我亦成就了你的繁华。但却也少不了亭台楼阁的人间烟火。昆明湖不仅有佛香阁呼应着妙曼的湖柳，而柳荫中似乎隐藏着更多的亭榭。

相比较昆明湖的柳，圆明园则似乎荷胜于柳了，然柳依然可观。城外大湖面的岸柳宣示的是气度，是格局。而城内的湖柳则由于水面相对狭小，又常常由大小不一、形状各异的小水面连缀而成，那湖柳便有了移步换景之趣。精致，优雅，虽无皇家的派头，却是贵族的气质，这在紫竹院、人定湖、北坞等地感觉得很分明。京城有湖的公园很多，数是数不过来的，自然也都是要栽柳的，但有的却让别的树抢去了风头，比如玉渊潭，樱花就成了绕湖的主角，柳便被冷落了。还有为数不少的湿地公园,也有大大小小的水面,有够得上称作湖的,更多则只能称作池塘,也随意地栽着三三两两的柳,都是很年轻的柳,风来的时候,便有些弱不禁风的样子。

宫墙柳、河边柳、湖畔柳,各有各的优势,得世人的宠爱,在柳中算是得意柳了,不枉为柳一世。当然,这也是俗人之见。处境最为纠结的应该是路旁柳了。如果是做了乡下的路旁柳,那恰恰是一种幸运,比池柳见到更多的世面,或成了人们折枝送远的赠品,就是风雅之物了。偏偏做了京城的路旁柳,便是一种无奈。京城道路宽广,所植之木以槐、白杨居多,却也有道路植柳,似乎还为数不少。因为是路旁柳,无论其姿态如何婀娜邀宠,也难拦下行人匆匆的脚步,施与些许注目、拊拂的亲昵。所以京城的路旁柳只能做吸收飞扬的尘土、阻隔车来车往的噪声的城市卫生洁士,成不了人们眼中的雅物。

写到这里,以为京城柳大约就这几种,就此结尾,算是给京城柳画了不同侧面的速写。忽然又想起,还有一种柳,姑且叫园中柳吧,应该再写上几句。在我走过的七八十个北京公园中,既非水边又非道旁亦非楼侧,在偌大的园中,不经意地,常有柳影扑入眼帘。或数十株,或十数株、三五株不等,抑或就那么一两株,在园中随意地分布着,无刻意的照拂,一点也不惹人注意,似乎也未有谁来将它们修剪一番,就那么任性地生长,与其他族类一起,应着自然的节律,经冬历夏。尤其是远离树群的那孤单的一两株，无节制地向高处生长，没有繁复的纷披，枝丫直指蓝天。说不上它们执意要做隐士，或许那寂寞正是生命的赏赐。我在延庆看到一些柳树，几乎与寻常见到的完全两样，甚至一开始错以为是槐。在房山牛口峪湿地公园里，我还见到一个柳树群，在一面斜坡上不规则地排列着，有数十株吧，从粗大的躯干与斑驳的瘢痕判断，树龄在五十年以上。让我震撼的是，每一株都有数枝早已枯死的枝干指向天空，仿佛是一种铁誓，一种切骨的抗争。而树依然活着，繁茂的枝条在告诉世间，它是怎样的顽强，不可征服。我顿时觉得，这些柳树不是让人观赏的，而是告诉你，何为气节。

2020 年 10 月 28 日

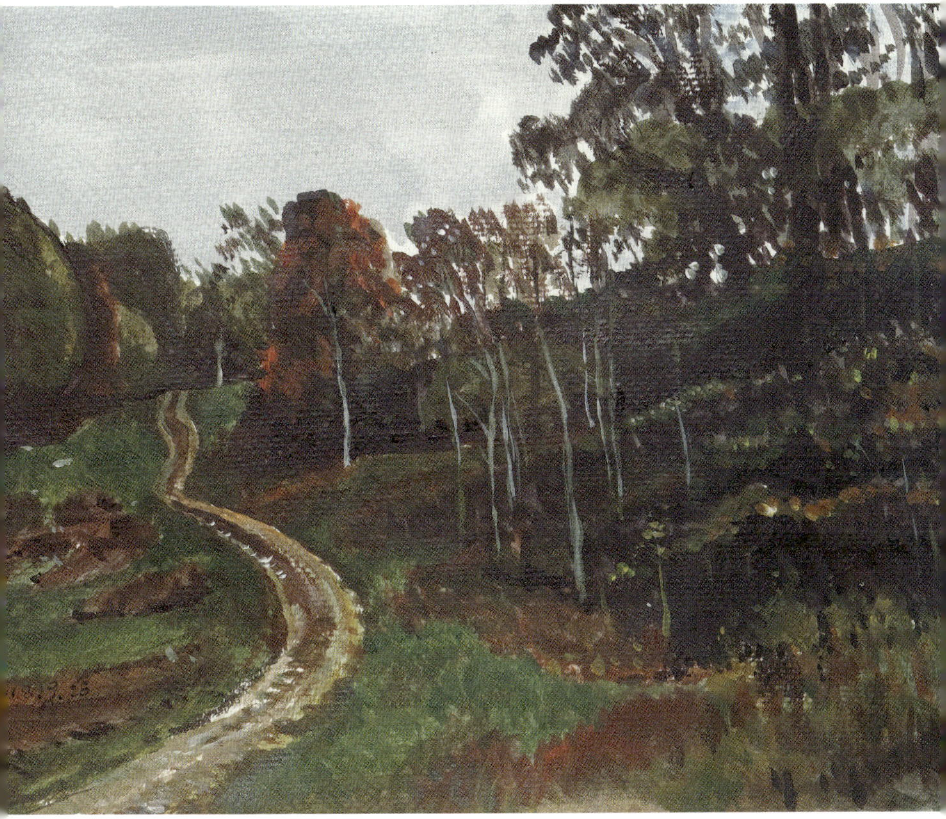

老树

过了苏村，河对岸叫南岸村。再往前，上坡，就到了一个高地。这里有新建的苏家祠堂，很是巍峨。离开大道往东北方向行数百米，是一个叫乐村的村子。如果去乡政府利安，就顺着大道下坡而去。坡道很长，应有两百米左右，坡尽处便是从乐村流出来的小河，小河绕着山脚到前面，与南岸面前的大河汇合。

一棵老树就生长在道路右侧，下坡时一眼便见。之所以前面写那些文字，是想把它的方位交代清楚，一来是想告诉你，这是一棵真实的树，不是虚构的树；二来也是想告诉你，说不定某一天，你到了这一方天地，想起我说的这棵树，产生要访一访、会一会这棵树的冲动，不至于找不到它。

孩提时代我就见到了它。后来在黎安中学读书，更是隔三岔五便要经过那里。印象中，这是一棵年纪有些老、孤独且其貌不扬的树。周围没有林子，孤零零地生长在道边的斜坡上。巨大的躯干分叉后被斫去了，只留下两截长短不一的粗枝干连在主干上，有些细枝条从枝干上长出来，春夏时生出绿色的叶子。我猜想，应是十多年前大炼钢铁时被砍去作了燃料。从分叉处往下的主干，是深深的树洞，如果两个汉子跳进去，怕是都看不见脑袋。修公路时从它旁边过，没有被伐掉算是侥幸，大概是觉得做不成什么用途，懒得去费劲。

这棵树有多大岁数？没人知道，它比周边的人都要大很多很多。它自己也不能告诉你，因为树芯没了，即使伐了，也没有年轮可数。这是一棵饱经磨难的树，两根枝干被斫走，成了没有纷披树冠的光秃秃的树桩。而黑漆漆的树洞，应该是雷击的证据。但最终没有伐倒，又还算是一棵侥幸的树。从侥幸角度说，倒是应了庄子的说辞，因为我丑，得以苟全性命。苟全性命不能说是颐养天年。庄子的话在它身上还要打些折扣，因为它经历了苦难，且远没有结束。就像人世间，有些人专爱欺负老实人，拿残疾人寻开心，没觉得有什么不妥。

某天，一泼皮见了这树，怎么瞧都觉得不顺眼。或许刚在什么地方要赖，没占着便宜，一腔怒火无处发泄，正巧撞见这树，树顷刻化身为他的对头。他捡来很多断木残枝与干草，把树洞塞得满满的，然后一把火点着。只见浓烟滚滚，火苗呼呼直响，蹿得老高。

他终于满意地笑了。这是一次扬名的机会啊。不知者一定会问：这是谁干的？马上会有人大声告诉他：某某某！

因为是我去利安上学和回家必经之路，所以得以亲见大树遭受的厄运。周六傍晚回家，周日傍晚回校，每周一次来回。不知过了多久，一周，两周，还是更长时间，那树洞的烟总是不绝如缕。燃烧之后的大树，树洞更大更深更黑，两根枝干上的叶子也已尽焦瘁。

到了来年春上，老树没有长出一片新叶。又过了一年，仍不见丁点儿生机。大家心想，这棵树真的是被烧死了。

又过了许多年，在其中一个春天里，忽然有人喊："看！老树长新叶了！"咦，还真是！这事在乡里颇传了一阵子。后来枝叶一年比一年多起来，竟有了婆娑的气象。

离开老家四十多年了，偶尔回去也不会有意去瞧瞧。现在怎样了？想问一问乡里的朋友。朋友发来了它的照片，它的蓬勃竟然如此地超出我的想象。是什么树，大家自己看吧。

当年的泼皮如果还活着，也早就老态龙钟了。不知是不是还记得那时犯下的过失。幸而树自己没有沉沦。

2022 年 5 月 20 日

行进在成为爷爷的康庄大道上

六十六年前,我成为爷爷的孙子;六十六年后,二十四天前,我的孙子让我成为爷爷。我成为爷爷的孙子时,爷爷五十八岁。而他在五十六岁时,已经做了爷爷。因为我有一位比我大两岁的堂兄,我只能屈居二孙的位置。这也就是说,我成为爷爷比我爷爷成为爷爷整整晚了十年。我爷爷在我三岁半时就出远门仙游去了,再也没回来。虽然对于爷爷的记忆越来越模糊,却依稀总在。我喜欢做的两件事是,拽爷爷的白胡子,拿着火媒子给他点旱烟。爷爷总是笑呵呵的,一点脾气也没有。

后来是我的儿子让我的父亲做了爷爷。得到这一消息,他带着母亲,坐了几百里的车,赶来验证他作为爷爷的存在。在那历史性时刻,他做了一个历史性举动,亲了亲孙子的小鸡鸡。虽然他宣示做爷爷的举动有那么一点惊世骇俗的味道,但却在做爷爷的年龄上输给了他的父亲。我儿子让他成为爷爷时他已经六十一岁了，比他父亲整整晚了五年。但有一个数据大大超过他父亲，让我的爷爷望而兴叹。我的爷爷做爷爷虽然早，但满打满算只有六年做爷爷的历史，而晚他五年做爷爷的儿子，却竟然做了二十八年爷爷！按常理是可以做曾祖的，然而他把活着时有人喊曾祖的这份荣耀让给了我的母亲——我有一个四岁的侄孙女小小，我的母亲已经有两个曾孙了。

  我比我的父亲又晚了五年成为爷爷，这不是我的错，也不是我儿子的错，更不是我孙子饭团的错。这是上帝的安排，上帝的安排总是恰到好处。我的爷爷，儿子的爷爷，饭团的爷爷，从二十世纪中叶到眼下，构成了一个爷爷的完整序列。当下，奔腾而来，又滔滔而去。我畅意在这滔滔而去又奔腾而来的快乐洪流中。

2020 年 12 月 15 日于南下列车上

后 记

散文集即将付梓，欣慰之情油然而生。对于文化艺术出版社我有一种特殊情感，不仅因为早年读到这家出版社出版的许多书，同时还与我人生一段愉快的时光息息相关。也因此在自己内心深处埋下了一颗愿望的种子，希望自己能有文字在这里出版。感谢文化艺术出版社今天又以这种形式亲切地接纳了我。我知道，出版社在图书内容质量上要求极为严格，自然期望这本小书没有降低出版社一贯秉持的质量标准。感谢徐福山院长、原总编辑王红、程晓红副总编辑对本书的厚爱。感谢柏英老师严谨的工作，让书稿中的不足得以纠正。感谢丁晖、田守强、赵矗等诸位老师让这本小书获得优雅的外在形象与社会空间。同时感谢我的家人们对我写作无保留的支持与鼓励。

2024 年 7 月 29 日